AF177248

Rowohlt Verlag GmbH, Kirchenallee 19, 20099 Hamburg

Kontaktadresse nach EU-Produktsicherheitsverordnung:
produktsicherheit@rowohlt.de

Janne Mommsen, Jahrgang 1960, hat in seinem früheren Leben als Krankenpfleger, Werftarbeiter und Traumschiffpianist gearbeitet. Inzwischen ist er freier Autor und schreibt Romane, Drehbücher und Theaterstücke. Mommsen hat in Nordfriesland gewohnt und kehrt immer wieder gern dorthin zurück, um sich der Urkraft der Gezeiten auszusetzen. Passenderweise lebt die Familie seiner Frau seit Jahrhunderten auf der Insel Föhr. Im Rowohlt Taschenbuch Verlag erschienen bereits «Oma ihr klein Häuschen» (rororo 25409) – der NDR urteilte: «einfach richtig nette Sommerlektüre!» –, «Ein Strandkorb für Oma» (rororo 25686) und «Oma dreht auf» (rororo 25842).

Janne Mommsen

Omas Erdbeerparadies

Roman

Rowohlt Taschenbuch Verlag

3. Auflage Januar 2023

Originalausgabe
Veröffentlicht im Rowohlt Taschenbuch Verlag,
Reinbek bei Hamburg, Juni 2013
Copyright © 2013 by Rowohlt Verlag GmbH, Reinbek bei Hamburg
Umschlaggestaltung any.way, Cathrin Günther
(Abbildung: Kai Pannen)
Satz Plantin PostScript (InDesign) bei
Pinkuin Satz und Datentechnik, Berlin
Druck und Bindung BoD - Books on Demand GmbH,
Norderstedt

ISBN 978 3 499 25956 2

Inhalt

Let me take you down,
'cause I'm going to Strawberry Fields.
Nothing is real
and nothing to get hung about.
Strawberry Fields forever.

Aus: The Beatles, Strawberry Fields Forever

1. Weiße Frotteebademäntel

Als Jade gegen halb acht aufwachte, staute sich an den Rändern ihres dunkelblauen Rollos bereits das Sonnenlicht. Draußen fiepten und trällerten die Vögel, als sei schon ein riesiges Fest in Gange. Sie lächelte verschlafen und streckte sich unter der weichen Decke aus.

Ihr großer Tag konnte nicht besser beginnen.

Schon als Kind hatte sie sich immer gefragt, wann man endgültig erwachsen war. Das Gesetz sagte, mit achtzehn, und tatsächlich hatte ihr achtzehnter Geburtstag im letzten Jahr mehr positive Veränderungen hervorgebracht als sämtliche Geburtstage zuvor. Sie durfte Auto fahren, wählen gehen und Unsinn kaufen, ohne dass ihre Eltern es ihr verbieten konnten. Das war ein großer Fortschritt, aber richtig ernst genommen fühlte sie sich dadurch noch nicht.

«Erwachsen wird man nicht an einem Tag», hatte ihr Vater behauptet. «Das ist eine längere Entwicklung.»

Sie hatte trotzdem fest daran geglaubt, dass es einen ganz bestimmten Moment geben würde, an dem sie den Beweis erbrachte, dass sie kein Kind mehr war. Der Tag war nun gekommen, denn heute Vormittag würde sie in eine ganz neue Umlaufbahn schießen! Die letzten drei Monate hatte sie rund um die Uhr vorm Computerbildschirm gesessen, auch die Wochenenden hatte sie opfern müssen. Heute würde sie endlich den Lohn für all diese Entbehrungen empfangen.

Das weiß lackierte Hochbett, auf dem sie lag, hatte sie nach Abschluss ihrer Grufti-Phase mit fünfzehn von ihren Eltern geschenkt bekommen. Vorher war der Raum, von der Tapete bis zu den Möbeln, pechschwarz gewesen – bis auf einen blutroten Bettüberzug. Jetzt gab es kaum etwas, das nicht weiß war.

Sie kletterte aus dem Bett und öffnete das Fenster. Der verwilderte Garten hinterm Haus sah aus wie eine Dschungellandschaft, auf den grünen Blättern und Gräsern verdampfte gerade die letzte Feuchtigkeit der Nacht. Schon um diese Uhrzeit war es erstaunlich warm. Die Akkus der Natur waren bis zum Anschlag geladen, Frankfurt stand ein wunderbarer Hochsommertag bevor.

Sie ging ins Bad, duschte und überprüfte im Ganzkörperspiegel ihr Aussehen. Sie war nicht besonders groß, aber sehr sportlich, ihre Körperspannung würde jeden verbalen Angriff locker abfedern.

«Etwas blass siehst du aus», kritisierte sie sich laut.

Kein Wunder, die Sonne hatte sie in den letzten Wochen nur von drinnen gesehen. Zum Glück besaß sie von Natur aus einen dunklen Teint, der sich mit etwas Make-up untermalen ließ. Das Grinsen, das ihr anschließend im Spiegel entgegenkam, war zuversichtlich: «Du kannst es!»

Natürlich hatte sie Lampenfieber, aber wenn sie sich an ihren Text hielt, konnte eigentlich nichts passieren. Sie rieb ihre schmalen, schlanken Füße mit einer Creme ein, die die Durchblutung förderte. Sobald ihre Füße den Boden spürten, fühlte sie sich geerdet und viel ruhiger, das hatte bei Prüfungen immer funktioniert. Dann schnappte sie sich die hellblaue Bluse, die ihre Cousine Maria aus Föhr für sie genäht hatte, und zog anschließend ihren grauen Hosenanzug an. Die hellen Farben waren ein perfekter Kontrast zu ihren dunklen asiatischen Augen, die ein genetisches Erbe ihrer thailändischen Mutter waren. Manchmal machte sie sich einen Witz daraus und behauptete, dass sie einen schwarzen Gürtel besaß, was ihr komischerweise alle glaubten. Dabei hatte sie nie Kampfsport betrieben, sondern war eine begeisterte Geräteturnerin.

In der Investmentbank, in der sie nach ihrer Banklehre ein Praktikum begonnen hatte, versprach ihr asiatisches Aussehen Internationalität. Aber heute würden die Herren der Chefetage erfahren, dass ihr Kopf nicht nur dekorativ, sondern mit Ideen gefüllt war! Sie schlüpfte in ihre flachen dunkelblauen Ballerinas. Den Laptop und die beiden Präsentationsmappen hatte sie bereits vorm Zubettgehen in ihre Umhängetasche aus hellblauer LKW-Plane gesteckt. Die passte zwar nicht zum Business-Outfit, war aber ihr Talisman und somit unverzichtbar.

Ein letzter Blick in den Spiegel, einmal kurz gelächelt, und sie verließ das Zimmer.

Wenn heute alles so klappen würde, wie sie es sich vorstellte, stand einer Festanstellung in der Investmentbank nichts mehr im Wege. Dann würde sie sich umgehend eine eigene Wohnung suchen. Noch wohnte sie im Haus ihres Vaters. Er lebte im Souterrain und sie im ersten Stock, so liefen sie einander selten über den Weg.

Sie ging das weiß gestrichene Treppenhaus hinunter. Ihr Vater hatte hier großformatige Fotos von der Insel Föhr aufgehängt, auf der er aufgewachsen war: das Wattenmeer mit dem Leuchtturm von Olhörn, der Sandwall mit der Kurmuschel und der Fähranleger bei Sturmflut. Auf einigen Bildern waren ihre Verwandten von der Insel zu sehen: Oma Imke, die im Rollstuhl den Hals reckte wie eine stolze Königin auf ihrem Thron, und Jades ewig braungebrannter Onkel Arne. Dazu kamen noch Aufnahmen von den Grabsteinen ihrer friesischen Vorfahren auf dem Friedhof von St. Laurentii in Süderende, die sich bis zu den Walfängern zurückverfolgen ließen. Einen Moment lang blieb sie vor den Grabbildern stehen – als könnten die Ahnen eine geheimnisvolle Kraft auf sie übertragen.

Schon am Vorabend hatte sie alles für ein Power-Frühstück vorbereitet: Kiwis, Schrotmüsli und Bio-Joghurt. Für das, was sie vorhatte, brauchte sie eine optimale energetische Grundlage. Ihr Vater würde um diese Zeit längst im Büro sein, er war extremer Frühaufsteher. Wie immer würde sie also allein frühstücken, wogegen sie nichts einzuwenden hatte. So konnte sie in Ruhe noch einmal ihren Plan im Kopf durchgehen.

Doch als sie die Küche betrat, erlitt sie einen mittelschweren Schock: Ihr Vater saß barfuß im weißen Frotteebademantel am Tisch und grinste sie breit an. Seine Stirn kam ihr höher vor als sonst und die Schläfen grauer. Er sah übernächtigt aus, die Schatten um seine Augen erinnerten an einen Pandabären – obwohl seine lange Nase und das spitze Kinn eher zu einem Vogel passten.

Doch das war nicht das Schlimmste. Ihr Vater war nicht allein. Neben ihm saß eine kichernde thailändische Frau, die etwas jünger war als er und der die Situation etwas peinlich zu sein schien: ihre Mutter Narasinee, ebenfalls in weißem Frotteebademantel. Offensichtlich hatten die beiden die Nacht zusammen verbracht!

«Moin, Jade», sagte ihr Vater.

«Hallo, Jade, meine Tochter», flötete ihre Mutter, deren

schwarze Locken vollkommen durcheinander waren, einzelne Strähnen standen ihr senkrecht vom Kopf ab. Ihre dunklen Augen strahlten wie sonst nur im Kerzenlicht des Weihnachtsbaums.

Eigentlich gehörte sie nicht hierher. Terrasse und Garten des väterlichen Hauses grenzten an eine hohe Betonwand, die an die Berliner Mauer erinnerte. Im anderen Deutschland lebte ihre Mutter Narasinee und dies seit bestimmt zwölf Jahren. Warum sich ihre Eltern nach ihrer Trennung nicht weiter voneinander entfernt hatten, war ihr immer unklar geblieben. Irgendwann hatte sie aufgehört, danach zu fragen. In ihrer Kindheit hatte sich ein ausgeklügeltes Netz von Ritualen gebildet, wann sie in welcher Haushälfte übernachtete oder aß. Das hatte sich so gut eingespielt, dass sie sich kaum als Scheidungskind fühlte.

Und jetzt das.

Wie betäubt setzte Jade sich an den gedeckten Tisch. Hätten ihre Eltern nicht wenigstens einen Tag warten können mit diesem Unsinn? Musste es gerade heute sein? Das war kein gutes Omen. Denn natürlich würde es keine zwei Wochen dauern, bis sie sich wieder trennen würden. Und bei wem würden sie dann ihr Leid abladen? – Bei ihrem einzigen Kind. Dieses Spiel hatten sie mehr als ein paar Dutzend Male gespielt, und es gab dabei nur eine Verliererin: sie!

«Cord, wat skal det?», fragte sie ihren Vater genervt auf Friesisch. *Papa, was soll das?* Ihr Vater hatte ihr Fering, das Föhrer Friesisch, schon als kleines Kind beigebracht, es war ihre Geheimsprache. Ihre Mutter hatte mehrere ernsthafte Versuche unternommen, es zu lernen, aber neben Thai, Englisch, Spanisch und Deutsch war es eine Sprache zu viel für sie gewesen. Sie fühlte sich immer ausgeschlossen, wenn Jade und Cord Fering miteinander redeten.

«Wir werden wieder alle zusammen wohnen», erklärte Cord und nahm die Hand seiner Exfrau. «Ich werde die Wand zwischen den Häusern noch heute einreißen lassen.»

Sie war entsetzt.

«Das ist nicht euer Ernst!»

Ihr Vater lächelte verliebt.

«Ich habe keine Lust, jeden Abend zu fensterln», erklärte er.

«Wo Liebe ist, gibt es immer einen Weg», sagte ihre Mutter fröhlich. Sie war in Thailand aufgewachsen, hatte in London Zahnmedizin studiert, war dann für ein Praktikum nach Deutschland gekommen und hatte hier Cord kennengelernt. Sprichwörter waren ihr Anker in der deutschen Sprache und Kultur geworden, sie kannte mehr davon als jeder Einheimische. Ganze Nachmittage konnte sie sich von Sprichwort zu Sprichwort hangeln, was sie stets mit einem freundlichen Lächeln unterstrich: «Üb immer Treu und Redlichkeit», «Gleich und Gleich gesellt sich gern», «Gegensätze ziehen sich an». Wenn sie mehr als ein halbes Glas Wein getrunken hatte, gluckste sie hinter vorgehaltener Hand auch schon mal: «Der Teufel scheißt immer auf den größten Haufen.» Aus ihrem Mund klang das irgendwie charmant.

«Komm, wir legen uns noch mal hin», schlug Cord vor. Seine Augen blitzten lüstern, er war wie auf Droge.

«Musst du nicht arbeiten?», fragte Jade.

«Ja», kicherte Cord, sonst durch und durch Workaholic. «Das ist ja das Schöne!»

«Morgenstund hat Gold im Mund», bestätigte ihre Mutter. Dann verschwanden die beiden Richtung Schlafzimmer.

Für Jade brach wieder einmal eine Welt zusammen, aber darüber durfte sie jetzt nicht nachdenken, sonst vergaß sie die Kursentwicklung der Moskauer und Tokioter Börse in den letzten drei Monaten, und das durfte nicht geschehen!

Auf animalische Geräusche aus dem Schlafzimmer konnte sie gut verzichten, deshalb beschloss sie, das Frühstück ausfallen zu lassen. Sie ging in die Abstellkammer im ersten Stock, nahm zwei große Koffer heraus und schleppte sie in ihr Zimmer. Der Zeitpunkt war gekommen – sie musste ausziehen, und zwar heute noch! Das Geld, das sie als Praktikantin verdiente, würde gerade so für eine kleine Wohnung oder ein WG-Zimmer am Stadtrand reichen.

Die Wintersachen ließ sie im Haus, sie packte nur T-Shirts, Blusen, zwei Hosenanzüge und drei Kleider für die Arbeit ein, dazu einige Schuhe, Jacken, Unterwäsche und ihren Kulturbeutel. Das passte alles in den einen Koffer. In den anderen kamen persönliche Dinge wie das Tagebuch, das sie mit fünfzehn geschrieben hatte, der MP3-Player, ein paar Bücher. Und natürlich musste Fridolin mit, ihr kniehohes Stoffnilpferd.

Den Rest würde sie später holen.

Als sie die Sachen aus dem Haus schleppte, legte sich ein dünner Schweißfilm über ihre Haut. Es war jetzt schon über 20 Grad warm und sehr schwül. Zum Glück hatte sie ihr Auto direkt vor der Tür geparkt. Es war ein knalloranger VW Käfer 1200, der 1972, zwei Jahrzehnte vor ihrer Geburt, frisch vom Band gekommen war. Sie hatte ihn zufällig auf einem Schrottplatz entdeckt und sich sofort in ihn verliebt. Das Auto hatte auch einen Namen bekommen: Paul. Zusammen mit einem Freund, der davon ein bisschen Ahnung hatte, hatte sie Paul restauriert.

Der größere Koffer passte knapp so in den kleinen Kofferraum, der sich bei diesem Wagen vorne befand, den anderen wuchtete sie auf die Rücksitzbank. Fridolin kam auf den Beifahrersitz.

Zum Abschied blickte sie noch einmal wehmütig auf das

weiße Haus mit den zwei Eingängen: Immerhin hatte sie hier ihr gesamtes bisheriges Leben verbracht, und an ihre Kindheit hatte sie überwiegend gute Erinnerungen. Den Abschied hatte sie sich irgendwie anders vorgestellt, aber es gab kein Zurück.

«Wo werde ich heute Abend wohl schlafen?», fragte sie sich, als sie den Motor anließ. Das würde sich finden, bei Freunden vielleicht, oder sie würde kurzfristig etwas über die Mitwohnzentrale bekommen. Alles war besser, als erneut auf ihre turtelnden Eltern zu treffen.

2. Sudoku

Mit geschlossenen Augen atmete Arne tief ein. Als er die Luft ausstieß, blinzelte er in die Vormittagssonne, die warm und groß am wolkenlosen blauen Himmel stand. Ungläubig schaute er auf die Wipfel der Kastanienbäume vor seinem Haus, an denen sich kein Blatt regte, was auf der Insel Föhr, wo eigentlich immer ein Wind wehte, eine Ausnahme war. Seit fünf Monaten wohnte er jetzt hier direkt über der Disco, die er übernommen hatte. Nach Jahrzehnten als Surflehrer und Strandkorbvermieter arbeitete er zum ersten Mal an einem festen Ort. Mit achtundfünfzig konnte er ruhig mal daran denken, seriös zu werden – wenn man denn eine Disco als seriös ansah.

Er zupfte am Stoff seiner knielangen Hose und überprüfte die Schleifen seiner ultraleichten Laufschuhe.

«Mama, können wir?», fragte er.

Seine bald achtzigjährige Mutter saß vor ihm in einem Sportrollstuhl und zeigte mit dem Daumen nach oben. Sie war braungebrannt wie immer, ihre kurzen Haare hatte sie gerade beim Friseur neu färben lassen. Seit ihrem Schlaganfall letztes Jahr konnte sie nicht mehr sprechen, daher schrieb sie alles, was sie der Außenwelt mitteilen wollte, mit großen Buchstaben auf einen Block. In diesem Moment war das allerdings nicht nötig, denn von ihren großen blauen Augen war überdeutlich abzulesen, was sie sagen wollte: «Hör auf, an deinen Sachen herumzufummeln, das bringt sowieso nichts. Lauf endlich los!»

Er schob den Rollstuhl über die Ocke-Nerong-Straße und joggte mit ihr an der alten Schmiede mit dem Eisenschild «Min Eilun» vorbei. Obwohl seine Mutter kaum fünfzig Kilo wog, kam er ganz schön ins Keuchen.

Eigentlich wohnte Imke in einer WG hinterm Dunsumer Deich, aber ihre Mitbewohner Christa und Ocke waren für vier Monate auf Hochzeitsreise nach Grönland gefahren. Arne hatte nicht eine Sekunde gezögert, sie bei sich aufzunehmen. Das Einzige, wovor er etwas Scheu gehabt hatte, war, sie zu duschen. Netterweise hatte sie ihm vorher einen kleinen Brief geschrieben: «Du hast in deinem Leben viel zu viele Mädchen nackicht gesehen, mein lieber Sohn, das weiß ich. Eine mehr macht da auch nichts, oder?» Das hatte jede Peinlichkeit genommen.

Als sie auf die schnurgerade Teerstraße Richtung Seedeich einbogen, riss seine Mutter übermütig die Arme hoch. Er musste laut lachen. Sein Blick wanderte über die weite, flache Marsch, deren sattes Grün bis zum Horizont ragte. Die Gräser auf den Weiden standen reglos in der Sonne. Allein das elegante Schilf in den Wassergräben ließ an einem windstillen Tag wie diesem hin und wieder ein Rascheln vernehmen. Das Meer lag unsichtbar hinter dem Deich, aber er konnte es förmlich riechen. Er spürte immer, ob Ebbe oder Flut, ob die See aufgewühlt oder ruhig war, auch wenn er das Wasser gar nicht sah.

Nach ein paar Minuten erreichten sie den Deich. Er öffnete ein angerostetes Metallgatter und schob seine Mutter über das unebene Gras den Hang hinauf, was ihn die letzte

Kraft kostete. Auf der Deichkrone nahm Imke die Hand ihres Sohnes, der hinter ihr stand und vor Anstrengung keuchte. Vor ihnen lagen mehrere farbige Querstreifen, die sattgrüne Marsch, das sandfarbene Watt und das tiefblaue Wasser. Die Nordsee breitete sich vor ihnen aus wie ein großer, silbrig-blauer Teich, der bis ins nahegelegene Dänemark reichte. Unter der Sonne flimmerten Millionen Lichtpunkte auf der Wasseroberfläche. Imkes Augen sahen so wach und konzentriert aus, als würde sie gerade im Kino einen hochspannenden Film sehen. Sie hatte ihr gesamtes Leben hier auf Föhr verbracht und unzählige Tage am Meer erlebt, trotzdem war sie bei einem solchen Anblick immer noch ergriffen, das wusste Arne. Jetzt hielt sie ihren Schreibblock hoch und zeigte einen breit lächelnden Smiley. Er nickte und setzte mit ihrem Stift ein Ausrufezeichen dahinter. Von diesem Anblick bekam auch er nie genug.

Er fischte die Sonnencreme aus dem Netz hinter dem Rollstuhlsitz hervor, und seine Mutter streckte ihm mit geschlossenen Augen ihr braun gebranntes Gesicht entgegen. Eigentlich lehnte sie Sonnencreme strikt ab, weil diese ja verhinderte, dass sie noch brauner wurde. Sie war in ihrem Leben häufiger ins Sonnenstudio als zum Arzt gegangen und besaß eine tiefe Grundbräune. Trotzdem bestand er darauf, sie einzucremen.

Vorsichtig verteilte er die Creme auf ihrer Nase und Stirn. Ihre Falten, die wie scharfe Kerben aussahen, gaben unter seinen Fingerkuppen nach. Er massierte leicht ihren Nacken, was sie sichtlich genoss. Als Dankeschön bekam er einen spitzen Kuss auf die Wange, dann winkte Imke ihm zum Abschied lächelnd zu. Er legte ihr eine Trinkflasche in den Schoß und lief immer auf der Deichkrone entlang, direkt auf den riesigen, blauen Himmel zu, der weder Anfang noch Ende besaß. Obwohl er nicht schneller als sonst trabte, bekam er Seitenstiche. Das war ihm noch nie passiert, es tat richtig weh, jeder Schritt war eine Strafe. Er drosselte das Tempo und musste schließlich langsam gehen, aber die rechte Seite hörte nicht auf zu schmerzen.

Als er schon ein ganzes Stück von seiner Mutter entfernt war, entdeckte er vor sich auf der Deichkrone einen glatzköpfigen pummeligen Mann mit einer Flasche Bier in der Hand. Morgens um halb acht verursachte Arne allein der Anblick von Alkohol Übelkeit. Mit seiner schlabbrigen grauen Hose und der hellblauen Strickjacke über dem nackten Oberkörper sah der Mann kränklich aus, seine Haut war kalkweiß. Immerhin war er glattrasiert, die fettigen Haare waren streng zur Seite gescheitelt.

«Moin», murmelte Arne im Vorbeigehen und versuchte trotz der Seitenstiche sportlich zu wirken.

Hinter sich hörte er anstatt eines Grußes eine überraschende Bemerkung: «Wenn das nicht der stinkige Arne ist!»

Er blieb stehen und drehte sich um. Die müden, von Schatten umrandeten Augen des Mannes musterten ihn spöttisch. Wer war der?

«Jetzt sag bloß noch, du erkennst mich nicht mehr», nölte der Kerl und nahm einen Schluck aus seiner Flasche.

«Ich stehe gerade auf der Leitung», bekannte Arne und stützte sich mit den Armen auf den Knien ab.

«Komm!»

Arne betrachtete den Mann, zog fünfundzwanzig Kilo seines Körpergewichts ab, gab ihm seine Haare zurück, färbte sie erst blond, dann dunkel, verlängerte sie um dreißig Zentimeter, und plötzlich saß sein alter Schulkumpel vor ihm.

«Fokko?»

«Das wurde aber auch Zeit, ich war schon echt beleidigt.»

Mit dreizehn war Fokko Rethlefsen Arnes Idol gewesen. Er war Klein Arne damals mindestens genauso cool wie Mick Jagger oder Clint Eastwood erschienen. Fokko hatte ihn in seine Clique aufgenommen, obwohl er drei Jahre jünger war, das war eine unglaubliche Ehre gewesen!

«Hast dich kaum verändert», log Arne hastig.

«Willst du damit sagen, ich war schon damals fett und hatte kaum Haare?»

Was sollte er darauf sagen? Er schnappte sich die erste Erinnerung, die ihm in den Kopf kam, um einer ehrlichen Antwort auszuweichen.

«Weißt du noch? Das Astronautentraining für die NASA?»

Fokko war wild entschlossen gewesen, der erste deutsche Astronaut zu werden, und hatte Arne überredet, mit ihm dafür im Watt zu trainieren. Sie hatten Dauerläufe mit Gummistiefeln im Schlick veranstaltet. Fokko war der Kommandant gewesen und hatte ihn unerbittlich angetrieben.

«Das Watt ist das ideale Trainingsgebiet für den Weltraum», wiederholte Fokko seinen Lieblingsspruch von damals und lächelte.

«Weil der zähe Schlick das pure Gegenteil von Schwerelosigkeit bedeutet», setzte Arne den Vortrag fort. «Die Schwerelosigkeit wird nach dem Wattlaufen keine Belastung mehr sein.»

Fokko hatte einen Brief auf Englisch an die NASA geschrieben und sogar eine Antwort bekommen. Arne hatte den Brief selbst gesehen, Absender NASA mit Fokkos Adresse auf Föhr!

«Und? Hat es dir beruflich was gebracht?», erkundigte sich Arne nun.

Fokko lachte dreckig. «Für meinen Beruf war nichts sinnloser.»

Kurze Zeit nach der Astronautenphase nämlich hatte Fokko angefangen, in Ferienhäuser einzubrechen, um dort wertvolle Fernseher und Musikanlagen auszuräumen. Auf Föhr konnte er das Diebesgut nicht verkaufen, das wäre zu auffällig gewesen. Also klaute er Boote und brachte die Sachen aufs Festland zu einem Hehler, den er in der Nähe von Niebüll aufgetan hatte. Doch am Kai in Dagebüll wartete eines Tages die Polizei auf ihn, und er bekam eine Jugendstrafe. Da war er gerade mal siebzehn. Nach diesem Vorfall verließen seine Eltern mit ihm die Insel. Arne hatte gehört, dass er nach seiner Jugendstrafe nach Koblenz gegangen war, um dort eine Ausbildung im Bundesarchiv zu beginnen.

«Was machst du auf Föhr?», erkundigte sich Arne, ohne dass es ihn wirklich interessierte.

«Dasselbe wie zu Hause», sagte Fokko. «Saufen, Sudoku und Fernsehen gucken. Schließlich bin ich Rentner.»

Derselbe zynische Ton wie in der Schulzeit.

«Du und Rentner? Ist das wahr?»

«Tja, wir sind beide alt und fett geworden», grinste Fokko.

Das wollte Arne nicht so stehen lassen, denn er empfand sich weder als alt noch als fett. Und seine langsam ausdünnenden Haare waren zwar getönt, aber immerhin noch vorhanden. Dass jemand aus seiner Schulzeit sein Berufsleben bereits abgeschlossen hatte, irritierte ihn.

«Seit einer Woche bin ich auch noch glücklich geschieden», ergänzte Fokko. «Jetzt stört mich niemand mehr.»

«Und was hast du nun vor?», fragte Arne.

«Sudokus und saufen, ansonsten können mich alle mal. Ich habe eine kleine Wohnung am Rhein, was will man mehr?»

«Den Job vermisst du nicht?»

Fokko nahm einen weiteren Schluck.

«Wohl kaum! – Und selber?»

Arne lächelte. «Ich habe vor zwei Monaten das ‹Erdbeer-paradies› gepachtet.»

Fokko lachte laut auf.

«Du verarschst mich!»

«Ich will daraus das machen, was es einmal war: die angesagteste Disco auf Föhr.»

«Mach dich nicht lächerlich. Du siehst aus wie ein alter Mann, du bewegst dich wie ein alter Mann – du bist ein alter Mann!»

Arne starrte ihn mit offenem Mund an, am liebsten hätte er ihm eine gescheuert.

«Ich muss dann mal wieder», grummelte er. «Man sieht sich.»

Er trabte langsam los.

«Eine Disco», hörte er Fokko hämisch hinterherrufen.

«Ja, eine Disco, du Blödmann», dachte Arne. Wie gerne hätte er Fokko jetzt seinen Porsche und seine reetgedeckte Villa gezeigt, um ihm das Maul zu stopfen. Doch leider besaß er weder das eine noch das andere.

3. Ganz oben

Jade hatte das gläserne Hochhaus in der Frankfurter City von Anfang an geliebt. Ihr damaliger Ausbildungsleiter hatte sie nach ihrer Banklehre direkt hierher vermittelt. Sechsundzwanzig Stockwerke bauten sich wie ein gigantisches Bergmassiv auf, an dem niemand vorbeikam. Die Investmentbank bewegte jeden Tag Milliarden, was mehr war als das Volumen eines gesamten Landeshaushaltes. Sobald sie das Gebäude betrat, wurde sie Teil dieser Macht und durfte mit an den entscheidenden Schrauben der Weltwirtschaft drehen, wenn auch vorerst nur als Praktikantin.

Natürlich kamen ihr bei Diskussionen mit Freunden manchmal Zweifel, wie moralisch integer ihr Job war, immerhin verursachten Finanzspekulationen Krisen und Hungersnöte. Aber sobald sie sich im gläsernen Schutz der Bank befand, wurde jeder Zweifel ausgelöscht: Hier wurde die Musik gespielt, nach der die ganze Welt tanzte, und das war einfach aufregend! Mit moralischen Skrupeln hielt sie es wie mit dem Schnellfahren auf der Autobahn: Es erhöhte die Unfallwahrscheinlichkeit, schadete der Umwelt, brachte aber unglaublichen Spaß!

Die Fahrt in die City hatte mit dem Wagen doppelt so lange gedauert wie mit der U-Bahn, ein Stau war dem nächsten gefolgt. Immerhin hatte sie es noch gerade pünktlich geschafft. Ihr leerer Magen drohte Amok zu laufen, aber für ein Frühstück war jetzt keine Zeit mehr. Als sie die kühl klimatisierte Vorhalle erreichte, steckte sie ihre Magnetkarte in die Sicherheitsschranke, wobei der arabische Wachmann sie wie jeden Morgen freundlich grüßte.

«Gude Morsche, Frau Riewerts.»

Es war phänomenal, der Mann kannte wirklich alle Namen, sogar die der Praktikantinnen. Sie antwortete in breitem Norddeutsch, das sie von ihrem Vater und ihren Föhrer Verwandten gelernt hatte: «Moin, Moin, Herr Hussein.»

Dabei war sie in Frankfurt geboren und aufgewachsen.

«Ihr Fischköpp müsst erst ema rischdisch Hessisch lerne», kommentierte er – wie jeden Morgen.

Sie lachte und ging auf einen der vier Aufzüge zu. Ein gleichaltriger Kollege, der sie flüchtig kannte, kam ihr entgegen und zwinkerte ihr fröhlich zu, aber nach Flirten war ihr jetzt nicht zumute. Sie erinnerte sich an ihren Talisman und drückte ihre Tasche fest an sich. Es gab wirklich keinen Grund zur Nervosität, ihre Zahlen waren dreimal recherchiert und abgesichert – hatte sie womöglich trotzdem etwas übersehen? Im Aufzug checkte sie auf dem Smartphone noch einmal die aktuellen Daten in Asien, wo die Börsen bereits geöffnet hatten. Der Nikkei-Index lag knapp im Plus, ihre China-Aktien stiegen gerade um dreieinhalb Punkte, genau darauf hatte sie gewettet. Die ganze Welt schrie nach den seltenen Erden, die sie vor drei Monaten günstig in ihr Depot genommen hatte.

Als sie im zweiundzwanzigsten Stock ankam, atmete sie auf. Die Klimaanlage verwandelte die Schwüle in angenehm kühle Luft. Vom Großraumbüro blickte sie durch die riesigen Scheiben auf das hochsommerliche Frankfurt und die grünen Taunushöhen, die nach einem heftigen Regenschauer im Nebeldunst lagen. Hinter dem Waldgebiet zog eine dunkle Schlechtwetterfront nach Osten, die Frankfurt zum Glück nicht erreichen würde.

Bevor sie ein paar weitere Börsendaten checkte, schaute sie im Internet nach den Gezeiten im nordfriesischen Wattenmeer. Hatten sie dort gerade Ebbe oder Flut? Es war ihr tägliches Morgenritual, obwohl die Tidezeiten für Frankfurt natürlich uninteressant waren. Aber so war sie in Gedanken mindestens einmal am Tag bei ihrer geliebten Oma Imke auf der Insel Föhr. Imke war witzig und frech wie ein Teenie. Und wenn sie ihre rechte Augenbraue hochzog und dabei lächelte, war sie die schönste Frau der Welt!

Als Jade vor vier Jahren das erste Mal im düsteren Grufti-Outfit bei ihr aufgelaufen war, blass geschminkt, mit aufgeklebten Tränen auf der Wange und schwarz umrandeten Augen und Lippen, war ihre Oma die Einzige gewesen, die nicht eine Spur von Befremden gezeigt hatte. Stattdessen hatte sie sie sofort herzlich an sich gedrückt und sich wahnsinnig gefreut, sie zu sehen. Oma besaß zudem einen Coolness-Faktor, der unschlagbar war: Sie wohnte in einer WG, zusammen mit einem ehemaligen Seemann und seiner eleganten Partnerin Christa, Omas bester Freundin. Inzwischen ging es Imke leider nicht mehr so gut. Sie konnte nicht mehr sprechen und saß die meiste Zeit im Rollstuhl. Jade rief sie einmal in der Woche an und erzählte ihr, was sie so erlebt hatte, auch wenn ihre Oma nicht antworten konnte.

Nun riss sie Peter Schmidt, der schwergewichtige Abteilungsleiter, aus ihren Gedanken. Er war um die vierzig, seine Stirn zog sich fast hoch bis zur Mitte seines massigen Schädels, und seine Anzüge saßen immer etwas schludrig. Was ihn in der sterilen, uniformen Bankenwelt schon zu einem Unikat machte.

«Morje, Frau Riewerts – bereit für die Weltökonomie?»

Jade grinste.

«Moin, Herr Schmidt! Und wie!»

«Schmidti», wie er hinter seinem Rücken genannt wurde, hatte sie von Anfang an gemocht. Als sie zum ersten Mal ein kleines Börsengeschäft selbständig am PC durchführen durfte, bat er sie danach in sein Büro, stellte sich auf seinen Schreibtisch und sang für sie «Oh, happy day». Damit wollte er natürlich auch demonstrieren, wie jung er sich noch fühlte, aber es hatte sie trotzdem beeindruckt.

«Na, dann mal los, Frau Riewerts», rief er schwungvoll. Sie durfte heute das erste Mal mit nach ganz oben in die Chefetage. Beim Investment-Meeting sämtlicher Fonds würde der Vorstandsvorsitzende Dr. Herold höchstpersönlich anwesend sein – das bedeutete den Eintritt in die Weltliga der Finanzwelt!

Und das wollte sie auf jeden Fall ausnutzen.

Ihr Plan war es, das Wort geschickt an sich zu reißen und das Projekt vorzustellen, an dem sie die letzten drei Monate gearbeitet hatte. So eine Chance bekam sie nie wieder. Schmidti ahnte nichts von ihrem Coup, es würde auch für ihn eine Überraschung werden. Als sie neben ihm zum Aufzug ging, bebte sie innerlich vor Aufregung. Jetzt wurde es ernst.

Das Meeting fand auf der sechsundzwanzigsten Etage in einem großen Konferenzraum statt, der sich im inneren Teil des Stockwerks befand, ohne Blick nach draußen. Wer hier tagte, sollte durch nichts abgelenkt werden, alles war reduziert auf seine bloße Funktion. Kein Gegenstand, kein Möbelstück, das nicht unmittelbar benötigt wurde, stand herum. Ein langer Tisch und Stühle, ein großer Bildschirm für die Präsentation, das war alles.

Big Boss Dr. Herold war ein älterer Herr mit vollem grauen Haar und einem milden Lächeln. Er nahm an der Stirnseite des langen Tisches Platz und warf einen kurzen Blick in die Runde. Man durfte sein freundliches Äußeres nicht unterschätzen, das erzählten alle in der Bank. Herold konnte in Bruchteilen von Sekunden von freundlich auf knallhart umschalten.

«Guten Morgen, meine Herren – meine Dame!», sagte er.

Sie errötete leicht. Immerhin war sie die einzige Frau an diesem Tisch, und er hatte sie wahrgenommen, das war schon mal ein guter Anfang. Ein Dutzend Männer in dunkelblauen und grauen Anzügen hatten links und rechts vom Tisch Platz genommen. Sie saß mit Schmidti ganz am Ende. Neben Dr. Herold platzierte sich der Chefanalyst der Bank, ein schmallippiger Volkswirt mit einer strengen Brille, der oft und gerne im Fernsehen auftrat.

«Wir wollen nicht viel Zeit verlieren», sagte Dr. Herold. «Beginnen wir mit dem Wachstum-Plus. Herr Kallweit?»

Ihr war nun richtig schlecht vor Aufregung, die großkalibrige Runde wirkte auf sie noch mächtiger, als sie sich es vorgestellt hatte. Zum Glück berichteten erst einmal ein paar Fondsmanager über ihre Ergebnisse und Prognosen, das verschaffte ihr etwas Zeit. Unauffällig rutschte sie aus ihren Ballerinas und stellte ihre nackten Füße auf die Auslegware. Die Bodenhaftung wirkte wie eine Steckdose, aus der frische Energie durch ihren gesamten Körper floss.

Als Schmidti an der Reihe war, war sie einigermaßen entspannt. Sein Fonds lag mit 2 Prozent im Plus, während die Konkurrenz 2 Punkte im Minus lag, das war wirklich hervorragend und versprach am Ende des Jahres eine satte

Provision. Schmidti war gut ausgebildet und machte alles richtig. Aber man merkte ihm die vielen Rhetorikkurse an, die er hinter sich hatte, seine Gesten wirkten einstudiert. Im Grunde war das alles hier eine Nummer zu groß für ihn, ihm fehlte etwas, das man nicht erlernen konnte: Charisma.

Ob *sie* so etwas besaß? – Sie wusste es nicht, notfalls musste es auch ohne gehen. Sie konnte darauf setzen, dass sie jung war und man ihr im schlimmsten Fall alles verzeihen würde.

«Ich möchte noch etwas hinzufügen», meldete sie sich zu Wort, als Schmidti zu Ende gesprochen hatte. Alle Köpfe drehten sich zu ihr. In den Blicken lag bestenfalls Skepsis, eher Verachtung. Was sollte eine Praktikantin zu dieser Runde beitragen? Das konnte ganz niedlich werden, kostete aber wertvolle Zeit.

«Später», zischte Schmidti ihr leise zu und legte gebieterisch seine Hand auf ihren Arm.

«Nein, lassen Sie nur», sagte Dr. Herold und lächelte sie gütig an: «Was gibt es denn?»

Sie drückte ihre nackten Füße fest in den Boden. Von einem Wochenendseminar für Frauen in der Geschäftswelt wusste sie: Ab jetzt durfte sie nur den großen Boss ansehen, alle anderen waren unwichtig. Es war der Kardinalfehler vieler ihrer Geschlechtsgenossinnen, das Wort an alle zu richten, um die Herde zusammenzuhalten. Das war zwar höflich, aber nutzlos. Männer wandten sich instinktiv immer nur ans Alphatier, und zwar zu Recht: Nur was der Chef dachte, war wichtig.

«Mein Name ist Jade Riewerts, ich bin Praktikantin. Parallel zu den offiziellen Anlagen unseres Hauses habe ich eine eigene Strategie verfolgt und bin für unseren Fonds zu abweichenden Ergebnissen gekommen.»

Dr. Herolds Augen blitzten amüsiert auf.

«Will sagen?»

«Dazu sollte ich vorausschicken, dass ich die Hälfte meines Praktikumsgehaltes in seltene Erden und asiatische Immobilienfonds investiert habe, weil ich darin hohes Potenzial sehe. Mit meiner Anlage habe ich statt 2 Prozent ganz genau 4,25 Prozent Zuwachs gemacht.»

Dr. Herold nickte anerkennend.

«Verraten Sie uns, wie?», fragte er.

«Die Basisdaten für den arabischen Raum und Russland wurden meines Erachtens unterbewertet.»

Das war natürlich ein harter Schlag gegen Schmidti, aber sie hatte recht! Schmidti war nett, doch seine Strategien auf dem Finanzmarkt hielt sie für überholt. Das hatte für sie nichts Persönliches, es war allein eine Frage der Zahlen.

Sie stand auf, ging zu Dr. Herold und reichte ihm ihre Mappe.

«Das sehe ich mir gerne an», sagte der mit einem Lächeln, das schon wieder ganz woanders zu sein schien. «Wie war noch Ihr Name?»

«Jade Riewerts.»

«Vielen Dank, Frau Riewerts.» Dann schaute er in die Runde: «Sonst noch etwas?»

Die Versammlung löste sich auf, alle hasteten zurück in ihre Büros. Schmidti verschwand mit ein paar Kollegen in der Kantine.

Mit roten Ohren kehrte sie zu ihrem Arbeitsplatz in den zweiundzwanzigsten Stock zurück. Sie fühlte sich wie eine Rocksängerin nach einem umjubelten Zweistundenkonzert im Frankfurter Waldstadion. Die Sonne stand viel höher am Himmel als zuvor, und ein fetter, zweistöckiger Airbus A 380 flog von Norden auf den Rhein-Main-Flughafen zu.

Erst jetzt spürte sie, wie warm ihr trotz der Klimaanlage geworden war. Sie hatte es gewagt und ihre Chance genutzt, das war ihr Tag!

Ihre schwarz gelockte Lieblingskollegin Josefina aus Puerto Rico saß neben ihrem Arbeitsplatz vor vier Bildschirmen und drehte sich schwungvoll auf ihrem Stuhl herum.

«Und?», fragte sie neugierig.

«Yes!», schrie Jade und klatschte laut die Hände zusammen. Dann berichtete sie in allen Einzelheiten, wie positiv Dr. Herold reagiert hatte. Je begeisterter sie erzählte, desto mehr gefror Josefinas Lächeln.

«Meinst du nicht, dass Schmidti jetzt stinksauer ist?», fragte sie besorgt.

«Wieso?»

«Mensch, Jade, du hast ihn vor versammelter Mannschaft bloßgestellt!»

Jade winkte ab.

«Ach was, so was nimmt er sportlich. Nach dem Meeting hat er mir noch mal freundlich zugezwinkert.»

In dem Moment kam Schmidtis Assistentin mit einem künstlichen Lächeln auf sie zu. Jade wurde kurz unsicher. Ob er doch sauer war? Frau Häberle war eine schmallippige ältere Frau mit schwarz gefärbten Haaren. Sie wirkte unfreundlich wie immer. Vielleicht hätte sie sich in ihrer Jugend auch gerne mal das getraut, was Jade gerade durchgezogen hatte.

«Schönen Gruß von Herrn Schmidt», säuselte sie. «Er ist schwer beeindruckt. Sie haben schnell verstanden, worum es in unserem Geschäft geht …»

Jade warf Josefina einen triumphierenden Blick zu: Siehste!

«… Als zukünftige Fondsmanagerin sollten Sie sich mit der gesamten Bank vernetzen, sagt er.»

Hatte sie da richtig gehört? *Zukünftige Fondsmanagerin?* Sie konnte kaum noch stillsitzen.

«Klar.»

«Ich soll Sie deswegen in eine Abteilung begleiten, die Sie noch nicht kennen.»

Hatte der große Boss etwa schon angerufen und sie in die Chefetage geordert? Sie erhob sich genüsslich von ihrem Platz und ging mit Frau Häberle zum Aufzug, wo diese den Knopf zum Erdgeschoss drückte.

«Wohin fahren wir?», fragte sie aufgeregt.

«Warten Sie's ab!»

Es war ihr unangenehm, im Aufzug schweigend neben Frau Häberle zu stehen. Dazu war sie viel zu aufgeregt. Sie überlegte, ob sie etwas sagen sollte.

«Haben Sie schon etwas für den Urlaub geplant?», erkundigte sie sich beiläufig. Das war nicht besonders originell, aber besser als diese Stille. Frau Häberles Augen wurden schmaler, sie blickte an ihr vorbei auf die Knöpfe mit den Etagennummern.

«Ich besuche meine kranke Mutter in Mannheim.»

Okay, man konnte nicht immer gewinnen, nicht mal an einem Tag wie diesem.

‹Das tut mir leid.›

Frau Häberle nickte und schwieg, bis sie im Erdgeschoss angelangt waren. Dort gingen sie nach rechts in einen fensterlosen Raum neben den Aufzügen, in dem die Briefpost sortiert wurde. Ein paar Mitarbeiter starrten sie missmutig an, als sie hereinkamen. Die Klimaanlage war ausgefallen, dicke Schweißperlen standen ihnen auf der Stirn, und das Neonlicht ließ sie nicht gerade attraktiver aussehen.

«Das Nadelöhr in unserem Haus ist die Poststelle», erklärte Frau Häberle. «Hier trifft alles Wichtige ein, für die Mitarbeiter in allen Fonds. Nimm dir den Brieföffner. Da drüben stehen die Körbe mit den Zimmernummern. Schönen Tag noch.»

Jade starrte sie entgeistert an: Wieso duzte Frau Häberle sie plötzlich? Doch bevor sie reagieren konnte, hatte die Assistentin bereits den Raum verlassen.

Sie hatte sich geirrt.

Schmidti war nicht sauer.

Er kochte vor Wut.

4. Im Erdbeerparadies

Den Rückweg ging Arne im Schneckentempo an, aber seine Seitenstiche wurden trotzdem nicht besser. Ächzend schob er seine Mutter an der alten Schmiede im Dörps End vorbei aufs Erdbeerparadies zu. Gleich waren sie zu Hause, dann würde er sich erst mal auf seiner Matratze langmachen.

Er blieb einen Moment stehen, um durchzuatmen. Im Schatten riesiger Kastanienbäume und Buchen sah er vor sich das Erdbeerparadies liegen. Auf Fremde mochte das rot geklinkerte Haus an der Ocke-Nerong-Straße unscheinbar wirken. Und tatsächlich machte nur der Giebel des Hauses wirklich etwas her: Hier war ein grünes Schild mit der Aufschrift «Erdbeerparadies» angebracht, umrahmt von zwei aufgemalten Erdbeeren. In diesem Teil des Gebäudes befand sich die Kneipe mit Biergarten. An die linke Seite hatte man den großen Tanzsaal angebaut, in dem die Veranstaltungen stattfanden.

Seit über hundert Jahren hatte es niemanden auf der Insel Föhr gegeben, der nicht wenigstens einmal im Erdbeerparadies getanzt hatte. 1898 war es als Ausflugslokal gegründet worden, umgeben von einem parkartigen Obstgarten mit einem Affen und Meerschweinchen für die Kinder. Der Name rührte von einem riesigen Erdbeerfeld hinter dem Haus her, wo die Früchte frisch gepflückt und mit Sahne von glücklichen Föhrer Kühen veredelt – plus einem kräftigen Schuss Punsch – den Gästen dargereicht wurden. Unzählige Tanzveranstaltungen hatten hier stattgefunden, und seit Anfang der Sechziger war das Paradies eine Disco mit Live-Konzerten, wo berühmte Gruppen für kleine Gagen spielten: Die Insellage war attraktiver als Geld. Die Gäste kamen von ganz Föhr, mit Pferdefuhrwerken, mit dem Rad, später mit Autos, man tat sich zu Fahrgemeinschaften zusammen oder legte Stunden zu Fuß oder mit dem Fahrrad zurück, um im Liebestempel der Insel zu tanzen. Im Sommer schlief mancher seinen Rausch auf den nahegelegenen Marschwiesen aus.

Für die ältere Generation auf Föhr wirkte allein das Wort «Erdbeerparadies» wie eine Melodie, die sofort die schönsten Jugend- und Liebeserinnerungen auslöste. Arnes Mutter hatte hier seinen Vater kennengelernt, und auch er selbst hatte an diesem Ort den Großteil seiner Frauenbekanntschaften gemacht. Unter anderen die dunkelhaarige, schöne Malu, die in den Siebzigern auf dem Weg von der Schweiz nach Indien mit ihrer kleinen Tochter Maria irgendwie vom Weg abgekommen und auf Föhr gelandet war. Als sie nach drei Jahren weiter nach Indien zog, hatte er Maria adoptiert. Hier hatte alles begonnen.

Arne schob seine Mutter in den kühlen Tanzsaal und schaltete das Licht an. Der Raum war ungefähr 120 Quadratmeter groß und wurde indirekt mit gelben und roten Spots an der Decke beleuchtet. Die Wände waren mit Konzertankündigungen vergangener Auftritte gepflastert, jedes Plakat wurde einzeln beleuchtet, was sie wie Heiligenbilder erscheinen ließ. Neben den Konzertpostern gab es noch ein altes Stallfenster mit verspiegelten Fensterflächen an der Wand, eine alte Landkarte von Föhr vor der «Groten Mandränke» von 1362, die halb Nordfriesland vernichtet hatte, und auf den Holztischen standen Portweinflaschen als Halter für Tropfkerzen. Der Tresen war aus Stein gemauert, dahinter befand sich neben Hochprozentigem ein Sammelsurium von «Flensburger-Winterbock»-Aufklebern, CDs und einer Kühltruhe mit Schöller-Eis. Im hinteren Bereich des Hauses stand ein riesiger Sonnenschirm, dessen Ständer aus einem alten Weinfass herauswuchs. Vorne war die kleine Bühne, auf der Abi Wallenstein, Alex Conti, Illegal 2001, Ben Granfeld von den Leningrad Cowboys und viele andere mehr gestanden hatten. Nicht zu vergessen Arnes erster Auftritt als Gitarrist der berüchtigten Schülerband «Sturmflut-Wölfe», die immer noch existierte: Heute Abend würden sie seit ewigen Zeiten mal wieder im Tanzsaal spielen, allerdings ohne ihn, er war mit Anfang dreißig bei den Wölfen ausgestiegen.

Arne ging hinter den Tresen und kippte ein Glas Wasser runter, nach dem Joggen hatte er einen irrsinnigen Durst.

«Du auch?», fragte er seine Mutter.

Die schüttelte den Kopf.

«Du musst was trinken», mahnte er.

Sie schaute stumm auf die Poster an den Wänden.

Sie schrieb mit spitzen, steilen Buchstaben auf ihren Block: KENNT DIE GRUPPEN NOCH JEMAND?

Er lachte.

«Verzeih mir, aber davon hast du keine Ahnung, Mama. Willst du nicht doch etwas trinken?»

Sie nickte und schrieb erneut etwas auf.

EINEN MANHATTAN, BITTE.

«Um diese Zeit? Wir haben noch nicht einmal Mittag!»

War seine Mutter auf ihre alten Tage zur Alkoholikerin geworden? Davon hatten ihre WG-Mitbewohner ihm gar nichts erzählt.

ICH BIN JA NICHT GEJOGGT, schrieb sie auf den Zettel.

«Verträgt sich das denn mit deinen Tabletten?»

Sie schaute ihn empört an. Zu Recht, dachte er. Sollte er einer fast achtzigjährigen Frau ein Gläschen verbieten? Sie besaß ja wohl ein Recht auf Unvernunft.

«Manhattan habe ich drüben in der Kneipe», sagte er und schob sie im Rollstuhl rüber.

Nebenan, im ehemaligen Kickerraum, hatte sein Vorgänger eine Kneipe eingerichtet, die ebenfalls mit Reliquien vergangener Zeiten vollgehängt war. Die Kneipe wurde nur geöffnet, wenn es keine Veranstaltungen im Tanzsaal gab. Über dem Tresen stand eine große Flasche Jack Daniels auf dem Regal, bestimmt einen halben Meter hoch, an der Decke hing eine riesige Friesenfahne, und an der Wand gegenüber der Tür das gemäldeartige Cover von «Jeff Beck's Guitar Shop», auf dem Jeff Beck an einer überdimensionalen Gitarre herumschraubt.

Im verglasten Kuchentresen hatte er etwas Strandsand verteilt und Figuren aus Überraschungseiern hineingestellt, eine Bierflasche der imaginären Marke «Dittscheberger» thronte dazwischen wie ein Leuchtturm. Den Namen hatten sich die Macher der TV-Serie «Dittsche» ausgedacht, um Schleichwerbung zu umgehen, der Produktionsleiter hatte die Flasche von einem Dreh aus Hamburg mitgebracht .

Wenn einer irgendetwas im Raum als Kitsch bezeichnete, musste er zur Strafe einen ausgeben, das war die Regel. Das Erdbeerparadies würde nie ein steriler Laden mit Alutischen werden, dafür würde Arne sorgen, solange er lebte!

Er mixte seiner Mutter ein kleines Glas Manhattan, das sie in einem Zug hinunterkippte. Dann sah sie ihn so streng an wie seit seiner Kindheit nicht mehr. Er seufzte und mixte ihr noch einen – und dann einen für sich selbst. Es war nicht gerade das, was Sportmediziner nach dem Joggen empfahlen, aber irgendwie hatten Fokkos Stänkereien ihn mehr getroffen, als er sich eingestehen wollte. Ein Manhattan würde ihn wieder entspannen.

«Skål!», rief er und stieß mit seiner Mutter an.

Mit dem Erdbeerparadies hatte er im richtigen Moment eine Bleibe gefunden, an der er sich pudelwohl fühlte. Seine Wohnung im Dachgeschoss über der Kneipe war die größte, die er je besessen hatte, außerdem machte es ihn stolz, Pächter dieses Traditionsladens zu sein.

WIE SIEHT ES FINANZIELL AUS?, schrieb Imke auf ihren Block.

«Ja, weißt du …», begann er und wusste nicht so recht, was er sagen sollte. Seine Bank hatte ihm anfangs alle Türen geöffnet. Jetzt müsste sie eigentlich noch einmal nachlegen, damit sein Umsatz anlief, aber genau zu diesem Zeitpunkt drehten sie ihm den Kredithahn zu.

«Die Bank zickt rum, aber das machen die immer, du weißt ja, wie die sind», sagte er.

Es ging um eine vierstellige Summe im unteren Bereich, so etwas bezahlten die doch aus ihrer Portokasse! Für ihn aber würde schon die nächste Miete ein Riesenproblem werden. Wenn es so weiterging, hatte er im Gegensatz zu seinem alten Schulfreund Fokko nicht mal mehr Geld für Sudokuhefte.

Seine Mutter sah ihn besorgt an.

«Du musst dir keine Sorgen machen. Heute Abend spielen die Sturmflut-Wölfe, da werden ganz neue Weichen gestellt.

Manchmal braucht es so eine Initialzündung, um ein Feuer in Gang zu setzen, dann zieht die Bank sofort wieder mit.»

Seine ehemalige Schülerband hatte über Jahre hinweg für ein ausverkauftes Erdbeerparadies gesorgt. Von seinem letzten Geld hatte Arne nun jede freie Stelle der Insel plakatiert und alle Leute, die er von früher kannte, eingeladen. So die Leute Kinder hatten, waren sie bereits aus dem Haus, jetzt hieß das Motto «Runter vom Sofa, rein in die Kneipe!». Endlich konnten die Sturmflut-Wölfe mit den Fans von früher wieder ein Fass aufmachen, nachdem jahrelang Stille geherrscht hatte.

Aber die Sorgenfalten waren nicht aus dem Gesicht seiner Mutter verschwunden. Dabei hatte sie ein Faible für verrückte Ideen, das wusste er.

«Ich bin überall auf offene Ohren gestoßen, alle fanden die Idee super und wollen kommen. Als wenn sie genau auf diese Ansage gewartet hätten!»

Er rechnete mit hundert bis hundertfünfzig zahlenden Gästen. Das war schon mal die halbe Miete für den nächsten Monat, mit Glück sogar etwas mehr.

Imke hob die Hände und drückte beide Daumen.

5. Snaakest dü Fering?

Jade rannte mit einem flüchtigen Abschiedsgruß an Herrn Hussein vorbei und tauchte neben dem Haupteingang mit großen Schritten ab ins Parkhaus. Drei Etagen tiefer wartete Paul auf sie, der sich in diesem Moment anfühlte wie ihr bester Freund. Jade riss die Fahrertür auf und ließ sich auf den Sitz fallen.

«Wohin jetzt?», überlegte sie laut und biss sich nachdenklich auf die Unterlippe. «Doch wieder nach Hause?»

Zu ihren frischverliebten Eltern? Niemals!

«Freunde durchtelefonieren?»

Irgendetwas in ihr sträubte sich dagegen, sie wollte niemandem etwas schuldig bleiben.

«Also ins Hotel?»

Um sich noch einsamer zu fühlen, als sie es ohnehin schon tat? Mal abgesehen davon, dass sie dafür gar nicht genügend Geld besaß.

Erst einmal raus aus dem düsteren Parkhaus, in dem es penetrant nach Abgasen stank. Im Sonnenlicht würde ihr schon etwas einfallen. Doch eine Minute später stand sie hinter einem riesigen Lastwagen im Stau, links und rechts von ihr türmten sich ebenfalls gigantische Transporter, es war so eng, dass sie nicht mal hätte aussteigen können, wenn sie es gewollt hätte. Sie bekam Platzangst und versuchte mit aller Kraft, die aufkommende Panik zu unterdrücken. Aber dann ging es nach und nach voran.

Ihr Instinkt führte sie zielsicher auf die Autobahn Richtung Norden, und nach einigen Kilometern wurde ihr klar, dass das kein Zufall war. Was gab es jetzt Besseres als eine einsame Insel, auf der sie alles hinter sich lassen konnte? Und genau diese Möglichkeit stand ihr auf Föhr jederzeit offen. Seit ihrem fünfzehnten Lebensjahr war sie jede Ostern nach Föhr gefahren, und immer war sie von ihren Verwandten begeistert aufgenommen worden.

Sie überlegte, wo sie spontan am besten unterkommen konnte. Sie hatte ja niemandem Bescheid gesagt. Bei Oma Imke in der WG war es zu eng, bei ihrem Cousin Sönke mit Frau und Kind auch, aber Arne würde sie mit Sicherheit aufnehmen. Er war der coolste Onkel, den man sich vorstellen konnte. Sein bisheriges Leben hatte er als Surflehrer und Strandkorbvermieter gearbeitet und war nun Besitzer einer Disco mit dem netten Namen «Erdbeerparadies». Und das mit Ende fünfzig! Wer hatte schon so einen Onkel in der Familie? Wenn sie ihre Eltern dagegen sah … Die hatten immer nur das gemacht, was man von ihnen erwartet hatte, und lebten spießig in ihrem Doppelhaus. Mit Arne hingegen hatte sie bei ihren Besuchen einige grandiose Strandpartys gefeiert, er hatte immer gute Laune und ließ sich nie unterkriegen. Der würde sie aufmuntern und wieder hochbringen!

Der alte Käfer tuckerte auch bei Vollgas nur mit Tempo neunzig über die vielbefahrene sechsspurige Autobahn. Eigentlich durfte sie in diesem Zustand gar nicht am Steuer sitzen, sie war immer noch wie narkotisiert. Hinzu kam, dass sich die Heizung nicht abstellen ließ, eine typische Alte-

Käfer-Krankheit. An diesem heißen Sommertag wurde das zu einer echten Herausforderung, sie musste die vorderen Ausstellfenster die ganze Zeit offen halten. Blöderweise war das Radio kaputt und der Akku ihres MP3-Players leer, sodass sie gezwungen war, dem rauen Boxermotor im Heck zuzuhören, der sie langsam, aber zuverlässig voranbrachte. Die schnelleren Autos bedrängten sie von hinten, viele versuchten sie mit der Lichthupe von der Piste zu verscheuchen, wenn sie gerade einen Lastwagen überholte. Irgendwann platzte ihr der Kragen.

«Aggro-Idioten!», brüllte sie.

Dabei hätte sie heute mit einem SUV oder einem schnellen Sportwagen mit Sicherheit auch die Sau rausgelassen. Das Dossier war der größte Erfolg ihres bisherigen Lebens gewesen – und hatte sich als vollkommen sinnlos erwiesen. Drei Monate harte Arbeit umsonst. Ihre Zahlen waren besser als die der sogenannten Fachmänner gewesen, das wusste jeder. Aber für die war sie nur ein junges Ding mit sexy Mandelaugen, das ihre schmutzige Phantasie auf Hochtouren brachte.

«Ihr Schweine, das kriegt ihr wieder», schrie sie gegen die Windschutzscheibe. «Ich werde die mächtigste Frau Deutschlands! Und dann werdet ihr Staub fressen!»

Vor ihr näherte sich die erste Anhöhe der Kasseler Berge. Sie gab noch einmal Vollgas, der Käfer brachte es auf rekordverdächtige 95. Aber als es bergauf ging, fing der Motor an zu streiken, der Kilometerzähler fiel auf vierzig, egal, wie sehr sie das Gaspedal durchtrat. Sie versuchte es immer wieder, aber nichts passierte; im Gegenteil, sie wurde nur noch langsamer.

Das war zu viel für sie.

Ihr Zwerchfell begann zu zittern, und ihre Nase zog sich

zusammen. Sie lenkte den Wagen auf den Pannenstreifen, wo sie die Handbremse zog. Dann schnappte sie sich Fridolin, ihr graues Nilpferd, und drückte es sich gegen das Gesicht, bevor sie ohne Hemmungen losheulte. Fridolin war weich und warm, das tat gut. Es war erbärmlich: Eben wollte sie noch internationale Finanzgeschäfte abwickeln, jetzt mutierte sie wieder zum Kleinkind. Na und? Dann war es eben so! Jade nahm ein paar hastige Schlucke aus der Wasserflasche, die sie an einer Raststätte gekauft hatte. Dann beschloss sie weiterzufahren. Sie weinte sonst selten, aber diese Fahrt wurde immer wieder von krampfartigen Heulanfällen unterbrochen. Hinter Göttingen kam sie langsam wieder auf Normalnull, ab Hannover begann die Vorfreude ihren Frust zu überlagern. Trotzdem würde es mit dem Käfer noch Stunden dauern, bis sie sicheres Terrain erreicht hatte.

Nach fast zehn Stunden Fahrt rollte sie endlich in Dagebüll über den Deich. Es dämmerte schon, und außer ihr waren nur noch drei weitere Wagen auf der Fähre nach Föhr. Der heftige Nordseewind zerrte und rüttelte an der Karosserie, wilde Wellen klatschten gegen den Kai. Jade stieg aus, lehnte sich lächelnd an den rundlichen Kotflügel des Käfers und ließ ihre Haare vom Wind durchwirbeln. Die Luft roch nach wilder, salziger See, weiße Gischtkronen tanzten auf den Wellen, als würde hier eine Hexensuppe gekocht werden. Hinter der Insel Föhr baute sich eine bedrohliche pechschwarze Wand auf, die bald über alles hereinbrechen würde. Allein die Stadt Wyk wurde noch von der untergehenden, prallen Abendsonne beschienen.

Einer der jungen Wageneinweiser mit weißer Schirmmütze stellte sich neben ihren Käfer. Er hatte eine krumme Nase, die Jade an irgendeinen Filmschauspieler erinnerte, aber sie kam nicht auf den Namen. Oder war es einer dieser lustigen römischen Legionäre aus Asterix und Obelix?

«Schickä Kistä», murmelte er. Sein norddeutscher Dialekt war wie Musik in ihren Ohren.

«Moin, düüret et noch loong?», fragte sie auf Friesisch.

Moin, dauert das noch lange?

Der Kerl schaute sie verdattert an. Schon klar, was er dachte: Vor mir steht eine Asiatin und spricht lupenreines Fering – da habe ich mich wohl verhört.

«Snaakest dü Fering?», fragte er unsicher.

Sprichst Du Friesisch?

«Ne, so snaakest jo ok uun Thailand», scherzte sie.

Nein, so sprechen wir auch in Thailand.

Der Mann nickte und vertrollte sich, das überforderte ihn irgendwie. Jade lachte still in sich hinein. Es war, als ob sie in ihre Heimat zurückkehrte.

Die Fährüberfahrt war schaukelig, der Wind pfiff in allen Ecken. Zum Glück machte ihr der Seegang nichts aus. Als sie ihr Ziel erreicht hatten, stieg sie in ihren Käfer und verließ mit den drei anderen Autos und ein paar Fußgängern die Fähre.

Vom Hafen in Wyk war es nur ein guter Kilometer zum Erdbeerparadies, das wusste sie. Sie tuckerte die Umgehungsstraße entlang und bog an der zweiten Kreuzung in die Ocke-Nerong-Straße. Links und rechts der Tempo-30-Straße kuschelten sich niedrige Reetdachhäuser mit steilen Giebeln, auf denen stolz die Baujahre aus den letzten drei Jahrhunderten angebracht waren.

Sie konnte es kaum abwarten, gleich war sie da!

Als sie auf das Erdbeerparadies zufuhr, stutzte sie. Hier schien heute Abend ein Riesenevent stattzufinden. An jeder

zweiten Straßenlaterne waren die Sturmflut-Wölfe angekündigt, die heute dort spielen sollten. Super, dann rasselte
sie ja mitten in ein Riesenkonzert, das war genau das Richtige nach der langen Fahrt!

Jede Müdigkeit war sofort verschwunden. Jetzt fiel ihr ein,
wann sie das erste Mal im Erdbeerparadies gewesen war.
Ein Insulanerjunge namens Momme hatte sie hier zur Disco
eingeladen, da war sie fünfzehn gewesen. Bei dem Gedanken an Momme musste sie lächeln. Es war in der Zeit, als
sie noch als Grufti herumgelaufen war und die abgeklärte
Großstadtgöre gegeben hatte: Die Musik im Erdbeerparadies fand sie uncool, die ultraaltmodische Holzeinrichtung
war akut von Holzwürmern bedroht, die Leute gingen gar
nicht. Der arme Momme hatte es nicht leicht gehabt mit
ihr, dabei war er so ein Netter gewesen. Sie hatte ihn sehr
gemocht – wenn sie ehrlich war, mehr als das –, und trotzdem hatten sie sich bald nach ihrem ersten Föhr-Besuch aus
den Augen verloren.

Die schwarze Wolkenwand verschlang plötzlich das
gesamte Abendlicht, es wurde fast schlagartig dunkel. Hätte
sie Arne Bescheid geben sollen? Nein, so war die Überraschung noch schöner! Der Motor des Käfers röhrte immer
lauter, sie musste ihn unbedingt einstellen lassen. Plötzlich
gab es einen lauten Knall, und schwarzer Rauch stieg aus
dem Auspuff.

«Mist, was ist das denn?», fluchte sie.

Sie ließ den Wagen gegenüber dem prächtigen hölzernen
Gerätehaus der Boldixumer Feuerwehr ausrollen. Ein paarmal drehte sie noch den Schlüssel hin und her – keine Reaktion. Als wenn das nicht schon schlimm genug gewesen wäre,
prasselten jetzt dicke, harte Körner wie Gewehrkugeln auf
das Blechdach ihres lahmgelegten Autos, grelle Blitze zuck-

ten über den Himmel. Unter dem Handschuhfach leckten ein paar Tropfen in den Fußraum, im Wageninneren roch es sofort nach altem, feuchtem Kunststoff.

Das konnte ja wohl nicht wahr sein!

Ungefähr hundert Meter entfernt, leuchteten ihr durch den Regen zwei riesige rote Erdbeeren auf einem grünen Schild entgegen. Sie wollte nicht warten. Also zog sie eine Jacke aus ihrem Koffer, riss die Tür auf und rannte los. Die Jacke nützte ihr gar nichts, die Tropfen peitschten gleichzeitig von allen Seiten auf sie ein. Innerhalb von Sekunden wurde sie nass bis auf die Haut und begann erbärmlich zu frieren.

Egal, weiter!

Die Rettung lag jetzt vor ihr, in Form eines beleuchteten Schildes: Erdbeerparadies!

6. Geliebte Höhlenmenschen

Jade stürmte durch den Vorraum mit dem kleinen, einsamen Tisch, an dem der Eintritt kassiert wurde. Die Kasse stand offen da, niemand war zu sehen. Von drinnen drang eine Art deutscher Rockmusik, mit der sie normalerweise nichts anfangen konnte.

«… und das Schiff mit sieben Segeln und jeder Menge Rum an Bord, das brachte nichts zustande, aber Kuddl fort …»

Egal, was für Musik es war, unter einem wasserdichten Dach hätte sich sogar Staubsaugen wunderbar angehört! Sie betrat den Tanzsaal. Anders, als sie es von der Plakatdichte auf den Straßen erwartet hätte, herrschte hier gähnende Leere. Höchstens zwanzig Gäste bewegten sich auf der Tanzfläche und sangen mit, sie kannten offenbar jede Zeile.

«… und Kuddl, was macht der? Baut jede Menge Scheiß, dem wurd es selbst in Grönland zu heiß.»

Auf der beleuchteten kleinen Bühne standen ein paar ältere Herren und bedienten lässig ihre E-Gitarren. Durch die Fenster an der Wand hinter ihnen konnte man auf den prasselnden Regen hinausschauen, auf den Fensterbänken standen wildwuchernde Zimmerpflanzen, an der Wand hing ein alter Schrank. Nicht gerade das, was man sonst so als Bühnendekoration vorfand. Der Bassgitarrist war mindestens zwei Meter groß und trug ein ärmelloses T-Shirt, das seinen mächtigen Bizeps freilegte, die anderen waren Altfreaks mit graumelierten langen Haaren. Die paar Leute im Raum grölten nun den Refrain: «Aloha heee hee, aloha …!»

Direkt neben der Bühne befand sich die Tür zur Damentoilette, die von einem gelben Spot angestrahlt wurde, sodass jede Frau für Sekunden unfreiwillig zum Star wurde, wenn sie vom Klo kam. Plötzlich entdeckte sie Arne – er wirbelte vor der Bühne eine wildgelockte, rothaarige Frau herum, seine Arme flogen nur so durch die Luft. Die Jeans am Hintern ihres Onkels saßen noch so, wie sie bei einem Kerl sitzen sollten, Respekt! Seine Tanzpartnerin lächelte ihn offen an. Sie war vermutlich etwas jünger als er. Ihre roten Locken bewegten sich im Takt, sie hatte eine Traumfigur. Arne nickte ihr zwischendurch immer mal wieder zu, schien aber nicht wirklich zu begreifen, mit was für einer Klassefrau er es da zu tun hatte.

«Aloha heee hee, aloha …!»

Vor ihr stand im Halbdunkel ein Rollstuhl, in dem eine Frau mit strubbeligen blonden Haaren saß. Die Frau trug ein glitzerndes goldfarbenes T-Shirt und weiße Jeans. Jades Augen leuchteten auf:

«Oma!»

Sie rannte quietschend um den Rollstuhl herum und umarmte sie: «Omaaaaaaa!»

Im Vergleich zu ihrem letzten Besuch kurz vor Ostern war Imke noch dünner geworden, was ihr schon fast bedenklich vorkam. Sie war wie immer zu jugendlich gekleidet und braungebrannt. Jades Ruf ließ Oma hochschrecken, sie sah Jade verdattert an. Als sie erkannte, wer da vor ihr stand, strahlten ihre hellblauen Augen auf, und sie streichelte ihrer Enkelin zärtlich übers Gesicht.

Das tat so was von gut!

«Oma, was machst du denn hier? Ist deine WG auch da?» Plötzlich stürmte Arne von hinten heran.

«Jade, mien Deern!», rief er und drückte sie fest an sich. «Huar kommst dü fan daan?»

Wo kommst du denn her?

«Arneeeee!», schrie sie und schlang ihre Arme um ihn.

«Jadeeeee!», rief Arne erneut. Alle waren so froh, sie zu sehen!

In diesem Moment meldete sich der Riesentyp von der Bühne zu Wort. «Als Nächstes spielen wir ‹Frisian Dynamite›», kündigte er an und rief: «We … Are …»

Pause.

Stille im Raum.

Dann brüllte er los: «… Frisian Dyyyyyynaaaaaaamiiiite!»

Gitarren und Schlagzeug setzten mit infernalischem Lärm ein.

«Hast du Ferien?», schrie Arne gegen die Musik an.

«Sozusagen.»

Zum Glück fragte er nicht weiter.

«Kann ich ein paar Tage bei dir wohnen?»

«So weit kommt es noch, dass du auf Föhr woanders hingehst!»

«Super, danke!»

«Wir sind übrigens eine WG, deine Oma wohnt zurzeit bei mir.»

«Wie kommt's?»

«Christa und Ocke sind auf Hochzeitsreise, da habe ich sie zu mir genommen.»

Sie wandte sich lachend an ihre Großmutter.

«Hast du das gehört, Oma? Wir sind deine neue WG!»

Oma tätschelte ihre Hand und lächelte begeistert. Jade hätte fast geheult, so schön war das.

Die Sturmflut-Wölfe legten von der Lautstärke her noch einmal nach: «We are … Friiiiisiaaaan, Dyyyyynaaaaaa-miiiiiite!»

Ein Gespräch war jetzt vollkommen unmöglich geworden. Spontan schob Jade den Rollstuhl mit Oma auf die Tanzfläche und drehte sie im Kreis herum. Oma warf begeistert die Arme hoch. Um sie herum tanzten die Rotgelockte, Arne und die anderen, die meisten mit geschlossenen Augen. Nach vier Stücken winkte Oma ab und deutete an, dass ihr schwindelig wurde. Zugegeben, unter Seniorentanz stellte man sich sonst etwas anderes vor.

«Ich bringe Imke in deine Wohnung», rief Jade Arne zu, der jetzt wieder mit seiner Partnerin tanzte.

«Kann ich auch machen.»

«Nee, du wirst hier gebraucht.»

Er nahm die Rothaarige an die Hand und führte sie zu Jade: «Das ist Svantje, das ist meine Nichte Jade.»

Die Frau gab ihr die Hand und zeigte ein offenes, herzliches Lächeln. War sie Arnes Freundin?

«Soll ich noch was aus deinem Auto holen?», fragte Arne.

«Nee, die Karre ist mir kurz vorm Paradies verreckt.»

Er sah sie erschrocken an.

«Ernsthaft?»

«Wahrscheinlich Motorschaden.»

«Wie kann das sein?»

«Verstehe ich auch nicht, der Wagen ist vierzig Jahre alt und hat erst 300 000 runter.»

Arne nickte.

«Das Auto steht hundert Meter weiter, gegenüber der Feuerwehr», sagte Jade.

«Mach dir keine Sorgen, ich kümmere mich darum. Wir sehen uns später.»

«Falls ich dann nicht schon penne, ich bin so was von durch.»

Ihr Onkel umarmte sie noch einmal herzlich.

«Hier ist der Wohnungsschlüssel. Schlaf dich erst mal aus. Und spätestens wenn du morgen im Meer warst, fühlst du dich wie neugeboren.»

Jade schob Oma zum Treppenhaus, das zu Arnes Wohnung direkt über dem Erdbeerparadies führte. Dann half sie ihr aus dem Rollstuhl. Ein paar Schritte konnte Imke zum Glück noch gehen. Im Treppenhaus hing ein altes Ölgemälde, das eine Alpenlandschaft mit einer Gruppe Gämsen zeigte. Über den Gipfel hatte jemand einen rot-weiß-braunen Aufkleber des FC St. Pauli geklebt. Im oberen Stockwerk führte ein langer Flur zur Küche, links und rechts davon gingen die kleinen Zimmer ab, alle mit Dachschräge. Oma stützte sich auf ihren Rollator, der anscheinend immer oben bereitstand, und zeigte ihr die einzelnen Räume.

«Typisches Arne-Design», bemerkte Jade. Ihre Oma nickte zustimmend. Arnes Wohnung unterschied sich optisch eigentlich kaum vom Tanzsaal. Er hatte auf Flohmärkten einfach alles wild zusammengekauft, was ihm in die Finger kam, Nähmaschinen, Milchkannen, Stallfenster, alte Truhen und Kommoden.

Im Wohnzimmer stand ein Wäscheständer mit Arnes Sachen und Omas neonfarbenen T-Shirts, im Badezimmer gab es eine riesige Wanne. Ein weiteres Zimmer war vollgestellt mit akustischen und E-Gitarren, hier schlief Arne auf einem Futon. Am Kopfende standen drei dicke Kirchenkerzen, die bestimmt einen Meter hoch waren.

Oma schlief in Arnes Schlafzimmer unter einem Riesenposter von Jimi Hendrix. Schritt für Schritt führte Jade sie zu dem riesigen Wasserbett, zog ihr die Schuhe aus und ließ sich dann spontan auf eine Seite des Bettes plumpsen, was eine heftige Wellenbewegung auslöste. Oma kicherte leise und ließ sich auf die andere Seite sinken, was die Wellen noch höher trieb. Es fühlte sich an, als schwämmen sie auf einer Luftmatratze übers offene Meer.

«Wie cool ist das denn?», juchzte Jade, als sie die Riesenglotze mit Dolby-Surround entdeckte, die vor dem Bett aufgebaut war.

AUS MEINER WG, schrieb Oma auf ihren Block.

Welche Oma sonst konnte so einen Satz wohl sagen?

«Kinoabend?», schlug Jade vor.

Oma lächelte und nickte.

«Was gucken wir?», fragte Jade.

Es war ihr nach diesem Tag vollkommen egal, Hauptsache, auf dem Bildschirm flimmerte irgendetwas. Oma deutete auf eine DVD, die vor dem Fernseher lag.

«‹Pretty Woman›? Kenne ich nicht.»

Sie warf die DVD ein und legte sich neben Oma. Imke roch angenehm nach der Babycreme, mit der sie sich gerade das Gesicht eingeölt hatte. Dabei hatte sie ein bisschen zu viel des Guten getan, Jade nahm ein Taschentuch und tupfte etwas überschüssige Creme ab. Dann nahm Oma ihren Block vom Nachttisch, malte einen Smiley und deutete auf sie. Jade umarmte ihre Oma gerührt und gab ihr einen dicken Kuss auf die Wange. Dann drückte Oma auf die Fernbedienung. Während des Vorspanns schrieb sie als Warnung «VORSICHT, KITSCH!» auf ihren Block.

«Genau das brauche ich jetzt.» Jade lachte.

«Pretty Woman» kam Jade etwas angestaubt vor, was kein Wunder war: Der Film stammte aus dem Jahr 1990, zwei Jahre vor ihrer Geburt. Richard Gere war nicht ganz ihr Fall, er war einfach zu alt für sie, aber Julia Roberts fand sie hinreißend, dieses Lächeln, diese Natürlichkeit! Oma war offenbar ein Riesenfan des Films und schrieb auf ihren Block, dass sie ihn zum 53. Mal sah. Jade konnte das kaum glauben, allerdings hatte sie «Twilight» auch zwölfmal gesehen, was nur ihre beste Freundin Vanessa wusste.

Als der Film zu Ende war, waren sie beide noch hellwach, und Jade warf als Nächstes «Fluch der Karibik» ein. Sie schauten bis zwei Uhr nachts und quietschten vor Vergnügen. Nur das Ende bekam Jade nicht mehr mit, weil sie vorher selig weggedämmert war.

7. Warme Milch mit Honig

Die nahegelegene mächtige Nicolaikirche weckte sie mit behäbigen Glockenschlägen. Jade hatte so tief geschlafen wie lange nicht mehr und war noch ganz fertig von der Abschlussprüfung, durch die sie im Traum gefallen war, und zwar im wörtlichen Sinne: Der Boden im Chemiesaal hatte sich einen Spalt unter ihr geöffnet, und sie war haltlos in die Tiefe gestürzt. Kurz bevor sie ohnmächtig wurde, kam sie auf dem Pflaster der Straße auf, in der sie aufgewachsen war. Dort musste sie die Prüfung wiederholen und fiel erneut durch …

Sie streckte sich im Wasserbett aus, in dem sie nach der Filmsession eingeschlafen war. Sieben Glockenschläge hatte sie gehört – das war eigentlich viel zu früh zum Aufstehen! Es roch immer noch nach Omas Babycreme, unwillkürlich blickte sie auf die andere Seite des Bettes, aber die war leer. Oma war also schon aufgestanden. Jade konnte es kaum glauben, aber sie war wirklich auf Föhr. Draußen schien die Sonne, bestes Strandwetter – also nichts wie raus aus den Federn!

Gähnend schlurfte sie über den kahlen, engen Flur in die Küche, wo Arne mit Oma bereits am Frühstückstisch saß. Imke trug einen roten Pyjama und darüber einen goldenen

Bademantel. In der einen Hand hielt sie ein Brötchen, mit der anderen wühlte sie in einem großen Karton herum.

«Moin, Jade, wie hast du geschlafen?», fragte Arne und umarmte sie. Jade gab ihm ein Küsschen auf die Wange, dann umarmte sie Oma.

«Super», murmelte Jade mit brüchiger Stimme und schaute sich um. Arne reichte ihr einen Pott Kaffee.

«Mit viel Milch, ohne Zucker – wie immer?», fragte er.

Ihr Onkel war wirklich ein Goldschatz: aufmerksam und gastfreundlich wie immer. Sie nickte, nahm sich ein knuspriges Brötchen und strich etwas Butter und Honig darauf. Die Küche war klein und gemütlich. Wände und Decke waren in einem warmen Orange gestrichen, es roch nach indischem Curry und Knoblauch. An der gegenüberliegenden Wand stand ein großes dunkelbraunes Küchenbuffet mit filigranen hellen Intarsienarbeiten, das an den Seiten mit unzähligen Aufklebern und Ansichtskarten beklebt war. An der Wand hingen ein lebensgroßer Plastikrabe, eine alte Landkarte von Föhr und ein Autokennzeichen aus Florida. Der hochmoderne Induktionsherd war das Einzige, was nicht in dieses Sammelsurium passte. Aber ihr Onkel war schon immer ein leidenschaftlicher Koch gewesen, da sparte er an nichts.

«Dein Vater hat vorhin angerufen ...», sagte Arne.

Sie stöhnte laut auf und legte das angebissene Brötchen auf den Teller.

«Und?»

«Cord sucht dich.»

«Und?»

«Ärger?», fragte Arne.

«Und wenn?»

Ihr Onkel lächelte warm.

«Du kannst hier wohnen, solange du willst.»

«Danke, Arne! Ich zahle auch was in die Haushaltskasse.»

Sie biss erneut in ihr köstliches Honigbrötchen.

«Quatsch.»

«Mann, ich habe doch selber gesehen, wie schlecht das Paradies läuft», protestierte sie.

Arne sah sie betroffen an, dann lachte er kurz auf.

«Ein Brot für meine Lieblingsnichte ist immer noch drin.»

«Die Sturmflut-Wölfe haben nicht gerade den Rahmen gesprengt, was?», fragte sie mitfühlend.

«Ich habe diese Band gegründet, das sind alles alte Kumpels von mir», sagte Arne nicht ohne Stolz. «Das gestern Abend war mehr für Insider, weißt du? So was muss zwischendurch auch mal drin sein.»

Oma blickte von ihrem Karton auf und biss sich auf die Lippen. Auch Jade war klar, dass ihr Onkel nur so locker tat. Die Straßen hatten vollgehangen mit seinen Plakaten, das musste einen Haufen Geld gekostet haben. Die zwanzig Gäste hatten höchstens einen Bruchteil davon wieder eingespielt. Er tat ihr leid.

«Zur Not kannst du im Tanzsaal ja einen Wäscheservice aufmachen», schlug sie vor.

«Hä?»

Sie lachte.

«Na, wegen der Wäschemangel, die im Eingang steht.»

«Das muss so», erklärte Arne.

In einer Disco?

Und die gusseiserne Mangel mit den hölzernen Rollen war ja nur *ein* Beispiel für seinen exotischen Geschmack. Was sollte das Wagenrad an der Wand, an dessen oberster Speiche eine Karikatur von Mahatma Gandhi befestigt war? Und die Nähmaschine neben dem Tresen? – Es war so bekloppt, dass es schon wieder was hatte.

Oma reichte ihr ein paar Fotos, die sie aus der Kiste gekramt hatte. Sie zeigten lachende Menschen beim Feiern im Erdbeerparadies, die Bilder mussten aus allen möglichen Epochen stammen. Um 1900 herum waren die Gäste zwar noch ziemlich steif gekleidet, aber genauso fröhlich wie die Besucher in den Fünfzigern. Die langhaarigen Männer aus den Sechzigern und Siebzigern lächelten kaum, sie gaben sich extrem cool, fast wie die in lila Seidenhemden und mit aufgeplusterten Föhnwellen aus den Achtzigern.

«Wo hast du die Bilder her?», rief Jade begeistert.

«Der Karton stand in einer Abseite unter dem Dach, den hat der Vorbesitzer wohl hier vergessen», sagte Arne. «Ton Steine Scherben, Hans Hartz, Lake – die waren alle hier! Und Abi Wallenstein.»

«War das eine Schülerband?», fragte sie.

«Eine Schülerband?»

«Na, die werden bestimmt ihr Abi über Schillers Wallenstein gemacht haben, oder wie kommt man sonst auf so einen Namen?»

Arne verzog das Gesicht.

«Ach nee, Wallenstein ist ein Ort, nicht?», verbesserte Jade sich. «Wo liegt das noch mal?»

«Maaaann, Abi Wallenstein ist ein berühmter Bluesmusiker!»

«Echt?»

Wenn sie ehrlich war, kannte sie keine einzige von diesen Bands.

Oma lächelte.

«Wieso machst du nicht mal was für junge Leute?», fragte Jade.

«Meine liebe Jade, hier auf der Insel sind die Claims fest abgesteckt: Das ‹Island Palace› am Hafen bedient die Teenies, ich kümmere mich um die Älteren.»

«Das muss ja nicht so bleiben.»

«Susanne, die Besitzerin vom Island Palace, hat ihre Disco gerade mit Schaumkanonen aufgerüstet. Da kann ich sowieso nicht mithalten.»

«Verstehe.»

«Nachher wird Barni deinen Schrotthaufen in seine Werkstatt schleppen», wechselte Arne abrupt das Thema. «Das ist der, der gestern bei den Wölfen den Bass bedient hat.»

‹Das Tier mit den Muskelbergen?»

‹Wenn einer auf alte Käfer kann, dann er.»

Jade sprang auf und drückte Arne einen Kuss auf die Wange.

«Danke.»

«Da nicht für.»

‹Kann ich auch was für dich tun?»

‹Was stellst du dir da so vor?»

Sie zog ihre rechte Augenbraue hoch.

«Oben ohne an der Bar servieren?»

Arne schaute sie verdattert an.

Sie lachte.

«Na ja, irgendwie müssen wir die Bude ja vollkriegen!» Sie hob ihre kleinen Brüste mit den Händen etwas an. «Meinst du, das langt?»

Arne war etwas unangenehm berührt, aber Imke kicherte, bis ihr die Tränen kamen. Sie schob ihrer Enkelin ein weiteres Foto hin. Es zeigte eine wunderschöne Frau in karierten Hosen, die mit gespreizten Beinen gerade einen gewaltigen Luftsprung machte und dabei ausgelassen lachte. Ihre blonden Haare flogen nach allen Seiten, ihr Lippenstift sah ziemlich verrucht aus. Imke lächelte verschmitzt.

«Heißer Feger!», bemerkte Jade und riss plötzlich die Augen auf. «Bist du das, Oma?»

Ihre Großmutter nickte voller Stolz.

Arne kannte das Foto: «Das war ein Rock-'n'-Roll-Wettbewerb in den Fünfzigern.»

«Wow!»

Oma deutete im Rollstuhl einen Hüftschwung an und hielt dabei kokett die Arme in die Höhe. Als dieses Foto geschossen wurde, hatte sie sich bestimmt nicht vorgestellt, dass sie es einmal mit ihrer Enkelin anschauen würde. Jetzt reichte sie Jade ein weiteres, noch viel älteres Bild: ein junges Paar, das wild vor einem Erdbeerfeld tanzte. Die Frau hatte einen Bubikopf, der Mann einen gezwirbelten Schnurrbart, beide strahlten sich schwer verliebt an. Imke schrieb dazu einen Text auf ihren Block:

DAS SIND DEINE URGROSSELTERN.

Jade sah sich das Bild genauer an.

«Wie jung die waren und wie schön …», seufzte sie. «Die hätte ich gerne mal kennengelernt.»

Oma kritzelte eine Skizze auf ihren Block und reichte ihn herüber. Jade schaute erst die Zeichnung, dann ihre Oma verblüfft an.

«Deine Eltern haben dich im Feld hinter dem Erdbeerparadies gezeugt?», fragte sie erstaunt.

«Mama!», empörte sich Arne. «Also wirklich!»

Sie platzte fast vor Lachen.

Imke fuchtelte mit den Händen und verlangte empört den Block zurück.

KANNTE ZEUGEN!, schrieb sie darauf.

Jade prustete erneut los.

«Ohne das Feld hinterm Erdbeerparadies würde es dich und mich gar nicht geben, Arne!», rief Jade.

Imke nickte und rollte mit ihrem Rollstuhl Richtung Badezimmer.

«Oma, warte einen Moment, ich helfe dir beim Duschen!», rief sie.

«Ich muss noch was Dringendes erledigen», druckste Arne herum. «Könntest du Mama heute nehmen?»

Sie griff nach der knochigen Hand ihrer Oma und schaute ihn entgeistert an. «Das hatte ich sowieso vor. Was denkst du denn?»

8. Schülervertretung am Südstrand

Das auflaufende Wasser funkelte in der Sonne, die Möwen kreischten, und im Hintergrund zog die weiße Amrum-Fähre auf geradem Kurs an Langeneß vorbei. Jade schob Imke über die Promenade am Südstrand. Sie hatte ihrer Oma nach dem Duschen den knallroten Badeanzug unter das grüne Strandkleid gezogen und konnte es kaum abwarten, sich in die Wellen zu stürzen.

Falls sie jemals am Strand ankommen würden.

Denn Oma schien auf Föhr Promi-Status zu besitzen, es war unglaublich, wie viele Menschen sie grüßten. Einheimische wie Touristen: Von überall her kam ein fröhliches «Moin Imke!». Fast alle blieben stehen, strichen ihr freundschaftlich über die Schulter und erzählten, was gerade so los war: Krankengeschichten, Klatsch und Tratsch. Am besten war Frau Feddersen mit ihrer frischen Dauerwelle und dem Blümchenkleid. So einen Aufzug kannte Jade nur aus alten Heimatfilmen der Fünfziger, die ihre thailändische Mutter aus unerfindlichen Gründen so liebte. Frau Feddersen erzählte Jade, wie sie mit Imke in Hamburg aus Versehen statt auf der Verbrauchermesse «Du und Deine Welt» auf der Erotik-Messe gelandet war, die nebenan stattgefunden hatte.

«Da haben wir einiges dazugelernt, was, Imke?»

Als Frau Feddersen verschwunden war, zückte Oma ihren Schreibblock. Für die Anekdote von Frau Feddersen gab es ein «TOTAL ÜBERTRIEBEN!».

Jade schob sie weiter. Trotz aller Fröhlichkeit ging ihr Arne nicht aus dem Kopf. Äußerlich war er beim Frühstück so locker wie immer gewesen, aber dahinter vermutete sie eine tiefe Verzweiflung, die sie noch nie bei ihm erlebt hatte. Es schien wirklich schlecht um ihn zu stehen.

«Was ist denn nun wirklich mit dem Erdbeerparadies?», fragte sie ihre Oma.

Imke schaute sie besorgt an.

«DAS EP IST AM ENDE!», schrieb sie auf ihren Block. «EP» war auf Föhr die übliche Abkürzung für das Erdbeerparadies.

«So schlimm?», fragte sie.

Ihre Oma nickte.

Wie bitter für Arne. Sie wusste, wie sehr sein Herz an dem Laden hing. Natürlich war das Paradies mehr ein Trödelladen als eine Disco, und ihr Onkel Arne war ein Spinner, allerdings ein äußerst liebenswerter! Ihr Vater Cord hatte ihn für seinen Lebensstil immer verachtet, für sie hingegen war er ein Vorbild, weil er nicht so kleinkariert wie ihre Eltern war. Letztlich hatte er in seinem Leben alles auf die richtige Spur bekommen, ohne sich zu verbiegen, dafür bewunderte sie ihn. Jetzt schien es allerdings finster für ihn auszusehen. Und zu allem Überfluss tauchte dann noch seine Nichte aus Frankfurt auf und wollte bei ihm wohnen. Aber obwohl er wirklich andere Sorgen hatte, konnte er sich riesig darüber freuen! Gerne hätte sie ihm irgendwie geholfen, aber wie? Ihre seltenen Erden aus Asien brachten ihn auch nicht weiter, aber außer internationalen Bankgeschäften hatte sie leider nichts gelernt – vielleicht konnte sie ihm bei der Buchführung zur Hand gehen?

Sie parkte den Rollstuhl auf der Promenade und half ihrer Oma die kleine Treppe zum Strand hinunter. Schritt für Schritt führte sie sie ans Wasser. Kurze Zeit später war Imkes Strandkleid ausgezogen, und sie saßen nebeneinander in der flachen warmen Nordsee. Imkes knallroter Badeanzug leuchtete in der Sonne, sie selbst trug einen gelben Bikini. Ihre Oma hatte darauf bestanden, ihr den Rücken einzucremen, denn die friesische Sonne knallte heute erbarmungslos vom Himmel.

Während Oma sich unablässig Wasser mit den Händen über den Kopf schüttete, schwamm Jade fast eine Dreiviertelstunde in der frischen Nordsee. Sie kraulte eine lange Bahn, legte sich anschließend lang ins Wasser, ließ sich treiben, um dann erneut zu schwimmen. Irgendwie fühlte sich hier alles viel leichter an als an Land. Das angenehm temperierte Meer umschmeichelte ihren Körper.

«Wollen wir etwas essen?», fragte sie, als sie wieder bei Oma war.

Imke schüttete sich statt einer Antwort mit der hohlen Hand erneut etwas Meereswasser über den Kopf. Sie hätte wohl den ganzen Tag hier sitzen können.

«Du musst schon völlig durchgeweicht sein», lachte Jade und half ihr aus dem Wasser. Dann legten sie sich in den warmen Sand, um sich von der Sonne trocknen zu lassen. Eine Stunde später begleitete Jade ihre Oma zurück zum Rollstuhl auf der Promenade. Zum Glück war das Strandcafé Pitschis nicht weit, hier trafen sich die Surfer, und auch ein paar Katamarane lagen im Sand.

Als sie sich auf der Terrasse niederließen, spürte Jade, dass sie ein richtiges Loch im Magen hatte. Ebenso wie ihre

Großmutter verschmähte sie die Wellness-Angebote der Speisekarte und bestellte Currywurst Pommes mit einer Extraportion Mayo. Drei Jugendliche in Jades Alter setzten sich an den Tisch neben ihnen.

Eins der Mädchen war bestimmt ein Meter achtzig groß und hatte kurze blonde Haare. Ihre deutlich kleinere Freundin mit den langen schwarzen Haaren wirkte wie ihr Gegenentwurf, und der schlaksige Junge in ihrer Mitte sah mit seinem Seitenscheitel aus wie ein zukünftiger Jurist oder Banker. Dass Jade selbst noch am Tag zuvor im Businessanzug in der Investmentbank herumgelaufen war, hatte sie fast vergessen.

«Hier wäre ich auch gerne zur Schule gegangen», seufzte sie. «Die können jede Freistunde am Strand verbringen, Wahnsinn!»

Sie selbst hatte die Schule gegen den Protest ihrer Eltern nach der zehnten Klasse verlassen, obwohl ihre Schulnoten sehr gut waren. Aber sie hatte das Klein-Klein ihrer Lehrer einfach nicht mehr ausgehalten. Über einen Bekannten ihres Vaters war sie an die Zulassungsprüfung für die Banklehre gekommen, normalerweise nahmen die nur Abiturienten. Der Job war genau ihr Ding, sie hatte es aufgrund ihrer guten Leistungen sogar geschafft, die Lehrzeit auf zwei Jahre zu verkürzen.

«Was machst du nach'm Abi?», fragte das große Mädchen jetzt.

«BWL in London», antwortete der Seitenscheitelträger lässig. «Und du?»

«Vielleicht jobben in Australien, mal sehen.»

«Und was schreibst du dann hinterher in deinen Lebenslauf?»

«Ist mir doch egal.»

Manche Wege trennen sich eben schon früh, dachte Jade.

«Wie ist denn der Stand bei der Abifeier?», fragte der Junge nun.

«Läuft an», erklärte die Dunkle, «das besprechen wir heute Abend in der SV. Ich gehe danach ins Island Palace und mache das klar.»

Jade erinnerte sich, dass das Island Palace die Konkurrenzdisco im Hafen war, von der Arne gesprochen hatte. Vielleicht gab es jetzt eine Möglichkeit, Arne zu helfen. Einen Versuch war es wert …

Sie drehte sich zu ihnen um.

«Moin, ich habe euer Gespräch eben zufällig mitgehört.»

«Lauschangriff ist nur mit richterlicher Genehmigung erlaubt», frotzelte der Seitenscheitelträger.

Innerlich verdrehte Jade die Augen, typischer Gymnasiastenhumor.

«Habe ich.»

Sie hielt ihm die Speisekarte entgegen.

«Sehr witzig.»

«Ich biete euch die Abifeier umsonst an», sagte sie.

Der Einfall war ihr spontan gekommen. Mehr als verlieren konnte sie nicht. Wenn ihr Onkel nicht mit den Schaumkanonen im Island Palace konkurrieren konnte, musste das eben über den Preis laufen!

«So? Woher kommst du denn?», wollte die Große wissen.

«Frankfurt.»

«Na, das liegt ja zum Glück um die Ecke», lachte der Junge.

«Ich bin neuerdings Teilhaberin des Erdbeerparadieses», erklärte sie großspurig. Ihre Oma schaute sie mit fragendem Blick an. Sie selbst fand ihre kleine Notlüge gar nicht so schlimm, Onkel Arne würde schon damit klarkommen. Hauptsache, es spülte Geld in die Kasse, oder nicht?

«Das Paradies ist mehr was für Ältere», wandte die Dunkle ein.

«Das ändert sich gerade.»

«Wie das?»

Jade überlegte.

«Ältere mögen keine Schaummaschine und keine DJs in unserem Alter.»

Sie hatte keine Ahnung, wie sie einlösen sollte, was sie da gerade angekündigt hatte. Aber erst einmal musste der Fisch an die Angel, der Rest würde sich finden.

Die Dunkle sah ihre Mitschüler skeptisch an.

«Ich weiß nicht, unsere Abifeiern waren bisher immer im Island Palace ...»

«Alle Cocktails zum Preis von zwei Euro fünfzig», bot Jade an. Ein Kampfpreis, der weit unter sämtlichen Billigangeboten lag. Sie hatte keine Ahnung, ob man das kostendeckend hinbekam. Aber manchmal ging es nicht um Gewinn, sondern um Marktanteile, so hatte sie es jedenfalls in der Berufsschule gelernt.

«Wie heißt du?», fragte die Große.

«Jade.» Das klang nicht besonders friesisch, deshalb ergänzte sie: «Jade Riewerts.»

«Bist du mit Arne Riewerts verwandt?»

«Er ist mein Onkel und der zweite Teilhaber. Kennst du ihn?»

«Er war der erste Surfer auf Föhr, heißt es ...», sagte der Junge mit einem Hauch von Bewunderung in der Stimme. Ihr Onkel war also unter Jugendlichen eine Art lebende Legende, das hörte sie gerne.

«Ich bin Leevke», stellte sich die Große nun vor, «das sind Keike und Alexander.»

Jade gab ihnen förmlich die Hand, was ihre Rolle als Geschäftsfrau unterstreichen sollte.

«Die Feier ist gebongt», sagte die Dunkle. «Ich gebe das in der SV so weiter.»

Jade konnte es nicht fassen. Der erste Schritt war getan! Zwar hatte sie nicht den asiatischen Markt aufgerollt wie gestern, aber immerhin mal eben ein Riesenfest an Land gezogen, das Arne eine Menge Geld einspielen würde.

Sie wandte sich wieder ihrer Oma zu, die sie mit strahlenden Augen ansah. Nach einer Weile zogen die Schüler ab, der Kellner brachte Currywurst mit Pommes, dazu gab es Cola. Eine angenehme Brise verhinderte, dass es zu heiß wurde, trotzdem wurde man in der Sonne braun. Das Leben konnte so gut sein!

«Was Arne wohl sagen wird?», fragte sie erwartungsvoll.

Imke malte ein großes Fragezeichen auf ihren Block.

«Okay, ich habe das hinter seinem Rücken angeleiert – meinst du, er ist deswegen sauer auf mich?»

Sie hoffte, dass Oma diesen Zweifel durch ein Kopfschütteln ausräumen würde: Alles halb so wild. Aber Imke starrte nur nachdenklich vor sich hin.

«Am besten, ich erzähle ihm erst davon, wenn alles steht!»

Dafür gab es von Imke einen Daumen, der nach oben zeigte.

«Als Erstes brauche ich einen DJ, mit dem steht und fällt alles. Wo bekomme ich den bloß her?»

Oma kicherte leise.

«Entschuldigung, da frage ich wohl die Falsche.»

Empört zückte Imke ihren Kuli und begann, einen Namen auf den Block zu schreiben.

Jade lachte. «Oma, ich traue dir ja einiges zu, aber dass du einen DJ findest … Weißt du überhaupt, was das ist?»

Dafür erntete Jade einen finsteren Blick. Sie nahm den

Zettel in die Hand und las den Namen, den Oma aufgeschrieben hatte.

«Was? Den kenne ich ja!», rief sie erstaunt.

Imke setzte ein triumphierendes Lächeln auf. In diesem
Moment hatte sie ihre Enkelin auf der Überholspur locker
abgehängt und lag ganz weit vorne.

9. Heidnische Rituale

Bei Regen und grauem Himmel hätte Arne sich an diesem Tag genau richtig gefühlt, aber die strahlende Sonne und der blaue Himmel deprimierten ihn: Allen ging es gut, alle waren fröhlich, während er am Abgrund stand.

Er huschte über den Garten des Erdbeerparadieses hinaus in den Kirchweg, der direkt zur nahegelegenen Nicolaikirche führte. Deren mächtige Glockenschläge waren im Erdbeerparadies stündlich zu hören – falls die Musik im Tanzsaal sie nicht gerade übertönte.

Der gestrige Abend mit den Sturmflut-Wölfen war ein finanzielles Fiasko gewesen, seine letzten Reserven waren aufgebraucht. Kaum einer von den Fans von früher war gekommen. Aber warum bloß? Was hatte er falsch gemacht?

«Wieso seid ihr alle so lahm geworden?», hätte er seinen ehemaligen Freunden am liebsten entgegengerufen. Andererseits lohnte es sich nicht, darüber nachzudenken, sie würden sich ohnehin nicht ändern. Jetzt besaß er nur noch die Getränke, die in der Kneipe vorrätig waren, Nachbestellungen waren nicht mehr drin. Die Getränkelieferanten lieferten ihm nur noch gegen Vorkasse, weil er bei allen tief in der Kreide stand. Die Situation schrie geradezu nach einem

Kleinkredit seiner Bank. Aber Hark Petersen, sein zuständiger Sachbearbeiter, trug nicht umsonst den Spitznamen «Hark the Shark» – Hark, der Hai: Keinen Cent wollte Hark ihm mehr geben.

Eine letzte Chance hatte er noch: Am Telefon hatte ihm sein Freund Barni erzählt, dass Hark the Shark gerade Urlaub auf Sardinien machte und in der Bank von seinem Kollegen Hinnerk Trulsen vertreten wurde. Dem hatte Arne wiederum vor Jahren das Surfen beigebracht. Er hatte Hinnerks außerordentliches Talent schnell erkannt und mit ihm ein Spezialtraining durchgeführt, woraufhin der Junge einer der besten Kitesurfer Föhrs geworden war. Auf Sylt und sogar in den USA hatte Hinnerk bei hochkarätigen Wettbewerben vordere Plätze belegt. Arne wusste, dass der Bankjob nur eine Notlösung war, weil es für die Spitzenliga mit hohen Werbeverträgen dann doch nicht ganz gereicht hatte. Außerdem ging Hinnerk nun auch schon auf die dreißig zu und hatte damit beim Surfen den Zenit überschritten. Hinnerk war sein Mann. Er würde Arne einen Kredit nicht abschlagen, nicht nach alldem, was er ihm zu verdanken hatte.

Bevor er zur Bank ging, wollte er jedoch ein Ritual vollziehen, das ihm in Krisensituationen immer geholfen hatte. Er ging über den dichtbewachsenen Friedhof zur Nicolaikirche und betrat andächtig ihr Inneres. Das Gotteshaus aus dem 13. Jahrhundert war hell und freundlich, die Spitzbögen waren mit roten und schwarzen Ornamenten und mit langstieligen fünfblättrigen Blumen verziert. Er stellte sich vor den pompösen barocken Holzaltar, der Szenen aus dem Leben Christi zeigte. Im Mittelpunkt stand nicht, wie üblich, die Kreuzigung, sondern das letzte Abendmahl. Irgendwie passte das zu seiner Stimmung, denn genau so fühlte er sich auch: wie beim letzten Abendmahl vor der Kreuzigung!

Er schlenderte zu einer der Bänke und kniete sich hin. So würde er zur Ruhe kommen und könnte ein Gebet in den Himmel schicken – und hoffen, dass er erhört würde.

Nach einer Viertelstunde verließ er die Kirche mit dem Gefühl, dass das Ritual nicht gereicht hatte. Vielleicht brauchte es diesmal mehr. All seine Vorfahren hatten sowohl christlichen als auch heidnischen Ritualen vertraut. Kein Kirchenmann hatte den Friesen zum Beispiel das alljährliche Biikebrennen austreiben können, bei dem riesige Feuer am Strand entfacht wurden, um böse Geister zu vertreiben. Es gab auf Föhr einen Ort, der erwiesenermaßen heidnisch war, hier hatten Archäologen Gegenstände gefunden, die aus der Zeit vor der Besiedlung Föhrs durch die Friesen stammten. Später hatten Wikinger dort eine Burg gebaut von über neunzig Meter Durchmesser: die Lembecksburg bei Borgsum, gewissermaßen das Föhrer Stonehenge. Die Reste der Anlage bestanden aus einem kreisrunden Wall, der begrünt war wie ein Deich. Es hätte auch der Krater eines erloschenen Vulkans sein können.

Er parkte seinen Wagen direkt vor der Anlage und kletterte über den Rand des Walls. Dann schlenderte er zu der abschüssigen Mitte, in der sich das Regenwasser sammelte und Wasserpflanzen wuchsen.

Aber zu wem soll ich hier Kontakt aufnehmen?, fragte er sich.

Er legte ein paar Prospekte des Erdbeerparadieses zwischen die Pflanzen und versuchte sie anzuzünden, was bei dem feuchten Untergrund gar nicht so leicht war. Schließlich fing das Papier Feuer und löste sich in Asche auf. Das Erdbeerparadies wurde symbolisch niedergebrannt, damit er es wieder aufbauen konnte, das kam ihm irgendwie schlüssig vor.

Eine halbe Stunde später fuhr er über kleine Nebenstraßen zur Bank und fühlte sich fast erleichtert. Nun hatte er alles getan, was in seiner Macht stand, um dem Schicksal eine gute Wendung zu geben. In der Godelniederung tanzten riesige dunkle Vogelschwärme durch die Luft, hinter ihnen räkelte sich die Nachbarinsel Amrum in der Wärme. Die Sonne schien geradezu verschwenderisch über den mächtigen, großen Himmel. Er hatte immer noch die Sturmflut-Wölfe im Ohr und sang laut los: «We aaaare … Frisiiiiiaaan … dyyyyynamiiite.»

Die Nordfriesland-Bank befand sich in der Wyker Altstadt. Er parkte beim Edeka-Markt und ging die paar Schritte zur Filiale zu Fuß. Menschen mit Regenjacken überm Arm und am Bauch zusammengeknoteten Pullovern kamen ihm entgegen. Sie waren mit schweren Einkaufstüten bepackt. «Föhrer Kringel» nannten die Einheimischen das mit mildem Spott. Die Touristen kauften Klamotten, Tee und Andenken in so großen Mengen, als kämen sie aus einem Notstandsgebiet. Worüber sich die Föhrer Geschäftsleute natürlich freuten.

Vor dem rot geklinkerten Bau mit den Sprossenfenstern holte Arne tief Luft und trat dann entschlossenen Schrittes ein. Hinnerk Trulsen saß an einem sterilen weißen Schreibtisch unweit der Kasse und schaute interessiert auf eine Broschüre vor ihm. Als Arne näher trat, sah er, dass es sich um das aktuelle *Surf*-Magazin handelte. Mit seinem Schlips und dem dunkelblauen Jackett kam Hinnerk ihm wie verkleidet vor, er kannte ihn sonst nur im Neopren-Anzug. Seine durchtrainierten Oberarme beulten sein Jackett sichtbar aus, er war braun gebrannt wie immer. Als Jugendlicher hatte

Hinnerk zur Heavy-Metal-Fraktion gezählt, er hatte oft im Erdbeerparadies abgerockt und kannte den Traditionsladen dementsprechend in- und auswendig.

«Moin, Meister», grüßte Hinnerk und gab ihm lässig die Hand. Seine hellgrünen Augen umspielte ein Lächeln.

«Moin, Hinnerk, mein Meisterschüler», antwortete Arne. Das fing gut an!

«Und? Hü gongt et?»

«Bestens.»

So viel Lüge musste sein.

«Warst du mal wieder draußen?»

Hinnerk wusste, dass Arne seit seinem Bandscheibenvorfall nicht mehr surfte, insofern war die Frage sinnlos.

«Nee, weißt ja.»

Wenn man seinen Kredit erhöhen wollte, war ein Eingeständnis körperlicher Schwäche nicht gerade förderlich, aber das konnte er jetzt auch nicht ändern.

«Jade ist gestern gekommen?»

Auf Föhr sprach sich alles herum, denn alle waren irgendwie miteinander verbandelt. Davon abgesehen, hatte Hinnerk Jade vor Jahren mal erfolglos angebaggert.

«Jo.»

«Was führt dich zu mir?»

«Mein neues Konzept», sagte Arne. «Happy Hour jeden Tag von sechs bis zehn, alle Cocktails für fünf Euro.»

«Billiger Stoff zieht immer!»

Genau das wollte er hören. Seine Gebete waren erhört worden. Danke!

«Die Sache ist nur, dass ich dafür tausend Euro Anschub bräuchte, für Werbung und Einkauf.»

Hinnerk tippte etwas in seinen Computer und sah dann gequält auf den Bildschirm.

«Du bist bereits weit überm Limit, Arne.»

Arne lachte.

«Deswegen will ich ja wieder in die schwarzen Zahlen.»

«Und wenn es nicht klappt?»

«Du hast es selbst gesagt: Billige Getränke ziehen immer.»

Hinnerk beugte sich vor.

«Mann, Arne, ich würde dir das Geld ja gerne geben. Aber vonseiten der Zentrale sind mir die Hände gebunden. Die meckern sowieso schon immer, dass wir auf Föhr viel zu großzügig sind.»

Nicht, was mich betrifft, dachte Arne verbittert.

«Wenn ich das Geld nicht bekomme, ist Schluss», sagte er mit leiser Stimme. «Dann kann ich meinen Kredit nicht mehr abbezahlen.»

Hinnerk lehnte sich wie ein Chef in seinem Schreibtischsessel zurück und sah ihm fest in die Augen.

«Vielleicht bist du einfach der richtige Mann am falschen Ort.»

Arne starrte ihn an. So schätzte ihn ein Endzwanziger also ein, und er musste sich das mit Ende fünfzig gefallen lassen! Erbärmlich. Ohne ein weiteres Wort zu verlieren, stand er auf und verließ die Bank.

Draußen auf der Straße war alles wie immer. Die Leute bummelten oder saßen in den Cafés, tranken einen Kaffee oder schon das erste Bier. Plötzlich sah er die Häuser links und rechts von sich unaufhaltsam auf sich zukommen, sie drohten ihn zu zerquetschen! Sein Atem wurde flacher, er spürte, wie sein Herz in einem irren Tempo zu hämmern begann. «Schnell weg hier», keuchte er und trabte los. Sofort waren die Seitenstiche wieder da. Laufen konnte er also vergessen, nicht einmal schnelles Gehen war drin. Schritt für

Schritt schlich er weiter, ohne eine bestimmte Richtung einzuschlagen, und landete schließlich auf dem Deich neben dem Hafen.

Vielleicht war er schon damals, 1979, falsch abgebogen. Sein Kumpel Ekki aus Kreuzberg hatte einen ausgedienten Leichenwagen besessen, den er einem Bestattungsinstitut abgekauft hatte. Arne besaß zu der Zeit einen Ford Transit. Ekki schlug vor, mit diesen beiden Autos in Berlin eine Spedition zu gründen. «Was für eine Schnapsidee», hatte Arne gesagt und aufs Surfen gesetzt, weil damit seiner Ansicht nach viel mehr Geld zu verdienen war.

Selten hatte sich ein Mensch so geirrt. Ekki hatte seine Kreuzberger Hinterhofklitsche nach der Wende zu einer der erfolgreichsten Speditionen Europas ausgebaut. Wenn Arne damals mitgemacht hätte, wäre er heute ein wohlhabender Mann und nicht hochverschuldeter Inhaber einer Musikkneipe kurz vorm Exitus.

Wenn, wenn, wenn, hätte, hätte, hätte …

Was hielt ihn noch auf Föhr?

Das Geschäft? Das war am Ende.

Seine Mutter? Sobald Imkes Mitbewohner aus den Flitterwochen zurückkehrten, war sie in ihrer Wohngemeinschaft hinterm Deich bestens versorgt.

Also los!

Ekki hatte bestimmt einen Job für ihn, er wollte ja nicht gleich in die Geschäftsführung mit einsteigen, sondern nur einen Lieferwagen von A nach B fahren. Dafür würde er notfalls auch nach Berlin ziehen. Er zog sein Handy aus der Tasche. Eigentlich war es viel zu laut, um zu telefonieren: Der Wind knatterte in den Hörer, außerdem veranstaltete eine Möwenkolonie über ihm gerade einen Höllenlärm. Vor ihm hüpften ein paar Sandregenpfeifer mit schwarzen

Federn und feuerrotem Schnabel über eine Sandbank und versuchten alles noch zu übertönen. Arne ließ sich von der Auskunft die Nummer der Spedition in Berlin geben und wurde direkt mit der Zentrale verbunden.

«Spedition Pauling, was kann ich für Sie tun?», meldete sich eine freundliche Frauenstimme. In dem Moment kam die Sonne raus und brachte sämtliche Pfützen im Watt zum Glitzern, wie Spiegel, die jemand auf dem Meeresboden ausgelegt hatte.

Er nahm all seinen Mut zusammen.

«Arne Riewerts. Ich hätte gern Ekkehard Pauling gesprochen.»

Viele Föhringer vor ihm waren ausgewandert, als die Insel sie nicht mehr hatte ernähren können, schoss es ihm durch den Kopf. Mit dem Ergebnis, dass heute mehr Föhrstämmige in New York, Long Island und Kalifornien lebten als auf der Insel selbst. Berlin war dagegen die kleine Lösung.

«Wie war noch gleich Ihr Name?»

«Arne Riewerts.»

«Einen Moment bitte, ich verbinde Sie.»

Doch bevor er weitergeleitet wurde, drückte Arne die rote Taste. Seinen Kumpel Ekki anzubetteln, ging einfach nicht.

Er zog die Schuhe aus und stapfte durchs flache, ablaufende Wasser Richtung Festland. Angeblich gab es Insulaner, die es geschafft hatten, bei Ebbe bis nach Dagebüll zu laufen. Kennengelernt hatte er allerdings noch keinen. Entweder er schaffte es bis zum Festland oder eben nicht. Das sollte das Schicksal entscheiden.

10. Oma blinzelt

Jade schob ihre Oma langsam vom Südstrand zur Wyker Innenstadt. Sie fühlte sich großartig. Bald würde sie die erste Riesenparty ihres Lebens organisieren, das war mindestens genauso spannend wie die Piratenaktion in der Bank.

«Hast du Mommes Telefonnummer?», fragte Jade.

Oma schüttelte den Kopf.

Sie zückte ihr Handy und rief die Auskunft an – Fehlanzeige.

«Wo wohnt er denn?»

EIN HOF IN DER MARSCH.

«Na super, und wie sollen wir da hinkommen? Mein Käfer ist immer noch kaputt.»

ARNES WAGEN?

«Nee, dann bekommt er ja alles mit. Die Sache muss in trockenen Tüchern sein, bevor ich ihn einweihe.»

Omas Blick verriet Skepsis.

Sie näherten sich dem Sandwall, der das «Wohnzimmer» der Stadt Wyk genannt wurde: eine Häuserreihe voller kleiner Geschäfte und Cafés vor dem Strand. An einem Sonnentag wie diesem waren die Straßencafés voll, Kinder umlagerten vor den Läden die Ständer mit Wimpeln, Drachen und bunten Eimern, und an den Eisdielen standen die Urlauber Schlange. Dabei hatten sie einen Traumblick bis zur Hallig Langeneß, die sich auf der anderen Seite des Wattenmeers grün und schlank in der Sonne aalte.

Als sie an einem Dessousladen vorbeikamen, gab Oma Jade ein Zeichen, sie möge anhalten. Die Auslage des Schaufensters zeigte aufwendig verarbeitete BHs und edle Netzstrümpfe. Jade staunte, dass es so etwas auf Föhr überhaupt gab.

«Oma, du willst jetzt keine Dessous kaufen, oder?» Ihre Oma war zwar immer etwas anders gewesen, aber das war jetzt vielleicht doch zu viel des Guten.

Oma schaute sie verständnislos an und schrieb auf ihren Block: WARUM NICHT?

Jade holte tief Luft.

«Weil ...»

Oma schrieb noch etwas auf und lächelte: KLEINER WITZ.

Sie gab Jade ein Zeichen, ihr aus dem Rollstuhl zu helfen. Jade fasste sie unter die Achseln und zog sie hoch. Ganz langsam gingen sie, einander untergehakt, ins Geschäft. Der schmale Laden, der sich bis zur Rückseite des Hauses hinzog, war voller sorgsam gefüllter Regale, hier und da gab es kleine Nischen, in denen exquisite Wäschestücke ausgestellt wurden. Dazu kamen hochwertige Fotos von traumhaft schönen Models in Dessous, was natürlich unfair war, denn diese Frauen hätten auch in einer Mülltüte toll ausgesehen.

Die Inhaberin sortierte gerade ein paar BHs in verschiedene Kartons. Jade musste zweimal hinschauen, bis sie sie erkannte: Es war Svantje, Arnes Tanzpartnerin mit den roten Locken.

Svantjes hellblaue Augen musterten Oma neugierig.

«Moin, Imke», grüßte sie herzlich. «Moin, Jade.»

Sie hatte sich tatsächlich ihren Namen gemerkt.

«Moin, Svantje.»

Jade schaute sich um. Als Grufti waren Netzstrümpfe bei ihr sehr angesagt gewesen – was ihre Eltern empört hatte, sie fanden sie viel zu jung für so etwas. Ein Modell gefiel ihr besonders gut: schwarze Nylonstrümpfe mit Spinnenmuster! Die wären damals sofort in ihre Einkaufstüte gewandert.

«Sucht ihr was für dich? Oder ist es für Imke?», fragte Svantje. Sie sprach ein breites, warmes Norddeutsch mit einem leichten dänischen Einschlag, was auf eine ganz eigene Art sehr elegant wirkte.

Dänisch war nach Deutsch und Friesisch die dritte Sprache auf der Insel Föhr. Jade schaute gespannt auf ihre Großmutter, die sich auf einen Stuhl neben der Kasse gesetzt hatte.

Oma hielt ihren Block hoch, auf dem stand: HABE NOCH ALLES!

«Deine Oma hat hier früher regelmäßig eingekauft», erklärte Svantje. «Und sie hat auch ungefragt andere Kundinnen beraten, nicht wahr, Imke?»

«Nach dem Motto, was trägt die Friesin Frivoles unter der Tracht?», fragte Jade.

«Genau. Weißt du noch, Imke, Gesine, die Frau vom Pastor?» Svantje lachte. «So rot habe ich die nie wieder anlaufen gesehen. Aber gekauft hat sie alles, was du ihr empfohlen hast.»

Oma schrieb auf ihren Block: UND JETZT HAT SIE FÜNF KINDER!

Alle drei lachten. Svantje zeigte Jade einen feingearbeiteten schwarzen BH mit Spitzen.

«Wenn du bei den Kerlen ganz sichergehen willst, mien

Deern, ziehst du dieses Teil drunter. Die kippen ohnmächtig von der Stange, sobald sie auch nur einen Hauch davon sehen.» Und nach einer Pause: «Mit Herstellergarantie über fünf Jahre.»

«Auch für die Kerle?»

«Selbstverständlich», antwortete Svantje, ohne eine Miene zu verziehen. «Wenn die nicht passen, legst du sie mit bei.»

Oma zückte erneut ihren Block und schrieb in großen Buchstaben etwas auf. Es dauerte ein wenig, bis sie fertig war.

Svantje las und staunte: «Du brauchst mein Auto, Imke? In deinem Zustand?»

Oma deutete auf ihre Enkelin.

«Mein Wagen ist gestern verreckt», erklärte Jade. «Wir müssten kurz in die Marsch, in einer Stunde sind wir wieder da.»

Fünf Minuten später saßen sie in Svantjes kleinem Peugeot, den sie direkt hinter dem Dessousladen geparkt hatte. Jade staunte, wie unkompliziert das gegangen war, immerhin war sie ja nur die Enkelin einer ihren Kundinnen. Jade ließ die Fenster herunter und öffnete das Glasschiebedach, sodass sie auch während der Fahrt nicht auf die Sonne verzichten mussten. Oma deutete aufs Radio.

«Musik?», fragte Jade. Oma nickte.

Sie schaltete den CD-Player an und fuhr los. Irgendein älterer Rocktitel war eingespeichert, den Jade nicht kannte. Er erinnerte an die Musik der Sturmflut-Wölfe. Sie drehte voll auf.

«Zu laut?»

Oma warf den Kopf von links nach rechts. Ihrem Dauergrinsen nach zu urteilen, fand sie es grandios, mit lauter

Rockmusik durch Wyk zu rauschen. Als sie am Erdbeerparadies vorbeikamen, tauschten sie kurz einen Verschwörerinnenblick. Das rot geklinkerte Gebäude unter den Buchen und Kastanien wirkte verlassen, der Parkplatz war leer, Arnes Toyota war nicht zu sehen. Hinter Wrixum bog Jade ab in die Marsch. Von Norden her schoben sich ihnen träge, fette Wolken entgegen. Auf den Gräsern, die sich im leichten Wind kräuselten, lag ein zarter Silberschimmer. Treckerreifen hatten geheimnisvolle Muster in die riesigen Felder gedrückt, die sich bis zum Horizont zogen.

«Weiter geradeaus?», fragte Jade an einer Kreuzung im Nichts. Hier wuchsen nicht einmal Büsche oder Bäume. Oma deutete nach rechts. Jade riss das Steuer herum, und Oma fasste ihr entschuldigend an den Arm: Doch links!

Momme war also Discjockey geworden, dachte Jade, während sie die Landschaft an sich vorbeiziehen sah. Das konnte man sich gar nicht vorstellen. Sie mussten damals ein bemerkenswertes Paar abgegeben haben: Während sie sich Plastiktränen auf die leichenweiß geschminkten Wangen klebte, gab Momme den Naturburschen, braun gebrannt, strohblond, mit einer Goldkette, an der ein goldenes Seepferdchen hing. Sie hatte sich von ihm die ganze Insel zeigen lassen. Er saß auf dem Mofa, sie auf dem Fahrrad und hielt sich mit ihrer Hand an seiner Schulter fest.

Momme war total nett gewesen, aber er kam einfach aus einer komplett anderen Welt als sie. Während sie sich zu Hause mit ihren Freunden auf dem Frankfurter Zentralfriedhof traf, um sich an den Gräbern düstere Gedichte vorzulesen, wanderte Momme durchs Watt und zählte Vögel. Am letzten Abend vor ihrer Abreise hatten sie sich am Strand geküsst, ohne dass mehr passiert war. Seitdem hatten sie sich nicht gesehen, das war jetzt vier Jahre her.

Oma deutete auf ein kleines Haus mitten in der Pampa: Hier also wohnte er! Verwundert stellte sie fest, dass ihr Herz ein paar Takte schneller schlug.

Um das Gebäude herum war kein einziger Baum oder Busch zu sehen, nichts als endlose Felder, wohin man auch blickte. Wie hielt es Momme in dieser verlorenen Weite bloß aus? Jetzt, bei Sonnenschein mit blauem Himmel, hatte das was, ohne Zweifel. Aber an einem schmutzigen Novembertag bei Dauerregen? Plötzlich fiel ihr ein, dass sie sich ihn die ganze Zeit als alleinstehend vorgestellt hatte. Vielleicht lebte er ja mit seiner Freundin hier, und es war das schönste Liebesnest, das man sich denken konnte.

«Wieso wohnt Momme hier?», fragte Jade.

Ihre Großmutter schaute sie traurig an und schrieb etwas auf den Block. Imke kannte Momme ganz gut, weil er der «Enkel» ihres Mitbewohners Ocke war. Genau genommen war Ocke nur der Nachbar von Mommes Eltern gewesen, aber Ocke hatte die Rolle des Großvaters so überzeugend ausgefüllt, dass ihn irgendwann alle als Mommes eigentlichen Opa angesehen hatten.

Jade hielt das Lenkrad mit einer Hand fest und las, was ihre Oma aufgeschrieben hatte.

ELTERN VORLETZTES JAHR TOT, AUTOUNFALL.

Jade schluckte, das musste hart sein. Bei allem Ärger, den sie mit ihren Eltern hatte, verlieren wollte sie sie auf gar keinen Fall. Und schon gar nicht beide auf einmal. Wie musste es Momme hier draußen jetzt gehen, nach diesem Schicksalsschlag?

Jade parkte Svantjes Peugeot vor der Tür, half Oma in den Rollstuhl und klopfte laut an der Tür. Am Türschild stand

«Momme Clausen», darunter ein Firmenname, «MC-Web-design», was mitten in der Marsch einigermaßen absurd wirkte. Laufkundschaft konnte er hier wohl kaum erwarten.

Drinnen blieb es still.

Sie drückte die Klinke, die Tür war nicht abgeschlossen, wie so oft auf der Insel.

«Hallo …?», rief sie vorsichtig in den Flur. Es kam nichts zurück. Hinter sich hörte sie ein Klappern. Oma schlug mit ihrem Ring gegen den Rollstuhl, um Jade klarzumachen, dass sie reinwollte.

«Das dürfen wir nicht», protestierte Jade.

Ihre Großmutter aber gab ihr zu verstehen, dass sie beiseitetreten solle, und rollte dann hinein. Jade schaute sie noch einmal schuldbewusst an und folgte ihr.

«Ganz schön abgefahren», sagte sie.

Über einen kleinen Flur gelangte man in zwei Zimmer. Nach Naturbursche sahen die Räume nicht gerade aus. Im Wohn- oder Arbeitszimmer – so genau konnte man das nicht sagen – war eine Wand vollständig mit matt glänzenden Aluminiumplatten ausgeschlagen, die gegenüberliegende Seite war vollgehängt mit Strandgut. Um die Tür herum klebte eine kitschige Fototapete, die einen Sonnenuntergang im Wattenmeer zeigte, inklusive Möwen mit großen Schwingen. Ansonsten war der Raum vollgestellt mit Tischen, auf denen mehrere Bildschirme und PCs sowie eine Musikanlage mit einem riesigen Mischpult standen.

Neugierig schob Jade ihre Oma ins Schlafzimmer. Dort stand ein Himmelbett, an der Decke hingen unzählige kleine Fotos von Menschen, wahrscheinlich Freunde und Familie.

«Guck mal, das bin ich!», rief sie erstaunt und deutete auf zwei Bilder. Auf einem stand sie blass geschminkt vor einem Grabstein auf dem Walfängerfriedhof in Süderende, ein anderes zeigte sie auf einer Party, die Arne am Utersumer Strand veranstaltet hatte, als er dort noch Strandkörbe vermietete. Plötzlich huschte ein wuseliger schwarzer Hund in den Raum und bellte sie laut an. Jade und ihre Oma fuhren erschrocken zusammen. Der Hund wedelte mit dem Schwanz und schien sich über den Besuch zu freuen. Hinter ihnen räusperte sich eine tiefe Männerstimme:

«Svantje, bist du das?»

Oma sah Jade verwirrt an.

«Wegen Svantjes Wagen», raunte sie ihr zu.

«Wie seid ihr rein gekommen?»

Jade drehte sich um. Vor ihr stand ein strohblonder junger Mann, der aussah wie der pure Sommer: hellblonder kurzer Bart, tiefbraungebrannte Haut, breite, durchtrainierte Schultern, eine modische Sonnenbrille im Haar. Seine großen blauen Augen richteten sich wie zwei Kameras auf sie.

Das sollte Momme sein?

Er grüßte ihre Oma: «Moin, Imke.»

Sie erkannte er erst auf den zweiten Blick.

«Jade?»

«Momme!»

Dann umarmten sie sich vorsichtig.

«Was machst du denn hier?», fragte Momme erstaunt.

Hatte er schon immer so eine tiefe Stimme gehabt? Unter dem T-Shirt zeichneten sich seine markanten Schüsselbeinknochen ab, die ihr schon damals gefallen hatten.

«Lange Geschichte.»

«Das klingt ja fast so, als wenn du auf der Flucht bist», sagte Momme und lächelte.

Gar nicht schlecht geraten.

«Und selber?»

Momme lachte und zeigte seine weißen Zähne.

«Wieso?»

Sie fragte sich, ob sie den Tod seiner Eltern ansprechen sollte. Aber nach fast zwei Jahren war es zu spät für Beileidsbekundungen. Oder nicht? Sie war sich nicht sicher, entschied sich aber dann dafür, den lockeren Ton beizubehalten.

«Ich habe gehört, dass die Polizei hier ihre Kronzeugen versteckt, damit die Mafia sie nicht findet.»

Momme grinste.

«Von hier aus sind es höchstens drei U-Bahn-Stationen bis Wyk», erklärte er.

«Eine U-Bahn auf Föhr? Superidee, das wurde auch Zeit!»

«Darf ich trotzdem erfahren, was euch hierhertreibt? Normalerweise werde ich informiert, bevor Leute mein Haus betreten.» Seine Augen blitzten amüsiert auf. Die Frage war natürlich berechtigt, er schien ihre Gegenwart aber nicht als unangenehm zu empfinden – im Gegenteil.

«Ja, also … äh», stammelte Jade.

WIR BRAUCHEN DEINE HILFE, klärte Oma.

«Okay.» Momme lächelte. «Lasst uns doch rausgehen bei dem Wetter. Mögt ihr einen Eistee?»

«Gerne.»

«Du auch, Imke?»

Oma winkte ab, sie sah plötzlich müde aus. Der Hund bellte laut und stupste seine Schnauze gegen Jades Bein.

«Das ist Thor.»

«Moin, Thor», sagte Jade und kraulte ihn. Sein Fell war weich wie Wolle.

Hinter dem Haus lag eine kleine Terrasse, windgeschützt und sonnenbeschienen. Ein Traum! Daneben blühten seltene Blumen und Kräuter, die Jade nicht kannte. Hatte Momme sie angepflanzt? Er spannte den Sonnenschirm über dem Tisch auf, sie setzten sich und blickten auf die Überlandleitungen, die quer über die Felder zu den Höfen führten. Auf einigen hockten dunkle Krähen und starrten in die Weite. Irgendetwas sagte ihr, dass diese Vögel nichts Gutes im Sinn hatten.

Momme holte eine Karaffe Eistee und Gläser aus der Küche und schenkte allen ein, vorsorglich auch Imke, falls sie ihre Meinung ändern würde. Aber sie sackte nach kurzer Zeit mit dem Kopf zur Seite und schloss die Augen.

«Was ist mit Imke?», fragte Momme leise.

«Wir waren heute baden. Das hat sie mehr geschlaucht, als sie zugeben will.»

«Jade», sagte er laut und schaute sie immer noch ungläubig an. Sie wusste nicht recht, wie sie seinen Blick deuten sollte.

«Du, Momme, ich habe ein wichtiges Anliegen.» Sie kraulte Thor weiter am Nacken, was der sichtlich genoss. «Ich organisiere gerade eine Schülerparty und suche einen DJ. Könntest dir vorstellen, das zu machen?»

«In Frankfurt?»

«Nee, ich wohne jetzt im Erdbeerparadies.»

Er sah sie überrascht an.

«Ich weiß, der Laden ist nicht wirklich cool», gab sie zu. «Aber das wird sich ändern. Ich suche übrigens auch noch eine Schaummaschine, falls du …»

«Kann ich mitbringen.»

«Ist das eine Zusage?»

Momme sah ihr in die Augen.

«Kann ich einer Jade etwas abschlagen?»

Sie lächelte. Diesen offensiven Charme hatte er damals noch nicht besessen.

«Du siehst ganz anders aus als früher», wechselte sie das Thema.

«Das will ich hoffen. Du aber auch.»

Sie setzte ihre Sonnenbrille auf.

«Tief in mir drinnen bin ich aber immer noch die alte.»

Momme lachte.

«Du hängst immer noch auf Friedhöfen ab?»

«Nee, das nicht.» Sie war kurz peinlich berührt. «Ich fand es übrigens süß, dass du die Fotos von mir in deinem Zimmer aufgehängt hast.»

«Du gehörst halt dazu.»

Ihr wurde etwas flau im Magen. Sie deutete auf Imke und flüsterte: «Psst, Oma …»

«Imke schläft», winkte Momme ab.

«Oma, du hast geblinzelt, ich habe es genau gesehen!», rief Jade und lachte. Ihre Oma öffnete die Augen und tat so, als sei sie gerade aufgewacht. Dann sah sie Momme und Jade fragend an. Es war schlecht gespielt. Trotzdem konnte ihr Jade nicht böse sein.

11. Ebbe

Der Himmel hatte sich zugezogen, prompt war es einige Grad kühler geworden. Arne stand mitten im Watt auf halber Strecke zwischen Insel und Festland und starrte auf die riesigen Windräder in der Ferne. Das Wasser stand ihm bis zu den Knöcheln. In seinem ganzen bisherigen Leben hatte er immer noch irgendwie die Kurve gekriegt, aber jetzt war er sich das erste Mal nicht mehr sicher. War sein Glückskonto aufgebraucht? Irgendetwas musste sich ändern, und zwar sofort.

Verzweifelt stapfte er weiter durch den Schlick. Die Melodie von «Frisian Dynamite» riss ihn aus seinen Gedanken. Sein Handy. Egal, wer es war, er hatte keine Lust ranzugehen. Oder war es vielleicht Hinnerk, der sich das mit dem Kredit noch mal anders überlegt hatte?

Er sah auf das Display.

Nein, es war sein Freund Barni. Er blickte aufs Festland am anderen Ende des Watts und drückte die grüne Taste.

«Ja?»

«Moin, Arne, ich hab ihn!»

«Wen hast du?»

Seine Stimme klang brüchig, was Barni nicht zu bemerken schien.

«Der Käfer-Auspuff liegt auf der nächsten Fähre im Gepäckabteil. Kannst du ihn abholen? Ich komm hier nich weg.»

«Klar.»

«Und sonst?»

«Alles im Lack. Bis denn.»

Er legte auf.

Am Morgen hatte sein Wrestling-Kumpel Barni Jades Käfer nach Midlum in seine Schrauberwerkstatt abgeschleppt. Neben dem Motorschaden war auch noch der Auspuffendtopf durchgerostet, und den konnte wiederum ein Festland-Kumpel von Barni beisteuern.

Nun gut, Jade brauchte ihren Wagen wieder, das nahm er als Zeichen. Also machte er sich mit schnellen Schritten auf den Weg zurück nach Föhr, was sehr anstrengend war, obwohl das Wasser langsam ablief. Es erinnerte ihn an das Astronautentraining mit Fokko: Heute Abend würde er bestimmt fit für den Weltraum sein! Diesmal piesackten ihn wundersamerweise keine Seitenstiche. Er schaffte es gerade noch rechtzeitig zum Anleger: Das Watt, in dem er eben noch gestanden hatte, wurde von einer zentimeterhohen Flutwelle überschwemmt. Das wäre knapp geworden.

Die mächtige «Nordfriesland» hielt auf den Hafen zu, kurze Zeit später rumpelten vollbepackte Urlauberautos in einer scheinbar endlosen Schlange über die Eisenschwelle des Anlegers auf die Insel. Als das Autodeck leer war, huschte Arne an Bord und fischte den Auspuff aus dem Gepäckabteil. Das war zwar nicht der offizielle Weg; der kostete viel Geld. Aber einige der Jungs bei der Reederei waren mit Arne zur Schule gegangen und sahen im richtigen Moment einfach weg.

Mit dem Karton über der Schulter ging er von Bord und machte sich in Richtung Edeka-Markt auf, wo sein alter Toyota stand. Normalerweise war das kein besonders weiter Weg, aber das unförmige Paket über der Schulter erwies sich als sehr unbequem. Plötzlich hielt ein Mercedes-Kombi neben ihm. Dieser Wagen löste in seinem Hirn sofort Alarm aus, er gehörte Susanne Lindner, der Besitzerin des Island Palace, seiner größten Konkurrentin. Lautlos ließ sie die dezent getönten Scheiben des Beifahrerfensters herunter.

«Moin, Arne», grüßte sie und beugte sich über den Sitz zu ihm. Sie hatte die Sonnenbrille lässig ins brünette Haar gesteckt, dessen leuchtende Farbe in effektvollem Kontrast zu ihrem blauen Top stand. Was nichts daran änderte, dass er auf ihren Anblick trotzdem lieber verzichtet hätte.

«Moin, Moin», grummelte er.

«Kann ich dich ein Stück mitnehmen?»

Ausgerechnet!

Normalerweise hätte er das Angebot strikt abgelehnt, aber der Auspuff auf seiner Schulter drückte doch sehr. Also legte er das Teil in den Kofferraum und stieg ein. Ihr Mercedes roch von innen fabrikneu. Im Vergleich zu seinem schrottigen Toyota war das nicht nur ein anderes Auto – es war eine andere Welt.

Sie fuhr vorsichtig an.

«Hast du mal 'nen Moment?», fragte sie.

«Was gibt's?»

Eigentlich wollte er überhaupt nicht mit ihr quatschen. Die Lindner würde früh genug erfahren, wenn das Erdbeerparadies bankrottging.

«Ich muss was an meinem Boot fummeln und bräuchte jemanden am Ruder.»

Gab es da niemand anderen? Einen ihrer Angestellten vielleicht? Aber der war ihr wahrscheinlich zu teuer …

«In Ordnung.»

Er wusste selbst nicht, warum er sich darauf einließ. Wahrscheinlich war ohnehin schon alles egal. Also fuhren sie zum Wyker Sportboothafen, der gleich um die Ecke lag.

Ihre «Eleanore» dümpelte am ersten Steg, ein schönes Vollholzboot, das sie selbst mit Spachtel und Schleifmaschine pflegte, wie er wusste. Eine Lindner gab ungern etwas aus der Hand.

Er kletterte über die Reling, und sie ging zuerst ans Ruder. Der Motor meldete sich stotternd, dann tuckerten sie aus dem Hafen heraus. Nach einer Weile überließ Susanne ihm das Ruder und setzte sich an die offene Klappe am Heck, wo sich der Dieselmotor befand. Mit zusammengebissenen Zähnen tüftelte sie mit ihren schmalen Fingern hier und dort herum. Was ihn sehr beeindruckte, er selbst verstand wenig von Motoren. Um nicht auf Kollisionskurs mit den Fähren zu geraten, hielt er sich im Schleppgang abseits der Fahrrinne. Wegen des ablaufenden Wassers gab es eine tückische Querströmung, und er musste einige Sandbänke umfahren, die jetzt überall aus dem Meer herausragten. Zum Glück kannte er die Gewässer um Föhr besser als sein Wohnzimmer.

«Bisschen weiter backbord, Arne», rief Susanne.

Als wenn er das nicht selbst gesehen hätte!

«Längst erledigt.»

Sie wusch sich unter Deck gründlich die Hände und kam dann mit einer Bierflasche in die Kajüte.

«Willst du?»

«Gerne.»

Sie schnappte sich auch ein Bier und nahm ihm das Ruder

aus der Hand. Um den Motor zu testen, fuhr sie mit voller Kraft voraus von der Insel weg.

«Läuft wieder wie 'ne Eins!»

Ihm war unwohl zumute. Er kam sich neben ihr vor wie ihr Schiffsjunge. Die ganze Aktion dauerte ihm schon viel zu lange. Zumal Susanne zwar über seine Zeit verfügte, darüber das «Danke» aber vergessen hatte. Womöglich ging sie davon aus, dass er im untergehenden Erdbeerparadies ohnehin nichts Dringendes mehr zu regeln hatte. Warum war er überhaupt mit an Bord gegangen?

«Du, pass mal auf, Folgendes», fing Susanne an. «Auf der Insel müssen wir ja alle zusammenhalten. Die Freiwilligen Feuerwehren aus den einzelnen Dörfern zum Beispiel: Wenn es brennt, bis da jemand vom Festland kommt ...»

Das musste ihm eine Frau, die in Saarbrücken aufgewachsen war, nicht erklären! Plötzlich schwappte bei ihm ein Stolz hoch, den er sonst nicht von sich kannte: Er war geborener Insulaner, die Riewerts lebten seit Generationen auf Föhr! Susanne war vor zwanzig Jahren als Kellnerin auf die Insel gekommen, hatte einen Gastronomen geheiratet, der auf der Schule in Arnes Parallelklasse gegangen war. Vor drei Jahren war ihr Mann an einem Herzinfarkt gestorben, im Alter von zweiundfünfzig, schrecklich. Nach seinem Tod hatte Susanne das «Palace» übernommen und die Disco zu ganz neuen Höhen geführt. Sie verstand eben viel mehr von Gastronomie als ihr Mann und erwies sich als knallharte Geschäftsfrau, die als Stadträtin in der Wyker Stadtvertretung auch politisch bestens vernetzt war.

«Was willst du mir eigentlich verpulen?»

Susanne zog eine Schleife und nahm Kurs auf den Sportboothafen.

«Na ja, wer was macht: Der eine verkauft Brot, der andere Bücher, jemand anderes Bier.»

Jetzt hatte er genug!

«Welches Fach haben wir gerade? Wirtschaft oder Erdkunde?»

Susanne schaute ihm in die Augen.

«Du hast das Erdbeerparadies und ich das Island Palace. Ich fische bei den Teenies und du bei den Älteren …»

Er sagte nichts dazu.

«… und die Abifeier von der Elun Feer Skol findet immer bei mir statt.»

«Und weiter?»

Jetzt wurde sie plötzlich laut.

«Jetzt tu mal nicht so! Was sollte das mit den Kampfpreisen für Cocktails?»

Er verstand kein Wort.

«Wovon redest du?»

«Von der Abiparty bei dir im Paradies!»

Er hob abwehrend die Hände.

«Davon weiß ich nichts.»

Das fand sie offenbar gar nicht witzig.

«Arne, hör auf zu lügen!»

Jetzt wurde *er* laut.

«Wie redest du eigentlich mit mir?»

«Du hast alle Schüler zu dir gelotst, willst du das etwa bestreiten?»

Er wusste zwar nicht, worum es ging, aber um sie zu ärgern, spielte er den Ball weiter.

«Und wenn?»

«Arne, so läuft das nicht! Auf der Insel hat jeder seinen Platz, da waren wir uns doch einig, oder?»

Das Island Palace war ursprünglich eine schmucklose

Fischhalle gewesen, die von außen mit ein paar Scheinwerfern und riesigen Plakaten aufgehübscht worden war. In der Disco wurde gerade mit viel Aufwand umgebaut, ein großes Schild vor der Baustelle dokumentierte alle Firmen und Innenarchitekten, die daran beteiligt waren. Das Schlimmste für Arne war die Bank, die das Projekt finanzierte: die Nordfriesland-Bank, seine Hausbank! Der Lindner gaben die Hunderttausende, während sie *ihn* verrecken ließen.

«Eine Abifete im EP ist auf jeden Fall eine grandiose Idee!», sagte er. «Vielen Dank, darüber werde ich mal nachdenken.»

«Auf Föhr ist kein Platz für zwei Discos!»

«Dann mach doch einfach dicht!», zischte er, was in seiner Lage natürlich größenwahnsinnig klang.

Susanne schaute ihn verdattert an, ihr Gesicht hatte sich um einige Grade verdunkelt.

«*Ich?* Du bist ja irre!»

Sie drehte den Gashebel auf «volle Kraft voraus», die *Eleanore* nahm schnell Fahrt auf. Die Abendsonne tauchte die Bäume und Büsche der Vogelkojen in ein mildes Licht und ließ den Wyker Fernsehturm wie eine edle Statue erscheinen. Es roch nach Meersalz, dazu waberte vom Land ein warmer Hauch von frischgemähtem Heu herüber.

Die sanfte Stimmung stand in krassem Widerspruch zu dem, was zwischen ihnen an Bord ablief. Susanne und er verstummten. Es war alles gesagt.

Plötzlich war ein hässliches, knirschendes Geräusch am Rumpf zu vernehmen. Panisch riss Susanne das Ruder herum und den Gashebel auf Rückwärtsgang. Sie probierte es noch ein paarmal hin und her, die Schraube wirbelte eine Menge Schlick auf, aber das Boot bewegte sich keinen Zentimeter weiter.

Es nützte nichts, sie steckten fest.

«Mach dir nicht die Schraube kaputt», warnte er.

Susanne sah ihn genervt an.

«Ich rufe den Hafenmeister an.»

Sie zückte ihr Handy.

«Vergiss es, bei dem Wasserstand kann der dich auch nicht mehr rausschleppen.»

«Mist», sie blickte auf ihre Uhr, «ich habe noch Termine.»

«Und ich erst!», schnaubte er wütend.

«Warten wir, bis die Flut kommt.»

«Das dauert Stunden! – Ich probiere es zu Fuß.»

Bis zur Insel waren es ungefähr zwei Seemeilen. Absurderweise lagen sie auf derselben Wattseite, auf der er vorhin Amok gelaufen war.

«Da liegen zwei große Priele zwischen.»

Sie hatte recht, von hier aus wäre es zu riskant gewesen. Aber an Bord zu bleiben war auch Irrsinn. Susanne schaltete schneller um als er, sie machte sofort das Beste aus ihrem Schicksal. Sie schob die kurzen Ärmel ihres engen Tops nach oben, sodass ihre Schultern halb zu sehen waren, machte es sich auf einer Liege bequem und genoss mit geschlossenen Augen die Abendsonne. Er wagte einen Blick auf ihren Körper. Die Haut ihrer Arme war makellos braun. Abgesehen davon, dass die Natur sie sehr begünstigt hatte, tat Susanne auch einiges für ihre Figur. Sie sah auf angenehme Weise durchtrainiert aus. Er wusste, dass sie im Sommer täglich auf dem Surfbrett stand und mehrmals rund um Föhr gesurft war. Komisch, dass er ihr Aussehen noch nie richtig wahrgenommen hatte.

Es würde noch Stunden dauern, bis sie an Land waren. Noch wusste auf der Insel niemand von der aussichtslosen Situation des Erdbeerparadieses, aber Susanne witterte seinen Untergang mit Sicherheit. Falls ihr Hark the Shark nicht schon längst hinter vorgehaltener Hand gesteckt hatte, dass ihr einziger Mitbewerber praktisch am Ende war.

«Du hasst mich von ganzem Herzen, was?», sagte sie.

Das war ihm viel zu persönlich. Er schwieg sich aus, sie wohl als Zustimmung wertete – sollte sie! Vom Wilhelm-Lübke-Koog auf dem Festland blinkten die roten Flugwarnlichter der großen Windräder herüber. Er rieb sich fröstelnd die Arme, langsam wurde es kühl. Dass sie noch nicht fror, wunderte ihn.

«Hast du Musik an Bord?»

«Nur eine Teenie-Musikkassette aus meiner Jugend.»

«Lass uns tanzen, mir wird sonst zu kalt.»

Sie sah ihn entsetzt an.

«Wir können auch reingehen», sagte sie.

«Tanzen ist lustiger.»

Susanne blieb misstrauisch.

«Wenn ich irgendwo mitspiele, kenne ich gerne die Spielregeln.»

«Es gibt keine Regeln. Wir tanzen, dann wird uns wärmer, das ist alles.»

Sie zögerte.

«Ich weiß nicht.»

«Manchmal kommt man nur voran, wenn man gegen alle Logik handelt», erklärte er.

Sie schüttelte den Kopf.

«Das ist total bekloppt.»

Dann ging sie in die Kajüte, legte die Kassette ein und ließ die Musik über die Bordlautsprecher laufen. Es handelte sich ausschließlich um Titel aus der Disco-Zeit mit einer unglaublich schlechten Tonqualität: «Sunny», «Saturday Night Fever», «It's Raining Men» und so weiter.

Susanne bewegte sich auf dem Vordeck anfangs verhalten, dann legte sie voll los, genauso wie Arne. Jeder tanzte für sich in seiner Ecke, nur manchmal berührten sich aus Versehen ihre Arme oder Hände. Zum Glück kamen keine langsamen Stücke, das wäre peinlich geworden. Sie tanzten die gesamte A-Seite der C45-Kassette durch. Beim ersten Stück auf der B-Seite, «Stayin' Alive» von den Bee Gees, nahm er ihre Hand und tanzte mit ihr Standard. Susanne ließ sich führen und spürte immer, wohin es ging. Beim Tanzen ergänzten sie sich perfekt, das hätte er nicht vermutet. Sie tanzten übers Vordeck, dann an der Kajüte vorbei zum Heck und wieder zurück. Plötzlich dachte Arne an Svantje, mit der er am Vorabend so wild gerockt hatte. Er kannte sie seit über zwanzig Jahren, aber irgendetwas hatte sich zwischen ihnen verändert. Sie kam häufiger ins Erdbeerparadies als früher und tauchte überhaupt öfter in seiner Umgebung auf. Arne wusste noch nicht so recht, was er davon halten sollte, aber es fühlte sich gut an.

Dann brach die Musik mitten im Stück ab, die Kassette war zu Ende. Susanne und er starrten sich einen Moment lang erschrocken an. Ihr Blick ging aufs abendliche Wattenmeer, in dem sich immer mehr kleine Sandbänke zeigten, auf einer blinzelten zwei dunkle Seehunde in das letzte Licht des Tages. Die Tiere musterten sie aufmerksam. Wie sie wohl das Boot mit den beiden Menschen einstuften, das wenige Meter vor ihnen lag?

«Ich mache dir ein Angebot», sagte sie. «Du verzichtest auf die Schülerparty, dafür bekommst du die Getränke zwanzig Prozent billiger von den Lieferanten.»

Sie konnte den Lieferanten befehlen, ihn billiger zu beliefern? Das würde ihn ein entscheidendes Stück voranbringen. Denn je weniger Umsatz er machte, desto höher wurden die Preise für Getränke. Andererseits, wie herablassend war *das* denn? Seine Konkurrentin gewährte ihm gnädig ein paar Prozente, die sie ihm jederzeit wieder entziehen konnte? Blöderweise konnte er das Angebot kaum ausschlagen, er war momentan auf jeden Strohhalm angewiesen.

«Du kannst mich mal», antwortete er leise.

Wenn er einwilligte, war es das offene Eingeständnis seiner Niederlage, dafür war er einfach zu stolz. In diesem Moment veränderte sich ihre Lage grundlegend, und dies im wörtlichen Sinne: Das Boot lief trocken und kippte ächzend und immer schneller zur Seite. Dann gab es einen harten Ruck, der sie beinahe ins Watt schleuderte, weil sie sich nicht festgehalten hatten. Nun steckte der Rumpf im Schlick, das Deck war eine schräge Fläche – Susanne suchte mit ihren Füßen Halt auf der Ankerwinde, er hockte sich unten vor die Reling, die schon halb im Watt lag.

«Ich warne dich, Arne», sagte Susanne, ohne die schräge Lage mit einem Wort zu kommentieren. «Mein Umsatz ist zehnmal so hoch, und deswegen lieben mich die Getränkehändler. Pass bloß auf, dass dir nicht mal das Bier ausgeht.»

Das brachte Arne endgültig zum Explodieren.

«Willst du mir etwa drohen?»

«Ich bin im Stadtrat, vergiss das nicht!»

«Und hast du auch schon die Nato alarmiert? – Mann, das ganze Geld, mit dem du hier so rumprotzt, hast du geerbt! Vergiss das mal nicht, du hast nichts dafür getan!»

Es war ihm so rausgerutscht. Natürlich war das nach dem plötzlichen Tod ihres Mannes reichlich daneben.

Susannes Oberlippe zitterte.

«Willst du mich zum Heulen bringen?», schrie sie. «Vergiss es!»

Er schaute sie verdattert an. Sie war wirklich kurz vorm Weinen, das hatte er nicht beabsichtigt.

«Entschuldigung, da sind mir wohl die Pferde durchgegangen … Und das Angebot mit den Getränkepreisen nehme ich gerne an.»

Sie holte tief Luft, um sich wieder zu fangen.

«Allerdings gibt es eine Zusatzbedingung», erklärte sie. «Deine Nichte Jade lässt meinen Neffen in Ruhe.»

Bitte?

«Das geht uns beide ja wohl gar nichts an!», erwiderte er.

«Ich habe gehört, dass sie heute bei ihm war.»

«Und?»

«Ich sag's nur wegen der Getränkepreise.»

«Und ich sage noch einmal, das geht uns nichts an!»

«Oh, doch! Momme ist alles an Familie, was ich noch habe. Ich will nicht, dass er im Erdbeerparadies seine Zeit verschwendet, bloß weil sie ihm den Kopf verdreht.»

Bevor er darüber nachdenken konnte, was sie damit wiederum meinte, fiel ihm seine Mutter ein: War Jade bei ihr? Hoffentlich! Arne ging ein paar Schritte außer Hörweite, schnappte sich sein Handy und wählte Jades Nummer, die er zum Glück heute morgen gespeichert hatte. Blöderweise ging niemand ran – es lief nur die Mailbox.

«Hallo, Jade, hier ist Arne. Ruf mich bitte sofort zurück.»

Irgendetwas stimmte da nicht. Normalerweise würde Jade keinen Anruf verpassen. Sie hatte ihm versprochen, erreichbar zu sein, solange sie mit Imke unterwegs war. Musste er sich Sorgen machen?

12. Schaumparty

Jade stand gerade vor dem Eingang des Erdbeerparadieses, als sie Arnes Nummer auf ihrem Handy aufblinken sah.

«Jetzt nicht», murmelte sie und wartete, bis das Klingeln aufhörte.

Aus dem Tanzsaal hinter ihr wummerten laute Bässe, Arnes sämtliche Freunde standen vor der abgeschrammelten Holztür der Kneipe und begehrten Einlass, aber sie hatte die Tür verschlossen. Leider ließ sich seine Clique nicht einfach abwimmeln und begann gerade, richtig Stress zu machen. Dabei hatte sie überhaupt keine Zeit für Diskussionen, sie wurde dringend woanders gebraucht. Heute Abend fand nämlich die erste Schaumparty seit Bestehen des Erdbeerparadieses statt.

Die Idee dazu war ihr spontan gekommen. Jade wusste, auf welchen Internet-Plattformen Föhrer Schüler unterwegs waren, und hatte folgende Nachricht gepostet: «Heute spontanes Abi-Vorglühen im Erdbeerparadies». Es war nur als eine Art Testlauf für die eigentliche Abifeier gedacht. Getränke waren noch auf Lager, was konnte schon passieren? Im schlimmsten Fall hätte sie sich den Abend allein mit einer Handvoll Jugendlicher um die Ohren geschlagen, ohne ernsthaft Umsatz zu machen. Mit etwas Glück aber würden fünfzig Leute einen richtig guten Abend haben und dann die Nachricht verbreiten, dass das Erdbeerparadies nun eine Schaummaschine und einen tollen Discjockey besaß.

Arne rief noch einmal an. Diesmal drückte sie ihn weg.

«Wir haben jeden Mittwoch unsere Doko-Runde», meckerte Barni, der hünenhafte Schrauber und Bassist der Sturmflut-Wölfe. Er sah aus, als hätte ihm jemand sämtliche Autos von seinem Hof gestohlen.

«Mensch, was soll ich denn machen?», sagte Jade mit schlechtem Gewissen. Immerhin kümmerte sich Barni um ihr Auto. Und jetzt ließ sie ihn einfach abblitzen. Aber wenn ihr Plan aufgehen sollte, hatte sie keine Wahl.

«Wir wollen in die Kneipe!»

«Wo ist Arne überhaupt?», nörgelte Malte und verschränkte misstrauisch die Arme. Er war der Sänger der Wölfe und Tischler von Beruf, wie Jade inzwischen wusste.

«Keine Ahnung, er geht nicht ans Handy», behauptete sie.

«Arne wollte mir heute einen Auspuff für deinen Käfer vorbeibringen», sagte Barni. «Aber er ist nicht aufgetaucht – sonst wär ich längst fertig!»

«Bitte! Ihr seht doch, was hier los ist», rief Jade.

«Und wo bleiben *wir*?»

«Mensch, ihr seid doch nicht obdachlos! Und Doppelkopf kann man zur Not auch woanders spielen, oder?»

Jetzt steckte Svantje ihren Kopf aus dem Vorraum.

«Kommst du, Jade?», rief sie angespannt, dann nickte sie Arnes Clique freundlich zu: «Moin, Jungs.»

«Du auch?», staunte Barni, doch da war ihr Kopf schon wieder verschwunden. «Was macht Svantje im Tanzsaal?»

«Das Paradies ist nicht mehr unser Laden», schimpfte

Malte und trollte sich zu seinem Fahrrad. Die anderen folgten ihm.

Jade zuckte mit den Achseln und hastete zurück in die Disco. Das wäre erst mal geschafft.

Als sie den großen Saal betrat, sah sie eine Masse von tanzenden Jugendlichen vor sich: Es war unfassbar! Offenbar hatte sich die Nachricht von der Party via Handy und Internet wie ein Lauffeuer auf der Insel verbreitet. Im Saal befanden sich schätzungsweise dreihundert zahlende Gäste! Die Föhrer Schülerinnen und Schüler waren ein Traum von Partyvolk: Sie stürmten herein, warfen die Arme hoch und sprangen sofort auf die Tanzfläche. Kein cooles Herumstehen und Lagechecken wie in Frankfurt, hier kannte jeder jeden.

Während die Massen angerückt waren, war ihr schnell klar geworden, dass sie das niemals allein schaffen konnte. Aber Svantje war genau im richtigen Augenblick aufgetaucht und wurde ihr Glücksengel. Arne hatte sie telefonisch gebeten, an seiner Stelle die Kneipe für seine Freunde zu öffnen, weil er verhindert war. Als Svantje mitbekommen hatte, was im Tanzsaal los war, hatte sie die Kneipe gar nicht erst aufgeschlossen und sofort im Tanzsaal mit angepackt. Ohne sie hätte Jade es nie geschafft. Svantje behielt die Nerven und verlor auch im größten Chaos nicht den Überblick. Spontan engagierte sie sechs Schülerinnen, die ihr bei der Getränkeausgabe helfen sollten. Außerdem wusste sie, wie man ein neues Bierfass anschloss und wo die Ersatzgetränke lagerten.

«Ommaaa!», rief Jade jetzt, als sie zum Tresen eilte, der von mehreren Dutzend Schülern umlagert wurde.

Oma Imke saß in der Nähe der Lautsprecher und hatte sich Stöpsel in die Ohren gesteckt. Mit seligem Lächeln schaute sie auf die jungen Leute. Auch sie hatte ihre Aufgabe in der Disco, aber gerade hatte sie mal wieder ihren Einsatz verpasst. Jade bat eine Schülerin, sie leicht anzustoßen, woraufhin Oma hochschreckte und fragend zum Tresen blickte.

Jade gab ihr ein Zeichen.

Vor Oma stand die Schaummaschine, die Momme mitgebracht hatte. Als Imke jetzt den roten Knopf drückte, wurde erdbeerfarbener Schaum in den Saal geblasen, bis alle bis zum Hals in der wabbeligen Masse standen. Die kleineren Schüler waren gar nicht mehr zu sehen, Oma in ihrem Rollstuhl erst recht nicht.

Aber der wichtigste Mensch an diesem Abend war Momme. Er stand hinter dem Mischpult und zog die Regler bis zum Anschlag hoch. Seine Musik war wirklich gut und passte perfekt. Er brauchte keine exzentrische Brille und keine coolen Klamotten, um den abgefahrenen DJ zu mimen. In seiner Jeans und dem weißen T-Shirt sah er umwerfend aus, seine großen blauen Augen leuchteten in den Saal. Immer wenn Jade und er sich anblickten, zeigten sie mit dem Finger aufeinander und lächelten: Dieser Abend war ihr gemeinsamer Erfolg!

Als es gerade etwas leerer war, sprang Jade hinters DJ-Pult und zog ihn an der Hand auf die schaumige Tanzfläche. Sie alberten ausgelassen herum, machten übertrieben coole Posen, die der jeweils andere sofort nachahmte. Momme wirkte so rein auf sie, sein Blick war so klar. Er kam auf sie zu, und gleichzeitig blieb er bei sich. Alle Anspannung fiel von ihr ab, alles geschah wie von selbst.

Sie hätte stundenlang so mit ihm tanzen können, aber schließlich musste Momme weiter auflegen, und Jade konnte Svantje und die anderen Helferinnen nicht im Stich lassen. Also verschwand sie nach zwei Stücken wieder hinterm Tresen, um zu spülen.

Sie trocknete gerade ein Bierglas ab und blickte glücklich in die Menge, als sie plötzlich ihren Onkel auf sich zukommen sah. Er trug eine alte, enge Jeans und ein schlickbespritztes T-Shirt, das schon bessere Zeiten gesehen hatte. Mit flackernden Augen starrte er auf sein rosa vollgeschäumtes Erdbeerparadies, in dem immer noch an die hundert Schüler zu einer Musik tobten, die so gar nicht die seine war. Außerdem arbeiteten junge Frauen hinter dem Tresen, die er noch nie gesehen hatte.

«Ich weiß, was du denkst», sagte sie, als er schließlich vor ihr stand.

In diesem Moment drückte Oma auf den roten Knopf, und im Nu stand der Schaum allen wieder bis über den Kopf. Dazu drehte sich die alte silberne Discokugel unter der Decke sinnlos im Kreis, weil ihr Licht niemanden mehr erreichte. Nicht einmal die starken gelben Scheinwerfer, die Arne eigenhändig installiert hatte, schafften es, die halbflüssige Masse zu durchdringen.

«Was ist das?», brüllte er durch den Schaum hindurch. Dann zerrte er Jade in den Eingangsbereich, wo einige Schüler herumstanden und verbotenerweise rauchten.

«Spontanparty!», brüllte Jade zurück.

«Abbruch!», befahl Arne.

Jade bugsierte ihn in eine Besenkammer, wo es etwas leiser war, obwohl die Vibrationen der Bässe auch hier deutlich spürbar waren. Sie schloss einen kleinen Schrank auf, um etwas herauszuholen.

«Das geht nicht!», rief Arne. «Und schon gar nicht hinter meinem Rücken!»

«Wo warst du?»

«Egal.»

Jade merkte, dass er vollkommen neben sich stand.

«Ich hab es nur gut gemeint.» Sie drückte ihm einen Packen Geldscheine in die Hand. «Sei bitte nicht sauer auf mich, Arne.»

«Was ist das?», fragte er erschrocken.

«Das sind die Einnahmen von heute Abend. Ungefähr tausendsiebenhundert Euro, dazu kommt noch das Hartgeld. Allerdings wollte ich Momme zweihundertfünfzig zahlen. Ich hoffe, das ist okay für dich.»

Arne starrte sie entgeistert an.

«Willst du mich vorführen, oder was ist dein Plan?» Und nach einer Pause: «Susanne wird ausrasten.»

«Welche Susanne?»

«Die Tante von Momme, ihr gehört das Island Palace.»

«Und?»

«Hier auf Föhr läuft das alles ein bisschen anders als auf dem Festland. Man muss sich absprechen.»

«Diese Scheine hier wären sonst in Susannes Tasche gelandet», hielt sie dagegen und musste plötzlich grinsen. «Im Palace war heute mit Sicherheit Totentanz.»

Er rieb sich nachdenklich das Kinn. «Sie wird nicht gewusst haben, dass ihr Neffe hier aufgelegt hat. Was meinst du, was der sich jetzt anhören muss?»

Sie zuckte mit den Achseln.

«Ich habe ihn nicht gezwungen.»

Arne nickte.

«Das hat er wahrscheinlich nur getan, weil er scharf auf dich ist, stimmt's?»

In dem Moment kam Oma um die Ecke gefahren.

«Wieso hast du mich nicht angerufen?», brüllte Arne seine Mutter an. Die Frage war natürlich unsinnig, denn bekanntermaßen konnte sie nicht sprechen. Verwirrt nahm er das Geld und verschwand oben in der Wohnung.

Eine Stunde später war die Party endgültig vorbei. Jade schaltete das grelle Saallicht an, und Momme packte hastig seine Anlage ein.

«Ich würde gerne noch einen Absacker mit dir trinken», sagte sie, als er sich verabschieden wollte. «Aber ich habe echt noch viel zu tun.»

«Ist in Ordnung. Das holen wir nach, ja?», sagte er und lächelte sie so warm an, dass ihr ganz anders wurde.

Sie nahm seine Hand und küsste ihn auf die Wange.

«Danke für alles. Hier ist dein Geld.»

Momme nahm die Scheine und verschwand in der Dunkelheit.

Nachdem auch Svantje, die ihr bis zum Schluss beim Aufräumen geholfen hatte, fort war, wankte Jade hundemüde ins Schlafzimmer. Oma schlief bereits tief und fest. Ihrem Gesicht nach zu urteilen, träumte sie schön. Jade zog sich ihr Nachthemd über und wollte sich gerade auf die Couch legen, als sie auf dem Kopfkissen ein kleines Buch entdeckte. Ihre Oma musste es dort vergessen haben. Jade legte es auf den Nachttisch, streckte sich auf der Couch aus und schloss die Augen, doch an Einschlafen war nicht zu denken.

Hatte sie alles richtig gemacht? Die Party ohne Absprache mit Arne zu veranstalten, war sicherlich nicht ganz in Ordnung gewesen. Andererseits standen hier dreihundert Schüler, die nicht nur Eintritt gezahlt, sondern auch kräftig konsumiert hatten, gegen zehn zahlende Gäste bei den Sturmflut-Wölfen. Sollte er ihr nicht dankbar sein? In Gedanken ließ sie immer wieder die Bilder des Abends Revue passieren: Oma an der Schaummaschine, die grölenden Teenager, Momme am Mischpult …

Es hatte keinen Zweck. Sie konnte einfach nicht einschlafen. Also knipste sie die Nachttischlampe an, nahm Omas Büchlein zur Hand und ging damit in die Küche. Sie machte es sich auf einem Stuhl bequem und schlug neugierig die erste Seite auf: «Imke, 1954» stand dort mit Bleistift geschrieben. Das war ein Tagebuch!

Gerade wollte Jade es zuklappen, als sie eine halb aus dem Buch herausragende Notiz entdeckte: LIEBE JADE, LIES DAS GERNE MAL! DEINE OMA IMKE stand dort in krakeligen Buchstaben.

Also begann Jade zu lesen.

13. Das Wunder von Boldixum

Landeshauptstadt Kiel, 5. Juli 1954

Jetzt bin ich schon bald zwanzig und habe außer Amrum und Flensburg noch nicht viel gesehen von der Welt. Selbst auf Sylt war ich nur einmal ganz kurz. Insofern gibt es etwas zu feiern, denn ich bin das erste Mal weit weg von Föhr.

Zusammen mit Telse sitze ich in der Garderobe der Kieler Ostseehalle und nähe wie eine Wilde an unseren Trachten herum.

Kiel ist eine echte Großstadt, vor jedem dritten Haus steht ein Auto, ganz anders als bei uns in der Provinz. Aber ich war auch entsetzt, als wir vom Hauptbahnhof zur Jugendherberge am Ostufer gelaufen sind. An vielen Stellen liegen noch Trümmerberge herum, ganze Stadtteile müssen neu aufgebaut werden. Wie gut hatten wir es auf Föhr – weit weg von diesem verdammten Krieg!

An die Ostsee muss ich mich noch gewöhnen: Ein Meer, das immer da ist und nie zwischendurch weggeht, macht mich ganz kribbelig. Die haben hier immer Flut, das kommt mir fast bedrohlich vor!

Typisch ist wieder, dass Telse und ich die Einzigen sind, die hier am Montagmorgen in der kahlen Garderobe hocken und die Trachten ändern, während sich die anderen aus der Gruppe die Landeshauptstadt anschauen. Wir seien die Einzigen, die nicht verheiratet sind, hieß es, ihr Fräuleins könnt euch auch sonst herumtreiben, wann ihr wollt, ohne dass ein Mann euch reinredet

Die blasen sich vielleicht auf!

Keine von uns zwölfen ist über 24. Wiebke und Gudrun sind gerade mal drei Jahre älter als ich, aber sie tun so, als würden sie bald silberne Hochzeit feiern. Ob ich wohl auch bald einen Mann abbekomme? Es wird langsam Zeit, aber auf der Insel gibt es leider keinen, der mich ernsthaft interessiert. Schade. Hoffentlich werde ich keine alte Jungfer wie Greta, die ist schon 26 und hat immer noch keinen Kerl. In ihrem Alter wird das nichts mehr, sagen alle. Das macht mir Angst.

Heute Mittag beginnt der Wettbewerb der Trachtentänze, acht Gruppen treten gegeneinander an, die Gewinner dürfen zur «Grünen Woche» nach Berlin fahren und dort Schleswig-Holstein vertreten. Seit es wieder genug Wurst und Butter gibt, haben die Leute auch auf Föhr deutlich zugelegt. Kaum eine Tracht sitzt noch so, wie sie es sollte, Telse und ich haben ordentlich zu tun. Natürlich sind alle auf den letzten Drücker zu uns gekommen. Was die Figur angeht, bin ich eine Ausnahme. Als Tochter eines Lebensmittelkaufmanns hatten wir auch in den schlimmen Zeiten immer genug auf dem Tisch. Trotzdem bin ich dünn wie ein Spargel. Dabei versuche ich, so viel Fett wie möglich zu mir zu nehmen, aber es setzt einfach nicht an. Wahrscheinlich habe ich deswegen noch keinen Mann, die Kerle mögen nun mal lieber rundliche Formen.

Egal, wie der Tanzwettbewerb nachher ausgeht, gewonnen haben alle Teilnehmer eigentlich jetzt schon. Was mit dem gestrigen großen Schicksaltag der Nation zusammenhängt. Seit Wochen gab es auf Föhr nur ein Thema: die Fußballweltmeisterschaft in der Schweiz. Unsere Mannschaft unter der Führung von Sepp Herberger hatte es tatsächlich bis ins Finale nach Bern geschafft – unglaublich! Gestern war das Endspiel gegen Ungarn, und wir haben gewonnen!

Wir Frauen sind schon vormittags ins «Erdbeerparadies» gegangen und haben den Gastraum mit Papiergirlanden und kleinen Fahnen geschmückt, die wir mit Buntstiften selbst ausgemalt hatten. Dann haben wir Schnittchen mit Wurst und Käse geschmiert. Anders als in Bern, wo unsere Fußballer im Regen spielen mussten, war das Wetter auf Föhr wunderbar. Mittags war ich noch mit Telse am Südstrand schwimmen.

Der Wirt des Erdbeerparadieses besitzt einen der vier Fernseher auf der Insel, und natürlich wollten alle Männer das Spiel sehen. Was für uns Frauen, die wir jetzt hier in Kiel sind, ein großes Problem war: Denn eigentlich hätten wir schon gestern die Fähre und dann den Zug nehmen müssen, um heute, am Tag des Wettbewerbs, rechtzeitig hier zu sein. Sämtliche Ehemänner und Väter haben es uns allerdings verboten, und laut Gesetz dürfen sie das nun mal. Es sah also so aus, als müssten wir auf den Wettbewerb verzichten. So ist es, als Frau wird man eben von den Männern sein Leben lang wie ein Kind behandelt. Nur wenn man eine alte Jungfer ist, bleibt man eigenständig. Aber möchte man das? Ich muss sagen, ich hätte schon gerne Kinder, am liebsten zwei Jungen und zwei Mädchen. Kann man die irgendwo bestellen?

Trotz des Verbots haben wir alle unseren Spaß gehabt. Nach

der ersten Halbzeit stand es 2:2, in der Pause floss das Bier
in Strömen, wir Frauen servierten die Schnittchen und
stimmten fröhliche Lieder an, um unsere Mannschaft anzu-
feuern (wir sangen so laut, dass unsere Stimmen bestimmt
bis nach Bern reichten). Das hat den Männern gefallen.
Wir hatten nicht nur klaglos auf unseren Wettbewerb verzichtet, sondern waren trotzdem fröhlich.
Tja, so sind wir Frauen eben.
Dann ging es in die zweite Halbzeit, und unsere Gelegenheit
war gekommen. Die Männer hockten angespannt vor dem
Fernseher, und wir Frauen schlichen uns aufs Erdbeerfeld
hinter dem Haus, wo wir in den Büschen unsere Koffer versteckt hatten. Dass sich zwölf Frauen heimlich auf den Weg
zur Fähre machten, fiel keinem Mann auf …
Langsam wird es Zeit, gleich kommen die anderen zurück.
Ich bin schon sehr aufgeregt, in der Halle wollen über tausend Menschen die Tänze ansehen. Es sind sogar Fotografen
von der Zeitung da! Wir tanzen ja schon seit frühester
Jugend zusammen, die Tänze können wir also im Schlaf.
Aber wenn es auf eine derartig große Bühne geht, ist das
doch etwas anderes. Hoffentlich vertanzen wir uns nicht, ich
hatte gestern Nacht schon einen richtigen Albtraum: Telse ist
auf Wiebkes Kleidersaum getreten, die ist gestürzt und wir
alle hinterher. Das Publikum hat gelacht und uns ausgebuht,
es war furchtbar peinlich.
Man darf sich nicht verrückt machen lassen. Nach dem
Sieg unserer Fußballmannschaft sind alle Menschen so
fröhlich und ausgelassen. Hier in Kiel sieht man nur noch
lachende Gesichter in den Straßen. Die werden uns schon
nicht den Kopf abreißen, falls was danebengeht.

Unsere Föhrer Männer müssen nach dem Spiel sehr dumm aus der Wäsche geschaut haben, als all ihre Frauen verschwunden waren. Wir haben natürlich einen Brief beim Wirt des Erdbeerparadieses hinterlegt. Darin stand aber nur, dass wir in Kiel sind, nicht, wo genau der Wettbewerb stattfindet. Dass wir geschlossen gefahren sind, wird ihnen unheimlich vorgekommen sein und sie hoffentlich zum Nachdenken bringen. Denn das bedeutet, dass alle Frauen dasselbe empfinden.

Was dabei herauskommt?

Ehrlich gesagt, ich weiß es nicht. Aber es wird schon nicht so schlimm werden, wir haben ja kein Verbrechen begangen. Falls sie vorhaben, uns zu holen, werden sie es auf keinen Fall rechtzeitig schaffen. Es hat ja zum Glück keiner ein Auto. Sie müssen also erst mit der Fähre aufs Festland, dann mit dem Bus nach Niebüll, und der hält an jeder Milchkanne, dann weiter mit dem Bummelzug nach Husum, Umsteigen nach Kiel, das dauert …

Ich muss aufhören, denn die anderen sind da, und es gibt noch viel zu tun. Auf geht's, die große Bühne wartet nicht – wir werden denen zeigen, wie Friesinnen tanzen können!

Darunter ein Eintrag mit Kugelschreiber, den Oma erst vor kurzem hinzugefügt haben konnte: MACH WEITER SO, MEINE LIEBE JADE!

14. Friesische Thai-Klopse

Er wachte vom Piepsen seines Handys auf. Verschlafen schaute er aufs Display. Es war kurz nach acht, und er hatte eine SMS von seinem alten Freund Malte bekommen. Was wollte der denn jetzt?

«Moin, Arne. Dass die Kneipe geschlossen war, ist echt eine Sauerei. Wir sind stocksauer! Malte.»

Draußen auf dem Flur hörte er seine Mutter mit dem Rollstuhl vorbeifahren, in der Küche klapperte Jade bereits mit dem Frühstücksgeschirr. Da er niemanden sehen wollte, beschloss er, einfach im Bett liegen zu bleiben.

Während ich mit Susanne Lindner im Schlick festsitze, veranstaltet Jade hinter meinem Rücken eine Riesenparty, tobte es in ihm. In meinen Räumen, ohne mich zu fragen! Was ist nur in sie gefahren? Benimmt man sich so als Gast?

Kurze Zeit später erhielt er eine weitere SMS, diesmal von Barni, der sich ebenfalls beschwerte. Arne konnte seine Freunde gut verstehen, schließlich existierten ihre Doppelkopfrunden im Erbeerparadies seit fast zwei Jahrzehnten!

Aber das war nicht das Schlimmste an der Sache.

Das Schlimmste war, dass er sich eigentlich freuen sollte, denn dank Jade war seine Miete für den nächsten Monat gesichert. Doch das war nur ein kurzfristiger Sieg. Er würde sich vor Susanne erklären müssen, und die würde ihm bestimmt nicht abnehmen, dass er nichts von der Schaumparty gewusst hatte. Sie musste denken, dass er sie aufs Kreuz gelegt hatte, und nun einen Krieg gegen ihn beginnen. Einen Krieg, den er nie und nimmer gewinnen konnte. Was die Getränkehändler anbelangte, musste er sich jetzt warm anziehen!

Er drehte sich wieder zur Wand und schloss die Augen. Erst als er hörte, dass Jade und seine Mutter die Wohnung verließen, stand er auf und schlurfte zum Frühstückstisch. Dort lag ein Zettel von Jade: «Moin, Arne! Sind schwimmen. Um eins wieder da. Liebe Grüße, Jade.»

Das war alles? Keine Entschuldigung? Nichts?

Sein Kopf war leer, und als Erstes musste mal das dumpfe Gefühl aus seinem Körper verschwinden. Dagegen half nur ein deftiges heißes Essen, und zwar nicht irgendeines, sondern etwas Besonderes. Dieses Ritual hatte er sich aus dem Uraltfilm «Der Pate» abgeguckt. In der Mafiafamilie Corleone wurde immer eine ganz spezielle sizilianische Suppe gekocht, bevor man in den Krieg gegen eine feindliche Familie zog.

Nun wollte er nicht in den Krieg ziehen, aber harte Zeiten standen ihm trotzdem bevor. Er verzichtete also auf das Frühstück und fuhr direkt nach Nieblum ins Restaurant Alter Friesentraum, das sich in einem prächtigen Kapitänshaus mit Reetdach befand. Durch einen Seiteneingang huschte er in die Küche, wo sein chinesischer Freund Wang als Koch arbeitete. Die Wände bestanden aus original friesischen Kacheln, die es fast nirgendwo mehr zu kaufen gab. Wang war vor vielen Jahren wegen einer großen Liebe von China nach Föhr gekommen und hier auch geblieben, als die Beziehung in die Brüche gegangen war. Er konnte wahre

Lustgerichte zubereiten, Arne hätte ihm sämtliche Sterne dieser Welt verliehen. Aber Wangs Chef verschwendete dieses Talent leider mit Pommes und Wiener Schnitzel.

Wenn er Zeit hatte, bestellte Wang in Hamburg riesige Pakete mit seltenen asiatischen Gewürzen, die man auf Föhr nicht bekam. Damit kochte er seine legendären Essen, zu denen er seine Freunde lud, darunter auch Arne. Der Chinese besaß allerdings eine Macke, die man hinnehmen musste, wenn man sich in seiner Gegenwart aufhielt: Er sang beim Kochen gerne italienische Opern – mit falschem Text und falscher Melodie.

«Moin, Wang, kannst du mir helfen?»

«Moin, Arne, wo brennt es?»

«Ich brauche ein paar Gewürze für Königsberger Klopse.»

Nun zählten Klopse im Reich der Mitte nicht gerade zum Standardrepertoire, aber Wang kochte ja den ganzen Tag gutbürgerliche deutsche Küche und wusste, worum es ging.

«Kapern?»

Arne lachte das erste Mal an diesem Tag.

«Würde ich dann zu dir kommen?»

Wang hatte verstanden und zog seine Zauberkiste mit den Gewürzen hervor. Die beiden schnüffelten hier und da und diskutierten, wie man Königsberger Klopse mal ganz anders machen könnte. Scharf sollten sie sein, und zwar nicht europäisch scharf, sondern brennend scharf, so wie in Asien. Schon beim Schnuppern und Reden bekam Arne eine unbändige Vorfreude auf das Essen.

Als seine Mutter und Jade mittags vom Strand zurückkamen, stand er bereits seit mehreren Stunden in der Küche. Es roch nach einem Mahl, wie man es sonst nur an Weihnachten serviert bekam.

«Ich habe einen Mordshunger und Oma auch!», rief Jade, als sie in die Küche trat. Sie trug T-Shirt und kurze Hose und gab ihm zur Begrüßung einen Kuss auf die Wange.

Seine Mutter hielt zustimmend den rechten Daumen hoch.

Das war alles? So ganz ohne Kommentar wollte Jade zur Tagesordnung übergehen?

«Einen Moment dauert es noch», brummte er.

«Was gibt es denn?»

«Friesische Thai-Klopse.»

Jade lachte.

«Was soll das sein? So was wie ich?»

«Ganz genau, nur in Klopsform.»

Jade stellte sich neben ihn an den Herd.

«Kann ich helfen?»

‹Besser nicht.»

Stille.

«Äh, Arne, wegen gestern …», setzte sie an. «Also, ich wollte dich nicht übergehen. Das mit der Schaumparty war eine spontane Idee, und ich hatte Angst, dass du …»

«Komm her», unterbrach er sie. Er drückte sie fest an sich. «Alles okay.»

So gern er es gewollt hätte, er konnte Jade einfach nicht böse sein. Sie hatte es ja nur gut gemeint. Plötzlich merkte er, wie nah er am Wasser gebaut hatte. Schnell wandte er sich wieder der Bratpfanne zu, in der die Klopse brutzelten. Er hatte beim Kochen viel Zeit gehabt, über alles nachzudenken, und dabei war ihm etwas klar geworden: Es hatte ihn in seiner Eitelkeit verletzt, dass Jade mit ihren neunzehn Jahren eben mal nach Föhr kam, einmal mit dem Finger schnippte, und schon war das Erdbeerparadies voll. Wieso bekam *er* das nicht hin? Aber nach außen hin wollte er das nicht zeigen.

«Mensch, Jade, es geht nicht nur um einen Abend. Ich verfolge mit dem Erdbeerparadies ein Gesamtkonzept», erklärte er, nachdem er sich gefasst hatte. Zugegeben, dieser Begriff passte eher zu einem börsennotierten Großkonzern als zu einer heruntergewirtschafteten Discothek.

«Zu schlagen waren zwanzig Gäste bei den Sturmflut-Wölfen», widersprach sie.

Sie brachte es auf den Punkt.

«Auf der Insel sind wir aufeinander angewiesen», hörte er sich Susannes Worte von gestern wiederholen und ärgerte sich im gleichen Moment darüber.

«Das Einzige, was ich kapiere, ist, dass diese Lindner dich klein halten will und sich selbst die Taschen vollstopft. So was läuft hier nicht anders als in Frankfurt!»

Seine Mutter zeichnete etwas auf ihren Block und hielt ihn für alle sichtbar hoch: eine Bombe.

«Du musst dich entscheiden: Geld oder Kuscheln?»

«Kuscheln mit Susanne? Na vielen Dank!» Unwillkürlich musste er an ihre Tanzeinlage gestern auf dem Boot denken. Zum Glück gab es außer den Seehunden keine Zeugen für diese Szene.

Jade nahm ihm den Kochlöffel aus der Hand und baute sich vor ihm auf. «Ich will deine Teilhaberin werden.»

Sie hätte genauso sagen können: «Ich war früher ein Mann.» Es hätte ihn nicht weniger verblüfft.

«Und Frankfurt?»

«Ich will auf Föhr bleiben.»

«Hör auf!»

«Ik snaake beeder Fering üüs dü!!»

Ich spreche besser Friesisch als du.

«Stimmt.»

«Dazu kommt noch, dass ich eine Banklehre gemacht

habe. Was bedeutet, dass ich eine Menge mehr von Bilanzen und Buchführung verstehe als du.»

Er nahm ihr den Kochlöffel wieder aus der Hand.

«Stimmt auch», musste er zerknirscht zugeben.

Sie lächelte ihn an.

«Ich sehe das so: Du bist als erster Surfer auf Föhr eine lebende Legende. Du kannst mit allen, dich kennt jeder, und dich mag jeder. Außerdem bist du perfekt im Organisieren und Kungeln.»

«Die Lindner schlägt mich da aber noch um Längen.»

«Egal, du weißt, wie eine Kneipe läuft, du bist das Gesicht des Ladens. Du musst ran an die Älteren, zum Beispiel an die Kurgäste, und die Ü-30-Partys arrangieren.»

«Und du?»

Jade nahm ihm den Kochlöffel wieder ab und deutete damit auf seine Brust.

«Ich mache dir die Hütte voll mit jungen Leuten, an die du nicht rankommst. Hast du doch gesehen!»

«Vorsicht», warnte er. «Ein guter Abend macht noch keinen Sommer.»

Dass sie leichter an junge Leute rankam, mochte zwar stimmen, aber er hörte es nicht gerne. War er schon so alt geworden?

Sie grinste. «Die nächste Disco ist übermorgen Nachmittag – falls du einverstanden bist. Diesmal für die Zwölf- bis Sechzehnjährigen. Die mit ihren Eltern hier im Urlaub abhängen und abends nicht wissen, wohin mit sich. Diese Altersgruppe ist eine Goldgrube, aber niemand hat sich bisher ernsthaft um sie gekümmert. Es ist doch ganz einfach: Die Eltern wollen zwischendurch ihre Ruhe haben, und die Teenies lechzen danach, ihre Alten mal los zu sein. Also gehen sie tanzen.» Sie lächelte. «Irgendwelche Einwände?»

Das ging ihm jetzt alles ein bisschen schnell.

«Weswegen bist du nach Föhr gekommen, Jade? Doch nicht, um das Erdbeerparadies zu übernehmen.»

«Und wenn?»

«Cord behauptet, du bist bei deiner Bank rausgeflogen.»

Jade nickte.

«Sagen wir es mal so: Ich habe meine ursprünglichen Pläne geändert. – Also, was ist nun? Bin ich mit im Boot?»

Er zögerte. Jade hatte mit allem recht, und ihre Ideen waren sicher gut, aber wie sollte das funktionieren? Ein Achtundfünfzigjähriger und eine Neunzehnjährige betreiben zusammen eine Disco?

«Ich weiß nicht.»

Oma klopfte energisch gegen die Speichen ihres Rollstuhls und hielt ihren Block hoch. Diesmal hatte sie einen Totenkopf gemalt. Darunter stand sein Name. Jade nahm den Stift ihrer Oma und schrieb die Zahl 8000 darunter.

«Ich habe zwei Jahre lang einen Teil meines Azubigehaltes in Aktien angelegt», erklärte sie. «Daraus sind inzwischen achttausend Euro geworden. Das wäre mein Anteil.»

Arne staunte.

«Nee, lass mal. Du kannst auch erst mal so mitmachen.»

Jade stemmte ihre Hände in die Hüften.

«Nee, Arne, kein Wischiwaschi! Ich investiere hier nur, wenn ich auch etwas verdienen kann!»

Er schaute sie verblüfft an.

«Habe ich eine Bedenkzeit?», fragte er.

«Nein. Ich will heute noch Handzettel verteilen, die sind schon fertig gedruckt.»

Sie war also fest davon ausgegangen, dass er mitspielte?

Er breitete die Arme aus. «Also gut.»

Sie kam auf ihn zu und umarmte ihn.

«Viele große Weltunternehmen haben in einer Garage angefangen», jubelte sie.

«Du willst das Erdbeerparadies aber jetzt nicht als Garage bezeichnen!»

Jade grinste.

«Nein, es ist natürlich eine Art Weltkonzern.»

«Ganz genau. An den Börsen wird unsere Fusion einige Erschütterungen auslösen», vermutete er lachend.

«Danach muss die Wirtschaftsgeschichte dieses Landes neu geschrieben werden», ergänzte sie.

Die beiden umarmten sich noch einmal, dann deckte Jade den Tisch. Er wandte sich wieder dem Herd zu und schmeckte die Sauce mit einem Teelöffel ab.

«Das Geschäft läuft also wieder. Jetzt müssen wir nur noch eine Frau für dich finden», befand Jade hinter seinem Rücken.

Ihm fiel fast der Löffel aus der Hand.

«Was?»

«Du bist doch Single, oder?»

«Und?»

«Was und?»

Er beugte sich über die Pfanne mit dem Gemüse und wendete es vorsichtig.

«Vielen Dank, aber mein Liebesleben kriege ich schon selbst geregelt.»

Sie kam an den Herd und zog neugierig einen Paprikastreifen aus der Pfanne, um zu probieren.

«Was denn für ein Liebesleben?», fragte sie, während sie heftig pustete.

Was sollte er darauf sagen? Es lief halt im Moment nichts Konkretes, na und?

«Alles weißt du auch nicht.»

«Heiß!», keuchte Jade und deutete auf ihren Mund, der immer noch mit der heißen Paprika kämpfte.

Seine Mutter schrieb etwas auf ihren Block und winkte ihre Enkelin zu sich. Imke sollte sich da raushalten, das Liebesleben ihres Sohnes ging sie nichts an! Besonders nicht, wenn der schon stramm auf die sechzig zuging.

Jade las laut vor, was ihre Großmutter aufgeschrieben hatte: «IM MOMENT LÄUFT GAR NICHTS BEI IHM. DAS WÜSSTE ICH.»

Jetzt reichte es!

«Wenn ihr so weitermacht, kriegt ihr nichts zu essen.»

Jade grinste ihn breit an.

«Was ist denn mit Svantje, Onkelchen?»

Er nahm den Pfannenwender und deutete in Jades Richtung.

«Sag nie wieder Onkelchen zu mir, das macht mich noch älter, als ich sowieso schon bin!»

Sie ließ nicht locker.

«Weißt du, was Svantje wörtlich heißt?», fragte sie und hakte sich bei ihm ein.

Er verdrehte die Augen und nahm die Pfanne mit den Klopsen vom Herd.

«Was denn?»

«Kämpfender Schwan!»

Seine Mutter kicherte. Er kam sich vor wie in der vierten Klasse. Die sollten ihn endlich in Ruhe lassen! Zum Glück war das Essen fertig.

Nicht ohne Stolz servierte er die friesischen Thai-Klopse mit asiatischem Gemüse und einer curryfarbenen Sauce, die nichts mehr mit dem traditionellen deutschen Gericht zu tun hatte. Den Geschmack konnte man statt in Königsberg eher zwischen Shanghai und Persien verorten. Als er die ersten Bisse nahm, wurde ihm auf angenehme Art richtig heiß. Alle negativen Gedanken wurden von dem scharfen Essen förmlich weggebrannt, und er spürte wieder eine tiefe Zuversicht in sich. Auch Jade und Imke waren schwer begeistert und überschütteten ihn mit Komplimenten. Wenigstens war er ein guter Koch!

Nach dem Essen brauchten Jade und er den ganzen Nachmittag, um die Schaumreste aus dem Tanzsaal zu entfernen. Es war eine Riesensauerei. Außerdem mussten sämtliche Bilder abgenommen werden, weil sich dahinter seifige Flecken befanden. Selbst in die Zapfanlage war Schaum gekommen, wie er fluchend feststellte. Er musste sie vollständig auseinandernehmen und reinigen, sonst würde das Bier in Zukunft nach Erdbeerseife schmecken. Die alten Holztische und -stühle hatten derartig viel Wasser aufgesogen, dass sie sie zum Trocknen auf den sonnenbeschienenen Parkplatz schleppen mussten.

Als sie endlich mit allem fertig waren, ließen sie sich erschöpft auf die Bank vor dem Erdbeerparadies fallen. Jade zückte ihr Handy, um jemanden anzurufen. Offenbar meldete sich nur die Mailbox. «Moin, Momme, wie geht's? Hier ist Jade, kannst du mich mal zurückrufen? Das wäre superschön. Wir müssen unseren Abend noch mal feiern, was meinst du? Grüße, Jade.»

Er staunte. Derartig weiche Töne hatte er von seiner Nichte noch nicht gehört.

Jade steckte ihr Handy in die Hosentasche und erhob sich lächelnd.

«Für die nächste Schaumparty schlagen wir den Tanzsaal mit Alu aus und kaufen Plastikmöbel», schlug sie vor.

Er starrte erschrocken vor sich hin. «Im Ernst?»

Aber sie war schon im Haus verschwunden.

15. Buddha

Das Hoch im Norden lag weiter fett und bräsig über der Insel Föhr und sorgte mit satten 28 Grad für genau jene Trägheit, die die Menschen im Strandkorb in einen angenehmen Dimmer versetzte. Wem das zu viel wurde, der kühlte sich im Meer ab. Arne schob seine Mutter im Rollstuhl an der Strandpromenade Richtung Olhörner Leuchtturm und erlebte das, was jeder erlebte, wenn er mit ihr unterwegs war: Man kam kaum mehr als zwanzig Meter pro Stunde voran, weil unzählige Menschen mit Imke reden wollten. Wie schön, dass sie auf Föhr nach ihrem Schlaganfall nicht vergessen worden war! Bei jedem «Moin, Imke» freute sich Arne mit ihr. Auf Höhe des Leuchtturms drehte er den Rollstuhl auf Meerblick und justierte die Bremsen. Dann setzte er sich auf eine Bank neben sie und blinzelte in die Sonne.

«Meinst du, ich mache es richtig mit Jade?», fragte er seine Mutter und ließ den Blick über die sommerliche Hallig Langeneß schweifen, die sich grün und lang auf der gegenüberliegenden Seite erstreckte.

Imke nickte und hob den Daumen.

«Ich weiß nicht, vielleicht ziehe ich sie da in etwas rein, was schon längst am Ende ist.»

Dafür gab es als Protest einen umgedrehten Smiley: :-(

Vor ihm spielten Pärchen Softball am Strand, die Bälle flogen hin und her, doch die meisten Menschen lagen mit geschlossenen Augen in der Sonne. Im Grunde verschlimmerte die Präsenz dieser fröhlichen, entspannten Feriengäste seinen Gemütszustand noch. Er schien der Einzige weit und breit zu sein, der einen Haufen Sorgen mit sich rumtrug. Hoffentlich wird Mama meinen endgültigen Absturz nicht mehr erleben, wünschte er sich in Gedanken.

Die Wirkung der Thai-Klopse hatte leider nachgelassen, und so ein Essen konnte man ja auch nicht jeden Tag wiederholen. Die nächste Miete würde er dank Jades Veranstaltung bezahlen können, aber damit war die Kuh noch nicht vom Eis. Susanne Lindner hatte ihn mit den Getränkepreisen mehr oder weniger in der Hand.

Mensch, sie hatten Hauptsaison, und die Strandkörbe waren voll! Eigentlich mussten doch von den Touristen einige bei ihm hängen bleiben, oder war er einfach zu blöd?

Der Klingelton seines Handys riss ihn aus seinen Gedanken.

«Moin, Arne, hier is Ekki, du hast bei mir anjerufen? Tut mir leid, det wurde mir erst heute ausjerichtet. Wie geit di dat?»

Er grinste. Wenn sein alter Kumpel Ekki als Urberliner versuchte, Plattdeutsch zu reden, klang das so wie Bouletten mit Vanillesauce. Aber es war nett gemeint.

«Ich sitze gerade in der Sonne am Strand. Und du?»

Ekki lachte.

«Du hast gewonnen! Ich hocke in einem öden klimatisierten Büro.»

«Ich habe es auch nicht leicht», seufzte Arne theatralisch. «Mich blendet den ganzen Tag die Sonne. Und die Nordsee glitzert auch wie wahnsinnig. Wenigstens bringt das Wasser einen kühlen Lufthauch in die Hitze …»

«Noch ein Wort, und ich mache meinen Laden dicht», stöhnte Ekki und lachte.

«Du bist jederzeit eingeladen.»

«Ich nehme dich beim Wort.»

«Ab in den nächsten Zug!»

«Gib mir Zeit bis September – würde dir das passen?»

«Jederzeit. Du bekommst im Erdbeerparadies ein eigenes Zimmer.»

«Ich brauche vor allem einen Tresen, an dem wir dumm rumquatschen können.»

«Ist alles inklusive. Du hast pauschal gebucht.»

Falls es das Erdbeerparadies dann noch gab …

«Also, bis bald.»

«Tschüs, Ekki!»

Erst nachdem er sein Handy wieder eingesteckt hatte, wurde ihm klar, dass ihm gar nicht in den Sinn gekommen war, Ekki um einen Job zu bitten. Damit war es entschieden: Er würde auf Föhr bleiben und nicht nach Berlin gehen. Dies war vielleicht seine letzte Chance, das Erdbeeparadies zu retten, und die würde er nicht ungenutzt lassen!

In diesem Moment stürmte ein halbes Dutzend Jugendliche den Strand. Sie waren etwa sechzehn, und jeder von ihnen hatte einen Packen Handzettel dabei. Jade trieb sie vor sich her wie eine Schäferin ihre Herde. Das Thema Werbung hatte er komplett ihr überlassen, sie kannte die Zielgruppe viel besser als er. Er würde dann erst an der Kasse und im Getränkeverkauf wieder mit einsteigen.

Arne staunte, mit welcher Akribie und Hartnäckigkeit sich Jade in die Gastronomie eingearbeitet hatte. Sie scheute sich nie, dort anzupacken, wo es etwas zu tun gab, selbst wenn es ums Kloputzen ging. Nun sah er mit Vergnügen zu, wie sie sich an der Wasserkante aufstellte. Hinter ihr lief die Flut auf, als sei das Meer herbeigeeilt, um sie bei ihrem Vorhaben zu unterstützen. Sie sprach in ein Megaphon und vibrierte förmlich vor Energie: «Morgen Nachmittag findet im Erdbeerparadies ab vier Uhr eine Teenie-Disco statt. Alle zwischen zwölf und siebzehn sind herzlich eingeladen. Der Eintritt beträgt fünf Euro.» Ihre Stimme hatte einen wunderbar vollen Klang, das sollte er ihr bei Gelegenheit einmal sagen. Die Teenies waren schnell umringt von Gleichaltrigen und einigen Eltern, die nach Handzetteln verlangten.

«Meinst du, ich sollte da mitmachen? Damit die Eltern wissen, dass auch Erwachsene dabei sind?», fragte er seine Mutter.

Für die Antwort brauchte sie keinen Schreibblock, sie zeigte ihm einen Vogel.

Er lachte. Seine Mutter war immer direkter und ehrlicher als die meisten Menschen gewesen, womit sie sich nicht nur Freunde gemacht hatte.

Plötzlich stand Jade grinsend vor ihnen.

«Hi, habt ihr morgen Nachmittag Zeit?», fragte sie kokett. «Es gibt ab 16 Uhr eine Teenie-Disco im Erdbeerparadies.»

«Ich schaue mal, ob ich es schaffe», sagte Arne.

Seine Mutter deutete mit beiden Daumen auf sich, um zu signalisieren: «Ich komme auf jeden Fall!»

Zwei junge Mädchen, die gerade an ihnen vorbeigingen, blickten einander staunend an.

«Die wollen in die Disco?», fragte die eine.

«Die sind genauso alt wie ihr!», rief Jade ihnen fröhlich hinterher und deutete auf ihre Großmutter und ihren Onkel. «Sie tragen nur gerade ihre Halloween-Masken vom letzten Jahr.»

«Na, vielen Dank auch.» Arne lachte. «Mit meinem Gesicht muss ich mich also zu Halloween nicht mehr verkleiden.»

Jade streichelte ihm freundlich über die Resthaare und zog dann ab. Sie wollte mit ihrer Truppe mit dem Rad nach Nieblum fahren, um dort am Strand weiter zu werben, danach war Wyk dran. Heute Abend konnte es auf der Insel Föhr keinen Teenie mehr geben, der nichts von der Disco wusste.

«Die haben echt Ausdauer», stöhnte Arne neidisch. Er tat ja einiges, um sich fit zu halten, aber die jungen Leute hier schlugen ihn um Längen, das musste er zugeben.

Plötzlich baute sich jemand vor ihm auf, den er gerade am wenigsten gebrauchen konnte. Aber das ließ sich auf einer so kleinen Insel eben nicht vermeiden.

Quallig, matschig, schleimig.

«Oh, da ist er ja, der junggebliebene DJ», höhnte Fokko.

Arne schoss von der Bank hoch und sah ihm direkt ins Gesicht. Wäre seine Mutter nicht hier gewesen, er hätte ihn einfach von der Promenade in den Strandsand gestoßen.

«Was willst du?», fragte Arne.

«Teenie-Disco», höhnte Fokko. «Stehst du auf kleine Mädchen, oder was?»

Arne musste sich sehr zusammenreißen, um nicht ausfallend zu werden. «Kennst du meine Mutter noch?», fragte er.

Fokko blickte leicht verwirrt auf Imke.

«Moin, Imke», murmelte er. «Mensch, ich wusste gar nicht, dass du noch …»

«… lebst?», ergänzte Arne.

Seine Mutter schrieb etwas auf ihren Block, suchte Fokkos Blick und deutete auf das Papier. Dort stand schlicht und unmissverständlich: TSCHÜS!

Fokko zog mit einem Lächeln ab, das irgendwo zwischen beleidigt und hämisch lag.

Um Viertel vor vier war es dann so weit. Alles war perfekt vorbereitet für die Scharen, die da kommen würden. Zusammen mit Jade blickte Arne erwartungsvoll auf die Ocke-Nerong-Straße. Der Asphalt glühte in der Sonne. Niemand, wirklich niemand war in Sicht, nicht ein Auto kam vorbei.

«Normalerweise kommen Teenies doch eher zu früh», sorgte sich Jade.

«Es ist zu heiß. Die bleiben wahrscheinlich doch lieber am Strand.»

«Bei der Schaumparty war auch gutes Wetter. Und da mussten wir vor Überfüllung fast schließen.»

«Dein Einsatz war auf jeden Fall grandios. Dafür bekommst du von mir die volle Punktzahl.»

Das sagte er, auch wenn er dafür einiges hatte wegstecken müssen. Jade hatte die Wäschemangel und die Weinfässer verschwinden lassen, das alte Akkordeon an der Wand hatte sie in einer Abseite versteckt und die Fotos sämtlicher berühmter Gruppen, die hier mal aufgetreten waren, waren mit silberner Alufolie überklebt worden. Stattdessen hingen nun unzählige bunte Luftballons an der Decke. Die leere Bühne war hinter einer Sperrholzwand verschwunden, die ebenfalls mit Alufolie aus dem Supermarkt beklebt worden war. Das Scheinwerferlicht wurde auf diese Weise effektvoll reflektiert – auf eine solch einfache Idee war er noch nie gekommen.

«Momme hat die Schaummaschine noch gar nicht abgeholt, oder?», fragte er.

«Nein. Sie steht immer noch im Abstellraum mit den Putzmitteln.»

Für die anstehende Teeniedisco hatte Arne absolutes Schaumverbot verhängt. Es war einfach zu viel Arbeit, den

Raum hinterher wieder zu sauber zu machen, außerdem schadete es der Holzeinrichtung.

«Hat sich Momme denn noch nicht bei dir gemeldet?», fragte er vorsichtig.

«Nee.»

Ihre einsilbige Antwort war für ihn das Zeichen, dass das Thema beendet war. Also begab er sich in Richtung Kasse, während Jade in den Tanzsaal ging und an der Anlage herumfummelte. Oma Imke positionierte sich mit ihrem Rollstuhl unter der Kastanie an der Straße, wie eine Wächterin am Stadttor.

Nichts geschah.

Von nun an sah er jede Minute auf die Uhr.

Um fünf vor vier tauchte ein pickliger, blasser Junge auf, der erste Gast. Arne knöpfte ihm fünf Euro ab, fürchtete aber, dass er allein bleiben würde. Ein paar Minuten später tauchten fünf Schülerinnen und Schüler auf.

Das machte Hoffnung auf mehr.

Kurze Zeit später kam es vor dem Erdbeerparadies zu chaotischen Verkehrsverhältnissen. Die meisten Teenies kamen mit Fahrrädern, andere wurden von ihren Eltern im Wagen gebracht, die Kennzeichen gingen von Bayern bis Schleswig-Holstein. Die Teenies hatten sich in der Mittagszeit stundenlang gestylt. Die Mädchen waren geschminkt und aufwendig frisiert, auch die Jungen hatten sich sichtbar mit Föhn und Gel beschäftigt. Vorm Erdbeerparadies bildete sich eine lange Schlange, die quer über den halben Parkplatz ging.

Mitten im Gewusel sah er plötzlich seinen Freund Barni, den Autoschrauber, auf sich zukommen.

«Du, Barni, das passt gerade gar nicht», stöhnte er, während er unablässig weiter kassierte. «Moin, einmal fünf

Euro ...» Er drückte einem Mädchen einen Stempel auf die Hand.

«Langsam ist Schluss mit lustig, Arne, dass du das nur weißt», schimpfte Barni.

«Pass auf, ich mach dir einen Vorschlag: Du gehst mit den anderen in den Biergarten, und ihr bedient euch heute selbst. Die erste Runde geht auf mich, den Rest schreibt ihr auf einen Deckel.»

Er wusste, dass er seinen Freunden vertrauen konnte.

«Ich setz mich doch nicht in den Biergarten, wenn diese bescheuerte Teeniemusik aus dem Tanzsaal dröhnt», protestierte sein Freund.

Und das aus dem Mund des größten Hardrockers aller Zeiten! Der als Jugendlicher wegen seiner Musik einen regelrechten Krieg gegen seinen Vater geführt hatte. Der war nämlich Leiter der Feuerwehrkapelle gewesen und hatte die Plattensammlung seines Sohnes so abartig gefunden, dass er darüber in zig Leserbriefen im «Inselboten» abgelästert hatte. Wiederholte sich das Gleiche jetzt etwa bei den neuen Alten?

«Ich kann im Augenblick echt nichts machen ...»

Er hätte gerade gut eine zweite Kasse gebrauchen können, um den Ansturm zu bewältigen.

«Die Doppelkopfrunde am Mittwoch ist gestrichen», erklärte Barni und stiefelte wütend davon. Arne fühlte sich mies, aber im Moment hatte er keine andere Wahl. Er hatte bereits an die 250 Jugendliche hereingelassen, was in Zahlen ausgedrückt fast 1300 Euro Umsatz bedeutete. Mit Cola und Schokoriegeln verdiente man zwar nicht so viel wie mit Alkohol, aber auch das würde sich läppern!

Eine halbe Stunde später hatte Arne alle abkassiert. Er ging hinein, um am Tresen mitzuhelfen. In der Eingangstür blieb er kurz stehen und sah wie ein Buddha mit sentimentalem Lächeln in den Raum. Fast kam er sich großväterlich vor. Dass er vor gar nicht langer Zeit tatsächlich Großvater geworden war, vergaß er hin und wieder. Zurzeit war seine Tochter Maria mit ihrem Mann Sönke und der kleinen Anna im Urlaub.

Im Prinzip war da noch alles, was es zu seiner Zeit auch gegeben hatte: Wie schon damals trauten sich die Mädchen als Erste auf die Tanzfläche, die Jungs trotteten hinterher und gaben sich dann übertrieben cool, um ihre Unsicherheit zu überspielen. Arne selbst war als Teenager immer sehr schüchtern gewesen, und bei seinen ersten Tanzversuchen hatte er ständig das Gefühl gehabt, sich vollkommen falsch zu bewegen. Mit dreizehn konnte so etwas über Tod oder Leben entscheiden!

Es gab immer noch die kichernden Mädchencliquen, in denen sich die Hässlichen als beste Freundinnen der Schönen andienten. Auf der anderen Seite lungerten die Jungen in Pulks herum. Was ihn freute: Die Coolen und Motzigen schienen nicht unbedingt die besten Chancen zu haben, wahrscheinlich weil die Mädchen die Unsicherheit dahinter spürten. Das Rennen machten eher die Jungen, die schnörkellos ehrlich auf die Mädchen zugingen.

Mit einem Anflug von Wehmut ließ er den Blick über die tanzende Menge kreisen, da entdeckte er plötzlich eine Person, die hier nicht reinpasste: Dort, wo vorher die Wäschemangel war, stand … Susanne Lindner! Was wollte die hier?

Es war ihr erstes Wiedersehen seit der Bootstour. Susanne sah gut aus mit ihren hochgesteckten Haaren. Jetzt setzte sie ihre Sonnenbrille ab und suchte seinen Blick. Es war klar gewesen, dass sie nach der Schaumdisco im Erdbeerparadies nicht einfach so zur Tagesordnung übergehen würde. Ihre Augen verrieten alles. Sie drängelte sich durch die Teenies durch und winkte ihn zu sich.

«Ich muss dich sprechen, Arne», sagte sie, als er vor ihr stand.

«Moin, Susanne! Lass uns tanzen.» Völlig absurd, aber es war das Erste, was ihm eingefallen war. Er breitete seine Arme aus.

«Ich sagte *sprechen*!»

Wäre ja auch zu schön gewesen … Er atmete tief ein.

«Aber nur kurz. Du siehst ja, was hier los ist.»

Sie gingen zusammen hinaus auf den Parkplatz, auf dem die hohen Buchen inzwischen lange Schatten warfen.

«Also Folgendes, Arne», sagte sie. «Ich möchte nicht, dass du eine Anzeige bekommst …»

«Ich? Weswegen?»

Hier und da hatte sich Teenies zum Rauchen in die Büsche verdrückt, wollte sie ihm das vorwerfen?

Jetzt kam Jade heraus und stellte sich zu ihnen.

Susanne lächelte sie offen an: «Du bist Jade?»

«Wer will das wissen?», fragte seine Nichte.

«Susanne Lindner.» Sie ließ ihren Namen wie eine Drohung klingen. Dann wandte sie sich wieder an Arne.

«Ihr seid zu laut», stellte sie fest.

«Das ist eine Disco!», protestierte Jade.

Susanne schaute sie mitleidig von oben herab an, und zwar im Wortsinn, denn in ihren hochhackigen schwarzen Pumps überragte sie Jade um fast zwei Köpfe. «Außerdem bringt die Disco zu viel Verkehr», sagte sie ruhig.

Arne zuckte mit den Achseln. «Wir haben eine Genehmigung.»

«Aber nicht für den Nachmittag.»

«Das ist doch Schwachsinn: Am Abend dürfen wir laut sein und am Nachmittag nicht?»

Susanne setzte ein süffisantes Lächeln auf: «Wenn du willst, dass der Stadtrat das ändert, dann wende dich an deine Volksvertreter.»

«Also an dich?»

Er hatte sie nicht gewählt, aber das nützte jetzt auch nichts.

«Leiser oder ausschalten!»

«Die Teenies haben vollen Eintritt bezahlt», entgegnete Jade.

Aber eine Diskussion erübrigte sich. Denn in diesem Moment sah Arne einen Polizeiwagen auf sie zukommen. Er war hochkarätig besetzt mit dem Chef der Inselpolizei, Gerald Brockstedt, und seinem Stellvertreter Peter Markhoff. Susanne hatte ihre Truppen also bereits in Stellung gebracht. Ihre Augen strahlten vor Siegesfreude.

Ich hätte sie töten sollen, bevor sie mich tötet, dachte Arne. Er machte auf dem Absatz kehrt und zog Jade in den Tanzsaal hinein. Die Jugendlichen waren wie wild am Tanzen, die Stimmung war auf dem Siedepunkt.

«Wir müssen sofort leiser machen», brüllte er Jade gegen die Musik ins Ohr.

«Neiin!», brüllte sie zurück.

«Du hast es doch gesehen: Die Polizei ist da!»

«Und?»

«Versuch es leiser.»

Jade nahm das Mikro in die Hand. «Wir haben Besuch von Leuten in schlechtsitzenden Uniformen bekommen. Die wollen, dass wir leiser werden.»

Protestgeheul.

«Also, wir schließen die Fenster. Versucht, so wenig wie möglich die Tür zu benutzen.»

Was natürlich unmöglich war: Wie anders sollte man zu den Herrentoiletten im Vorraum gelangen?

Während Jade den nächsten Titel spielte, schloss Arne schnell sämtliche Fenster. Da sah er auch schon Brockstedt und Markhoff hereinkommen.

«Wenn ihr nicht sofort die Lautstärke um die Hälfte runterdreht, müssen wir die Anlage einkassieren», sagte der Polizeichef statt einer Begrüßung.

Arne kannte die beiden seit Jahren, er war sogar auf Brockstedts Sechzigstem gewesen, aber dafür konnte er sich jetzt auch nichts kaufen.

«Könnt ihr nicht eine Ausnahme machen?», stammelte er.

«Mensch, Arne, hol dir beim Stadtrat 'ne Genehmigung für den Nachmittag», sagte Brockstedt. «Ich kann da nichts machen.»

Arne gab Jade ein Zeichen. Die zeigte guten Willen und ging auf halbe Lautstärke. Die Teenies tanzten zwar trotzdem weiter, aber die Stimmung war im Eimer. Diese Veranstaltung, das war allen klar, schrie für niemanden nach Wiederholung.

16. Wiedersehen in der Marsch

Jade saß am Küchentisch und wühlte geistesabwesend den Karton mit alten Fotos aus dem Erdbeerparadies durch. Im Raum roch es immer noch leicht nach den köstlichen Thai-Klopsen von gestern, aber ihre Stimmung war im Keller. Wieder einmal war sie voll gegen die Wand geknallt – was machte sie bloß falsch? In der Bank hatte sie ein grandioses Dossier verfasst und war glatt abgeschmiert. Inzwischen hatte sie eingesehen, dass ihr Vorpreschen in der Chefetage naiv und undiplomatisch gewesen war. Aber auf Föhr war alles so gut angelaufen! Die Idee mit der Teeniedisco am Nachmittag war super. Nur was nützte es, wenn die Gäste in Scharen kamen und das Paradies dann von der Polizei geschlossen wurde?

Jetzt blieb ihnen nur noch die Schülerdisco für die Älteren und die Hoffnung, dass Arnes nächstes Blues-Konzert besser laufen würde – was zu wenig war. Wie konnte es weitergehen? Würde es überhaupt weitergehen? Momme hatte sich seit der Schaumparty auch nicht wieder bei ihr gemeldet – wieso nicht? Sie hatte ihn in den letzten Tagen mehrmals angerufen, aber immer sprang nur die Mailbox an. Dann kam eine SMS, dass er sie anrufen würde, was er bis jetzt nicht getan hatte.

Sie blickte auf die alten Fotos, die jetzt ausgebreitet vor ihr auf dem Tisch lagen. Voller Bewunderung betrachtete sie die Menschen vergangener Epochen im Erdbeerparadies. Sie wirkten in den Zwanzigern wie in den Fünfzigern ausgelassen und glücklich, Krieg, Hunger und Inflation zum Trotz. Wie hatten die es bloß geschafft, in solch schwierigen Zeiten so fröhlich zu bleiben? Gab es da einen Trick?

Als sie nach weiteren Fotos ganz unten im Karton wühlte, stieß sie auf etwas Hartes. Sie holte eine Tonbandspule hervor. Auf dem weißen Etikett stand in altertümlicher Schrift mit Bleistift geschrieben: «Erdbeerparadies 1960».

Sie beschloss, das Tonband an sich zu nehmen. Oma würde sich bestimmt freuen, die Aufnahme zu hören, womöglich war sie selbst drauf. Jade musste nur noch ein Tonbandgerät aufstöbern. Arne hatte bestimmt keines, aber Momme vielleicht. Der hatte ihr erzählt, dass er alte technische Musikgeräte sammelte. Wenn er eines hätte, könnte er ihr das Band bestimmt überspielen.

Also steckte sie die Spule in ihre hellblaue LKW-Planentasche und machte sich zu Fuß auf den Weg nach Midlum, um Paul abzuholen. Barni hatte am Morgen angerufen und gesagt, dass das Auto fertig repariert auf seinem Hof stand.

Ein starker Gegenwind blies ihr entgegen, aber schon bald begann sie, die Strecke zu genießen. Rechts von ihr lag die offene Marsch, links standen wunderschöne alte Reetdachhäuser. Das schönste Wegstück war die Allee der windschiefen Bäume hinter Oevenum, die der Westwind Richtung Osten gedrückt hatte.

Barni wohnte direkt neben dem Schrottplatz, den er hinter seinem Haus im Garten eingerichtet hatte. Er war leider nicht da. Ein paar Autowracks lagen neben einem riesigen ungeordneten Haufen Auspufftöpfe, Außenspiegel und Seitentüren verschiedenster Modelle herum. Alles moderte mehr oder weniger unter freiem Himmel vor sich hin. Nur ihr Paul leuchtete wie eine exotische Blume in knalligem Orange in der Sonne! Er war sogar gewaschen und poliert – als wäre er gerade frisch vom Band gerollt.

Sie strich um ihren Wagen herum. Es war unglaublich, Barni hatte sogar kleine Lackschäden und Beulen liebevoll ausgebessert. Der Schlüssel steckte. Sie setzte sich hinein und startete den Motor. Er brabbelte und röhrte wieder, wie ein Käfermotor brabbeln und röhren muss – für sie hörte es sich an wie Musik! Auch das Radio lief wieder. Sie steckte Barni einen Zettel in den Briefkasten, warf die Tasche mit dem Tonband auf den Beifahrersitz und fuhr vom Hof. Es tat so gut, wieder den vertrauten Käfer-Innengeruch in der Nase zu haben, der sich mit der salzigen Seeluft mischte. Mit dem Zeigefinger streichelte sie die kleine Vase mit der Plastikblume am Armaturenbrett. Auf solche charmanten Ideen kamen Autobauer von heute nicht mehr.

Um zu Mommes Haus zu gelangen, musste sie den ersten Weg quer durch die Marsch nehmen, die gleich hinter Midlum begann. Um sich Mut zu machen, drehte sie die Anlage voll auf. Über die Boxen dröhnte der Allzeit-Oldie «It's Raining Men», den sie laut mitsang. Mit Höchstgeschwindigkeit bretterte sie über die schmalen Wirtschaftswege. Der heftige Westwind drückte den Wagen zur Seite, sodass sie mit beiden Armen dagegenhalten musste. Die Kräfte, die an Paul zerrten, waren unberechenbar, die Fahrt hatte mehr etwas von Segeln als von Autofahren.

Plötzlich merkte sie, wie sich die ganze Landschaft um sie herum in Bewegung setzte, der Boden begann unter ihr wegzugleiten, sie verlor das Gefühl für oben und unten. Rechts und links lauerten tiefe Gräben, die bis zum Rand mit trübem Wasser gefüllt waren und sie erwartungsvoll angrinsten. Sie schaffte es gerade noch, auf die Bremse zu treten und den Käfer vor einer Kreuzung zum Stehen zu bringen. Mit einem Schweißfilm auf der Stirn stieg sie aus.

Sofort fuhr ihr der heftige Wind ins Haar und blies es in alle Richtungen. Vor ihr lagen sattgrüne Weiden mit unzähligen quietschgelben Dotterblumen. Zu ihrer Erleichterung entdeckte sie eine Holzbank. Sie setzte sich hin und ließ sich vom Wind durchpusten. Schmale geteerte Wege gingen in alle vier Himmelsrichtungen und endeten irgendwo am Horizont. Auf den Fahrbahnen waren Risse zu erkennen, die hier und da mit hellen und dunklen Flicken notdürftig verschlossen worden waren.

Plötzlich überkamen sie Zweifel. War es wirklich eine gute Idee, zu Momme zu fahren? Würde er genervt sein? Wenn er gewollt hätte, dass sie sich sehen, hätte er sich doch gemeldet. Andererseits ging es bei ihrem Anliegen in erster Linie um Oma, und das war ein guter Anlass, um ihm gegenüberzutreten.

Nachdem sie ihre Gedanken etwas sortiert hatte, stieg sie wieder in ihr Auto und ließ es nun etwas langsamer angehen. Kurze Zeit später rollte sie auf Mommes kleinen Resthof. Sie stieg aus, klingelte, aber niemand öffnete. Als sie einmal ums Haus ging, sah sie Momme mit seinem Hund Thor auf der Terrasse sitzen. Den starken Wind, der um ihn herumstrich, schien er nicht einmal zu bemerken. Er trug ein langärmliges weißes T-Shirt und Jeans und sah umwerfend aus. Thor kam bellend und schwanzwedelnd auf sie zu, der Hund erkannte sie offensichtlich wieder. Sie streichelte ihn zur Begrüßung, dann wandte sie sich an Momme.

«Moin, Momme.»

«Moin, Jade.»

Er stand auf, sie umarmten sich kurz. Viel zu kurz, wenn man sie fragte. Aber es fragte sie niemand, deswegen blieb sie nach außen hin cool.

«Schaumparty gut überstanden?», fragte sie.

Er blickte an ihr vorbei in die Marsch.

«Meine Tante ist total durchgedreht, als sie gehört hat, dass ich bei euch auflege.»

«Ihr gehört das Island Palace, das weiß ich inzwischen auch.»

«Ich soll das Palace mal übernehmen.»

Sie überlegte.

«Und die Schaummaschine …?»

«… habe ich mir da geliehen.»

«Ohne, dass sie davon wusste?»

«Jep.»

Allein das hatte Susanne Lindner vermutlich zur Weißglut gebracht. Gut so!

«Du, ich habe hier ein altes Tonband gefunden», wechselte sie das Thema. «Kannst du so was auf CD überspielen? Ich glaube, Oma würde sich darüber freuen.»

Momme nahm das Band, ohne es anzusehen, und nickte.

«Kein Problem.»

«Super, danke.»

Sie nahm ihren ganzen Mut für eine Frage zusammen, auch wenn sie die Antwort schon kannte.

«Eigentlich wollte ich dich gerne noch mal fürs Paradies engagieren, samt Schaummaschine, aber wahrscheinlich ist das jetzt keine so gute Idee mehr …»

«Nee.»

«Übers Geld könnte ich noch mal mit Arne reden.»

Momme schüttelte den Kopf. «Susanne braucht mich jetzt täglich im Palace. Ich kann sie nicht hängen lassen.»

Nach dem Tod seiner Eltern gab es außer seiner Tante vermutlich niemanden, der ihm nahestand. Dass er sie nicht vor den Kopf stoßen wollte, konnte sie gut verstehen. Auf der anderen Seite war er erwachsen und konnte selbst entscheiden, wo er sein Geld verdiente.

«Ich will dir nicht zu nahe treten, aber hat man als gefragter DJ nicht das Recht, für mehrere Arbeitgeber zu arbeiten?»

«Klar. Aber ich liebe meine Tante und verdiene bei ihr im Palace gutes Geld. Warum sollte ich noch woanders mitmischen?»

Damit war das Thema für ihn offenbar beendet. Er ging mit ihr in sein Arbeitszimmer, wo er ein monströses Gerät aus einer Ecke zerrte und auf einen Tisch stellte. Sie staunte, dass es auf den Strom, der heutzutage aus der Steckdose kam, überhaupt reagierte. Momme spulte ihr Band auf eine Plastikspule, was noch richtige Handarbeit war. Fasziniert sah sie zu, wie er die klobigen Schalter auf dem Gerät bediente. Er machte das wie nebenbei und mit einer unglaublichen Schnelligkeit. Sie legte die Hand auf seinen Arm.

«So dringend brauche ich es auch wieder nicht.»

Das mit dem Arm war ein Versuch.

«Ach was, kein Ding.»

Er zog seinen Arm vorsichtig weg und schaltete das Gerät ein. Zusammen hörten sie, was kam. Erst rauschte es fürchterlich. Dann waren englische Wortfetzen zu vernehmen, zwei Männer scherzten über *Germany*, sagten irgendwas über einen gewissen «Bombing-Harris», dann sangen sie mit schaurigem Akzent «Min eilun feer», die Nationalhymne der Insel Föhr, was man kaum verstehen konnte. Es folgte

«What shall we do with the drunken sailor» und ein englisches Lied, das sie nicht kannte. Schade, sie hatte gehofft, dass Oma darauf gesungen hätte.

«Muss uralt sein», sagte Momme.

«Auf der Spule steht 1960.»

Sie schnappte sich einen Comic-Band von Tom Breitenfeldt, der auf dem Tisch herumlag: «Der kleine König der großen Tiere». Die quietschvergnügten Cartoons brachten sie sogar in ihrer gedrückten Stimmung zum Grinsen. Währenddessen überspielte Momme das analoge Tonband auf einen digitalen Datenträger. Nach erstaunlich kurzer Zeit kam er mit einer CD wieder.

«Das Band kann ich noch bearbeiten», sagte er. «Dann geht das Rauschen weg, dauert aber ein bisschen.»

«Ich bezahle das natürlich.»

Plötzlich war ihr die ganze Situation peinlich, zumal er offensichtlich kein Interesse an ihr hatte. Was zwischen ihnen beim Tanzen gelaufen war, hatte ihm nichts bedeutet, das hatte sie missverstanden. Vermutlich war er zu allen Frauen so charmant.

«Quatsch.»

«Danke», sagte sie und gab ihm einen Kuss auf die Wange. Woraufhin er rot anlief – was ihr sehr gefiel …

«Wie läuft es so bei dir?», fragte er.

«Deine Tante hat gerade unsere Teeniedisco sabotiert, und ich habe den besten Discjockey der Welt an sie verloren, aber sonst ganz gut.»

«Lass uns wieder rausgehen, ja?»

Draußen setzten sie sich auf die Terrasse und schauten schweigend in die Marsch. Der Wind hatte noch nicht nachgelassen. Immer neue Scharen von Wolken rasten über den

Himmel und formten sich zu phantastischen Berglandschaften mit Phantasieschlössern. Schon als Kind hatte sie stundenlang in den Himmel geblickt und sich Geschichten und Märchen zu den Gebilden ausgedacht. Eine große weiße Wolke zeigte in diesem Moment die Umrisse von Australien, dann teilte sie sich in zwei Gesichter, die aussahen wie eineiige Zwillinge mit langen Nasen und wilden Haaren, bevor sie sich in einen Turm und einen Baum verwandelten.

«Mit uns wäre es nie was geworden», erklärte Momme plötzlich ganz direkt. Innerlich knallte sie mit voller Wucht gegen eine Betonwand, versuchte aber, sich nichts anmerken zu lassen.

‹Wieso?»

‹Du kommst hier nach Föhr und machst ein Riesenfass auf. Und wenn es nicht klappt, haust du wieder ab. Aber ich bleibe auf jeden Fall hier. Das passt nicht.»

Er wirkte entschieden.

«Hat deine Tante das gesagt?», fragte sie mit belegter Stimme.

«Ja. Aber ich meine das auch.»

Sie holte tief Luft, um zu protestieren. Erstens würde sie Föhr nicht verlassen! Und zweitens schon gar nicht, wenn sie zusammenkamen! Aber das interessierte ihn gar nicht. Wie konnte er es zulassen, dass sich seine Tante zwischen sie stellte? Nur weil er vor der Lindner kuschte, würde nichts zwischen ihnen laufen? In welchem Jahrhundert lebte er? So etwas kannte sie höchstens aus Romeo und Julia!

«Fühlst du dich durch mich bedrängt?», fragte sie frustriert.

«Ich wollte das nur klarstellen», erklärte er.

Sie schaute stumm zu, wie die Wolken vom Sommerwind immer weiter Richtung Osten getrieben wurden. Ab jetzt würden sie sich flüchtig auf der Straße grüßen, wie es zwei

Konkurrenten taten, die sich kannten, die aber nichts miteinander zu tun haben wollten.

Das war es dann.

Sie hatte Momme überschätzt. So stark er nach außen wirkte, blieb er doch im Grunde seines Herzens ein Weichei und Provinztrottel. Föhr brachte ihr einfach kein Glück.

Sie erhob sich, um sich zu verabschieden. In diesem Moment rollte ein großer schwarzer Citroën mit Frankfurter Kennzeichen auf den Hof und hielt neben ihrem Käfer an. Dieses Modell war sehr selten, genau so einen Wagen fuhren ihre Eltern auch. Als die Türen aufgingen und die Insassen ausstiegen, war sie fassungslos. Es *waren* ihre Eltern.

17. Elternglück ist Tochters Leid

«Moin, Jade, mien Deern!», rief ihr Vater fröhlich. Er trug eine kurze schwarze Hose mit Cargotaschen, die wie neu gekauft aussah und in Kontrast zu seinen kalkweißen Beinen stand. Dazu hatte er ein weißes Hemd angezogen, dessen oberster Knopf geschlossen war.

«Moin, Moin», quietschte ihre Mutter. «Willst du uns nicht mit dem jungen Mann bekannt machen?»

Sie trug ein farbenfrohes Sommerkleid mit bunten Blumen und hatte sich für ihren neuen Lebensabschnitt eine neue Frisur zugelegt: Die langen dunklen Haare waren auf Schulterlänge gekürzt.

«Wie ... habt ihr mich gefunden?», stammelte Jade.

«Arne hat gesagt, dass du in die Marsch gefahren bist. Da haben wir uns auf die Suche gemacht. Und deinen Käfer erkennt man ja zum Glück kilometerweit.»

Jade blickte zu Momme, dessen Mund ein Lächeln umspielte.

«Das ist Momme Clausen, das sind meine Eltern Cord und Narasinee Riewerts.»

«Angenehm», sagte Momme freundlich.

Bloß so schnell wie möglich weg von hier. Schlimmer konnte es nicht werden!

«Ich lade Sie herzlich ein, mit uns zu essen», sagte ihr Vater feierlich zu Momme. Jades Atem setzte aus. Das war vollkommen absurd, Momme und sie hatten gerade beschlossen, getrennte Wege zu gehen!

«Äh, Papa, Momme hat viel zu tun. Dazu hat er gar keine Zeit.»

Sie sah Momme eindringlich an, doch der wich ihrem Blick aus.

Ihr Vater gab nicht nach: «Unsinn. Mittagessen braucht jeder Mensch, gerade *wenn* man viel zu tun hat.»

«Ganz genau», sagte ihre Mutter zustimmend.

Momme rieb sich den Bauch: «Ich habe, ehrlich gesagt, noch gar nicht gefrühstückt.»

Hatte der sie noch alle?

«Na, dann, kommen Sie!»

Sie verstand die Welt nicht mehr: Ging es Momme um ein kostenloses Essen, oder konnte er einfach nicht nein sagen?

Ihr Vater lotste ihn auf den Beifahrersitz, während sie mit ihrer Mutter hinten Platz nehmen durfte – allein das trieb ihren Blutdruck steil nach oben. Sie kam sich vor wie in einem der Lieblingsfilme ihrer Mutter, wenn gerade der neue Schwiegersohn in die Familie eingeführt wird.

Schon die Fahrt war der reinste Horror. Ihr Vater kroch unter der erlaubten Geschwindigkeit über die Wirtschafswege und gab alte Schulgeschichten zum Besten.

«Was haben wir alles angestellt, die Lehrer haben sich regelrecht vor uns gefürchtet! Andauernd sind wir mit Booten nach Amrum abgehauen, um die Schule zu schwänzen. Ich meine, auf Föhr hätten die uns ja viel zu schnell erwischt …»

Sie kannte die Geschichten bis ins letzte Detail. Genau wie ihre Mutter, die jedoch bei jeder noch so ausgelutschten Pointe neckisch kicherte, als hörte sie sie zum ersten Mal.

Wieso konnten die beiden nicht hübsch und harmonisch getrennt bleiben, wie all die Jahre zuvor?

«Momme Clausen?», fragte Cord plötzlich. «Sind Sie der Neffe von Susanne Lindner?»

«Ganz genau», bestätigte Momme verblüfft. «Kennen Sie meine Tante?»

«Nicht persönlich. Aber als alter Föhringer bleibt man auf dem Laufenden.»

Das war insofern erstaunlich, als ihr Vater schon mehrere Jahrzehnte nicht mehr auf der Insel lebte und ihm Föhr eigentlich verhasst war, was er oft und gerne kundtat. Trotzdem besorgte er sich offensichtlich von Frankfurt aus die wichtigsten Informationen – als sei Föhr seine heimliche Geliebte.

«Es tut mir leid, was mit Ihren Eltern passiert ist», fügte ihr Vater hinzu.

Momme schluckte.

«Danke.»

Musste sie jetzt auch noch etwas dazu sagen? Sie traute sich nicht, also hielt sie einfach den Mund.

Der starke Wind hatte sich in eine angenehme Brise verwandelt, und die Sonne schien nun prall vom blauen Himmel herab. Das Utersumer Restaurant Ual Skinne befand sich in einem wunderschönen alten Reetdachhaus. Vor der Tür gab es einen windgeschützten Außenbereich, der den ganzen Tag in der Sonne lag, außerdem hatte die Küche einen hervorragenden Ruf. Es war nicht gerade eine hippe Szenekneipe, aber keine Frage, hier konnte man es sich richtig gut gehen lassen. Nur wurde jedes noch so tolle Restaurant zur Vorhölle, wenn man im Alter von neunzehn Jahren mit seinen Eltern und einem Jungen dort saß, den man rasend attraktiv fand und vor dem man nicht das Gesicht verlieren wollte!

«Was machen Sie denn beruflich?», fragte ihr Vater neugierig, als sie im Cafégarten Platz nahmen.

Er ließ wirklich keine Peinlichkeit aus.

«Papa!»

«Touristikkaufmann.»

Ihr Vater nickte zufrieden.

«Sehr gut.»

«Und Discjockey, Tontechniker und Hundetrainer», ergänzte Jade. Das kam nicht ganz so gut bei ihren Eltern an, wie sie wusste. Sie setzte noch einen drauf: «Momme hat bei uns im Erdbeerparadies den Discjockey gemacht, inklusive Schaummaschine.»

«Schaummaschine?», staunte ihre Mutter.

«Ja, aber die hat Oma bedient», erklärte Jade.

«Willst du damit sagen, Mama war in der Disco?», fragte ihr Vater entsetzt.

Jade winkte ab.

«Es war nur ein Nebenjob für sie.»

«Es ist dort viel zu laut!»

«Sie hört ja eh nicht mehr so gut.»

Was nicht stimmte, aber egal.

«Das Erdbeerparadies ist eine einzige Schnapsidee», schnaubte Cord und wandte sich an Momme: «Finden Sie nicht auch?»

Momme hob abwehrend die Hände.

«Mich dürfen Sie nicht fragen, ich arbeite bei der Konkurrenz, im Island Palace.»

Ihr Vater war begeistert.

«Das klingt solide. So ein Hippieschuppen wie der von Arne lief vielleicht vor dreißig Jahren, aber doch nicht heute!»

Momme schwieg.

«Arne ist kein Geschäftsmann», setzte ihr Vater nach.

Jetzt hatte sie genug. So durfte niemand über ihren geliebten Onkel Arne reden, am allerwenigsten ihr engstirniger Vater!

«Deswegen bin ich ja seine Teilhaberin geworden. Zusammen werden wir eine Menge Geld machen.»

Was nach der gestrigen Niederlage eine gewagte Behauptung war. Aber lieber würde sie sterben, als sich ihren Eltern gegenüber die Blöße zu geben.

Ihr Vater wurde blass.

«Teilhaberin? Das ist nicht dein Ernst!»

Er war wohl davon ausgegangen, dass sie als Aushilfe dort arbeitete.

«Ich bin volljährig.»

«Und von welchem Geld hast du dich bei ihm eingekauft?»

«Von meinen Ersparnissen.»

Ein schlanker, älterer Kellner mit Vollglatze tauchte auf.

«Darf ich schon mal etwas zu trinken bringen?»

Ihr Vater murmelte: «Sag du doch auch mal was, Hase!»

Damit war wohl weniger der Kellner als ihre Mutter gemeint, die vieldeutig wie immer lächelte: «Was denn?»

«Dass sie das Erdbeerparadies vergessen soll!»

«Egal, was du sagst, ich bleibe auf Föhr», ging Jade dazwischen.

Der Kellner nickte instinktiv, als sei das der Auftakt zu einer Bestellung.

Es würde ihr fürs Erdbeerparadies etwas einfallen, da war sie plötzlich sicher. Vielleicht konnte man eine Schallschutzschleuse in den Eingang bauen und dann wieder mit der Teeniedisco durchstarten. Auf keinen Fall würde sie jetzt aufgeben, und wenn dafür ihre gesamten Ersparnisse draufgingen!

«Du opferst die Karriere in einer internationalen Investmentbank für eine Musikkneipe?», fragte ihre Mutter ungläubig.

«Nach Karriere hat sich die Poststelle nicht gerade angefühlt», antwortete Jade.

«Ich komme dann später noch mal wieder.» Der Kellner räusperte sich und verschwand.

«Dein überbordendes Temperament steht dir zu sehr im Weg.»

«Mein Temperament hat mich zu dem gemacht, was ich bin», sagte sie. «Ich bringe hier eine Goldgrube zum Laufen!»

Momme rutschte unruhig auf seinem Stuhl hin und her, ihm war die ganze Auseinandersetzung sichtlich unangenehm.

Plötzlich fühlte sie sich von allen am Tisch gedemütigt. Wenn sie das Erdbeerparadies erst nach oben gebracht hatte, dann würden sie sich noch wundern!

Nun wandte sich ihre Mutter direkt an Momme.

«Herr Clausen, Sie sollten wissen, dass wir Jade keine Mitgift mitgeben können.»

Was war das nun wieder? Ihre Eltern hatten sich schon früher manchmal so merkwürdig aufgeführt, dass sie lange Zeit geglaubt hatte, sie sei heimlich adoptiert worden. Inzwischen musste sie einsehen, dass dies die gnädigere Variante gewesen wäre. Mit diesem Erbgut war ihr Scheitern geradezu vorprogrammiert!

«Mama, ich kenne Momme einfach nur so. Wir wollen nicht heiraten.»

Ihre Mutter tat so, als hätte sie sie nicht gehört, und lächelte Momme freundlich an.

«Jades Vater und ich haben all unser Geld in ein großes Hotel in Thailand gesteckt. Das muss jetzt abgerissen werden. Unser Haus in Frankfurt haben wir verkauft und wohnen in einer Hälfte zur Miete. Wir werden die Schulden unser Leben lang abzahlen müssen.»

«Mama, hör auf mit solchen Scherzen.»

Momme amüsierte das ganze Theater inzwischen, was sie umso mehr ärgerte.

«Das ist kein Scherz, mein Kind.»

Ihre Eltern hatten kein Geld mehr? Wie war das möglich?

«Und das erfahre ich mal so nebenbei?», rief Jade. Als Kind war sie finanziell immer ziemlich kurzgehalten worden, von all ihren Freunden hatte sie immer am wenigsten Taschengeld bekommen. Jetzt wurde ihr bewusst, dass sie ihr durchaus mehr hätten geben können – damals! Sie war stinksauer: Wie konnte man so blöd sein und sein gesamtes Lebenswerk verzocken?

Der Kellner kam wieder und nahm erneut Anlauf: «Haben die Herrschaften inzwischen gewählt?»

Alle schauten ihn erschrocken an.

«Stimmt, eigentlich wollten wir hier essen gehen», erinnerte sich ihr Vater.

Momme schaute auf die Uhr. «Entschuldigung, ich habe einen Termin verschwitzt. Ich muss dann mal wieder.»

Jade konnte gut verstehen, dass er keine Lust hatte, zum Essen zu bleiben.

«Kein Problem, junger Mann, ich fahre Sie», sagte ihr Vater und sprang von seinem Stuhl auf.

«Ich komme mit», rief Jade. «Mein Käfer steht ja noch bei Momme.»

«Unsinn, ich bin gleich wieder da», protestierte Cord.

«Tschüs, Jade», sagte Momme.

«Tschüs. Und vielen Dank noch mal für das Band.»

«Da nicht für.»

Momme verschwand mit ihrem Vater im Wagen.

Ihre Eltern ahnten nicht, was eben zwischen ihnen abgelaufen war, und es ging sie auch nichts an. Sie seufzte. Von nun an würde sie Momme ständig über den Weg laufen, das war auf einer Insel wie Föhr nicht zu vermeiden.

Der Kellner stand immer noch vor ihnen.

«Eine große Flasche Wasser und zwei Gläser, bitte», sagte Jade, um ihn zu erlösen. Er bedankte sich und ging hinein.

Ihre Mutter nahm lächelnd ihre Hand.

«Netter Junge», sagte sie.

Und dann begann sie eine Menge Sachen zu erzählen, die Jade eigentlich nicht hören wollte. Wie verliebt sie wieder in Cord sei, was für verrückte Ideen er manchmal habe. Und was für ein toller Liebhaber er sei, so wild wie beim ersten Mal.

«Mama, hör auf!», rief Jade. Das wollte sie wirklich nicht wissen!

Ihre Mutter schüttelte bekümmert den Kopf.

«Was ist schlimm daran, dass ich glücklich bin? Das ist doch etwas Tolles! Oder gönnst du mir das etwa nicht?»

Jade gab auf und ließ sie einfach weiterquasseln. Währenddessen trommelte sie nervös mit den Fingern auf die Tischplatte. Eins stand fest: Sie würde es allen zeigen – ihren Eltern, der Lindner und deren Hündchen Momme gleich mit.

18. Das alte Band

Als Arne den Tanzsaal betrat, strömte ihm immer noch der Duft von Erdbeerschaum in die Nase. Man könnte vermuten, so ein Zeug roch sehr künstlich, aber dieser Schaum unterschied sich in fast nichts von einer Schüssel frischgepflückter Erdbeeren. Arne kroch hinter den Tresen und putzte die letzten Pfützen der Schaumparty weg, die sich auch nach einer Woche noch in den Ecken hielten. Alles musste perfekt gesäubert werden, denn er konnte mit Sicherheit davon ausgehen, dass ihm Ratsfrau Susanne Lindner bald auch noch das Ordnungsamt auf den Hals hetzen würde.

Es sah alles nicht gut aus, obwohl die Teeniedisco wirklich eine hervorragende Idee von Jade gewesen war!

Nebenan in der Kneipe hatte er einen Kaffeetisch für Cord und Narasinee gedeckt, die sich verabschieden wollten. Es ging zurück nach Frankfurt, und Arne war nicht gerade traurig darüber. Während ihrer Woche auf Föhr hatten sie es geschafft, ihre Mutter Imke gerade einmal mit sich zu nehmen. Ein trauriger Rekord. Dass er nicht in seiner Wohnung, sondern in der Kneipe gedeckt hatte, war als kleiner Affront gedacht, denn die war ja ein öffentlicher und kein privater Raum.

Sein schlechtes Verhältnis zu seinem Bruder ging bis in die

Kindheit zurück und würde sich wohl nie auflösen lassen. Aus Cords Sicht war er, Arne, das Sonnenkind, dem immer alles zugefallen war, wohingegen der arme Cord sich jeden Schritt im Leben hatte hart erarbeiten müssen. Cord vergaß gerne, dass es Narasinee gewesen war, die ihn zur beruflichen Selbständigkeit überredet und mit ihm zusammen ein Labor für Zahntechnik in Thailand gegründet hatte, wo sie viel kostengünstiger für den deutschen Markt produzieren lassen konnten. Ohne sie wäre er niemals so erfolgreich gewesen, hätte auf der anderen Seite aber möglicherweise auch ein entspannteres Leben geführt. Jetzt war er der große Boss, und das gönnte Arne ihm auch. Dass Arne umgekehrt in Cords Augen eine gescheiterte Existenz war – geschenkt.

Verbissen putzte er weiter, sogar im Akkordeon an der Wand hingen noch Schaumreste. Vielleicht sollte er sich doch von einigen Gegenständen trennen; Putzen und Abstauben in Tanzsaal und Kneipe waren jedes Mal ein wahnsinniger Aufwand. Aber wo anfangen? Alle Dinge hatten im Lauf der Zeit ein Eigenleben bekommen, sie gehörten einfach hierher!

«Moin, Arne!»

Cords Ex – oder was auch immer – betrat den Raum. Was diese Frau an seinem Bruder fand, war ihm ein Rätsel.

«Moin, Narasinee.»

Er legte das Wischtusch beiseite und umarmte sie herzlich. Hinter ihr trottete Cord herein, gefolgt von Jade. Sie schaute so düster drein, als sei sie gerade verhaftet worden. Es gab nichts, was einem mehr Kraft rauben konnte, als die eigene Familie, das galt auch für ihn. Stellte ihn sein alter Schulkumpel Fokko als Versager hin, perlte das letztlich an ihm ab. Wenn Cord genau dasselbe sagte, zog er dafür in den Krieg!

Er bat die drei an die Kaffeetafel, die mit dem alten weiß-blauen Familienporzellan gedeckt war. Wenn es nach ihm gegangen wäre, hätte er Pappbecher hingestellt, aber seine Mutter bestand auf festlichem Geschirr. Sie hielt gerade im Garten ihren Mittagsschlaf und würde später dazukommen. Er wollte sie jetzt nicht wecken.

Der Kaffee war aufgebrüht, und er hatte sogar im Café Steigleder eine Friesentorte besorgt. Sie nahmen Platz und kauten stumm an dem wunderbar schmeckenden Kuchen herum. Keiner fühlte sich berufen, etwas zu sagen. Arne sah sich gelangweilt in der vollgestellten Gaststube um, als sähe er sie zum ersten Mal. In der ehemaligen Kuchenvitrine standen neben «Ditschberger Bier» noch zwei schiefe Stoff-Seehunde, die er mal am Strand verkauft hatte. Auf dem Tresen stand ein Boot der «Deutschen Gesellschaft zur Rettung Schiffbrüchiger», neben Bridge-, Rommé- und Canastaspielen parkte eine kleine Holz-Harley im Regal. Auf dem Fensterbrett befand sich ein Verstärker, der mit einer Steckdose verbunden war. Manchmal brachte einer seiner Freunde eine E-Gitarre mit, und gemeinsam daddelten sie hier ein bisschen herum.

«Wir werden Jade mit nach Frankfurt nehmen», brach Cord das Schweigen.

«Nein.» Jade schob ihren Teller weg.

«Das geht schlecht, sie ist Teilhaberin vom Erdbeerparadies», pflichtete Arne ihr bei.

Cords Augen funkelten vor Wut.

«Ich werde Jade ein finanzielles Angebot machen, das sie nicht ausschlagen kann.»

«Papa blufft, hör nicht auf ihn!», sagte Jade trotzig. «Er ist pleite.»

«Halt du dich da raus!», brüllte Cord seine Tochter an.

«Sind wir immer noch Partner?», fragte Arne mit Blick auf seine Nichte.

Die nickte stumm und versuchte ein Lächeln.

Dann sah er seinem Bruder in die Augen: «Da hörst du es!»

Cord sprang auf und tänzelte nervös hinter seinem Stuhl hin und her.

«Ich werde alles tun, damit Jade Vernunft annimmt. Und wenn ich deinen Drecksladen in die Luft sprenge!»

Arne lachte laut auf.

«Du bist ein Fall fürs Irrenhaus.»

Cord rüttelte am Kaffeetisch, der leicht wackelte.

«Nicht mal die Tische sind stabil!»

Arne nahm einen Bierdeckel und schob ihn unter ein Tischbein.

«Aber jetzt», erklärte er.

«Was muss ich dir zahlen, damit Jade hier rauskommt?», fragte Cord mit heiserer Stimme.

«Ich denke, du hast kein Geld mehr», sagte Jade.

«Zehn Millionen», schlug Arne vor.

«Ich meine es ernst.»

«Papa, vergiss es. Ich bleibe!»

Arne zuckte unmerklich zusammen: Konnte er das wirklich verantworten? Wenn es mit dem Erdbeerparadies schiefging, würde Jade vor ihren Eltern kleiner da stehen als je zuvor.

Jade stand nun auf und ging hinter den Tresen, um sich einen Schnaps einzuschenken. Das sollte wohl demonstrieren, wie erwachsen sie war, dabei trank sie sonst nie harte Sachen! Es war taktisch nicht besonders klug, weil es vor ihren Eltern einen schlechten Eindruck machte, aber letztlich war es egal. Andererseits war Arne stolz darauf, dass sie sich so klar zum Erdbeerparadies bekannte. Es musste ihr wirklich etwas daran liegen. Ob er in ihrem Alter so hart geblieben wäre? Vielleicht. Sein Vater, ein strenger Latein-lehrer, war damals auch nicht gerade begeistert gewesen, als er Surflehrer werden wollte. Wenn sich seine Mutter nicht schützend vor ihn gestellt hätte, wäre daraus nichts geworden.

«Der Fall ist klar», erklärte er seinem Bruder. «Jade ist voll-jährig und hat einen Vertrag unterschrieben. Da kommt sie nicht so leicht wieder raus.»

Er zwinkerte ihr zu. Natürlich gab es diesen schriftlichen Vertrag in Wirklichkeit nicht. Aber sie sollte wissen, dass er genauso zu ihr stand wie sie zu ihm.

«In der Familie solche Knebelverträge abzuschließen, dafür solltest du dich schämen!», tobte sein Bruder.

«Klopf, klopf», rief plötzlich eine tiefe junge Männer-stimme von draußen. Momme betrat den Raum.

Arne holte tief Luft. Einen schlechteren Zeitpunkt hätte sich der Junge nicht aussuchen können.

Jade lief rot an und blickte zu Boden.

Was ging hier eigentlich vor sich?

«Setz dich doch», sagte Arne aus reiner Höflichkeit, obwohl er hoffte, dass Momme ablehnen würde.

«Nee, danke, ich wollte nur eine erste Kopie vorbeibringen.»

Er legte einen dicken braunen Umschlag neben Jades Kaffeetasse.

«Die rauscht ziemlich, ist aber schon besser als vorher. Ich muss das Originalband noch mal bearbeiten.»

«Äh, mach dir keine Arbeit», stammelte Jade.

Momme sah kurz mit zweifelndem Blick in die düstere Runde.

«Ja, ich muss dann zum Glück wieder – tschüs.»

Arne grinste: War ihm das «zum Glück» nur herausgerutscht, oder war es Ironie?

Als Momme den Raum verließ, wäre er beinahe mit Imke zusammengeknallt, die gerade hereingerollt kam. Sie hatte ihren Mittagsschlaf eben erst beendet und sah noch etwas verknittert aus.

«Na, Mama, musst du heute Abend wieder an die Schaummaschine?», zischelte Cord.

Imke schüttelt erstaunt den Kopf.

«Lass Mama da raus», bat Arne.

«Über die Schaummaschine müssen wir noch reden.»

«Nein!»

Plötzlich huschte ein sanftes Lächeln über Cords Gesicht. «Am besten rede ich mal mit Susanne Lindner vom Island Palace», kündigte er an. «Die weiß mit Sicherheit, wie es *wirklich* um das EP steht.»

«Und dann? Willst du ihre Disco sponsern, um uns fertigzumachen?»

Das würde er seinem neurotischen Bruder glatt zutrauen.

«Wir werden sehen.»

Cord legte genau jenes überhebliche Lächeln auf, das Arne am meisten an ihm hasste. Er war kurz davor, die Beherrschung zu verlieren. Wäre seine Mutter nicht gekommen, er hätte Cord vor die Tür gesetzt.

«Könnt ihr jetzt bitte gehen?», bat Jade ihre Eltern.

«Heißt das, du schmeißt deine eigenen Eltern raus?» Cord bekam sich gar nicht wieder ein. «Hat er dich derartig gegen uns aufgehetzt?»

Jade legte das sanfteste Lächeln auf, das in dieser Situation noch möglich war.

«Unsinn», säuselte sie. «Aber heute Abend ist die Hütte wieder voll, da muss eine Menge vorbereitet werden.»

Das war großartig gespielt, dachte Arne. Ein volles Paradies wäre schön gewesen, in Wirklichkeit hatte heute nur die Kneipe auf, und es würden allenfalls ein paar seiner Freunde auf ein Bier vorbeikommen. Wenn überhaupt.

«Komm, Hase», sagte Narasinee und zwinkert Cord zu. «Wir gehen noch ein bisschen an den Strand, bevor die Fähre ablegt.»

«Wir sprechen uns noch», sagte Cord drohend, als seine Exfrau ihn sanft hinausschob. Ob er damit seinen Bruder oder seine Tochter gemeint hatte, war nicht ganz klar.

Arne atmete hörbar auf: «Puh, das wäre geschafft.» Tirilierend wiederholte er die Worte seiner Schwägerin: «Cord, mein kleiner Hase!» Jade musste laut lachen. Seine Mutter hingegen sah bekümmert aus, immerhin war auch Cord ihr Sohn, und sie wollte für alle ihre Kinder nur das Beste.

Er tätschelte tröstend ihre Hand.

«Das renkt sich wieder ein, Mama. Du kennst uns doch.»

Leider wusste er selbst zu gut, dass das nicht stimmte.

Jade ging zum Tresen, um ihrer Großmutter ein Glas Wasser zu holen.

«Was war das überhaupt für ein Band, das Momme dir gebracht hat?», fragte er sie.

«Das habe ich im Karton mit den alten Bildern aus dem Erdbeerparadies gefunden. Momme hat es mir auf CD überspielt.»

HÖREN!, schrieb Oma auf ihren Block.

Also warf Jade die CD in den Rekorder und drehte die Lautstärke im Tanzsaal voll auf. Man hörte zwei Männer auf Englisch zusammen herumalbern, dann sangen sie «What shall we do with the drunken sailor» und in falschem Friesisch mit britischem Akzent «Min eilun feer».

Arne war in Gedanken immer noch bei seinem Bruder, als

es ihn plötzlich wie ein Blitz durchfuhr. Das konnte nicht wahr sein! Er sprang vor eine der Boxen und legte sein Ohr dicht an die Membrane. Ihm wurde richtig schlecht vor Aufregung.

«Wo ist das Original?», stöhnte er heiser.

«Bei Momme», antwortete Jade.

«Sag, dass das nicht wahr ist!»

«Wieso, was ist denn damit?»

«Weißt du, wer das ist?», fragte er.

«Irgendwelche Briten.»

«Okay, du bist zu jung …»

«Wer soll das denn sein?», fragte Jade.

«Das, meine liebe Jade, ist meine Rente!», jubelte Arne und tanzte im Raum auf und ab. «Wir können das gesamte Erdbeerparadies vergolden lassen. Dieses Band ist Millionen wert!»

Jade sah ihn skeptisch an.

«Wieso das denn?»

«Das sind Paul McCartney und John Lennon!»

«Äh, wer war das noch mal?»

«Die Beatles!»

«Äh, wer genau waren noch mal die Beatles?»

Anstatt einer Antwort ging Arne zum Tresen. Jetzt brauchte *er* einen Schnaps.

19. Lebenslange Luxusrente

Am nächsten Morgen ließ Arne das morgendliche Joggen auf dem Deich ausfallen. Alles war anders geworden. Ehrlicherweise hatte er das Erdbeerparadies schon fast am Ende gesehen, aber dann war plötzlich wie aus dem Nichts eine Fee mit dem Hauptgewinn aufgetaucht! Statt zu überlegen, wer ihm Kredit gab, konnte er sich demnächst damit beschäftigen, wo und wie er seine Millionen anlegte. Aber Vorsicht, noch war kein Cent auf seinem Konto!

Er hatte die halbe Nacht im Internet recherchiert und saß nun vollkommen übernächtigt am Küchentisch. Von sensationellen Funden dieser Art hatte er bisher nur in der Zeitung gelesen, in der Spalte «Vermischtes aus aller Welt». Er hatte die Schlagzeile schon vor Augen: «Als er auf dem Dachboden einen alten Karton öffnete, staunte Diskothekenbesitzer Arne Riewerts von der Insel Föhr nicht schlecht ...»

Oder machte er sich gerade lächerlich?

Er hatte die CD unzählige Male gehört, um sicherzugehen: Das waren eindeutig die Beatles! In seiner Jugendzeit gab es, was Musik anbelangte, zwei Glaubensrichtungen: Beatles oder Rolling Stones. Für Arne war das nie eine Frage gewesen, von den Beatles mochte er nur ein paar härtere Stücke wie «Helter Skelter», der Rest war für ihn Schokolade mit

Zuckerguss. Während die Beatles immer süßlicher wurden, blieben die Stones sich treu. Insofern wäre es ein Witz des Schicksals, wenn ausgerechnet Paul McCartney und John Lennon die entscheidende Wende in seinem Leben einleiteten.

Wie viel das Band wohl wert war?

Mit Sicherheit hatte der Vorbesitzer des Erdbeerparadieses, Wally Nickelsen, gar nicht gewusst, welcher Schatz da in seinem Karton lagerte. Aber da er ihm das Erdbeerparadies nun mal mit sämtlichem Inventar überlassen hatte, war auch das Band nun sein.

Nach seiner Internet-Recherche war er auch nicht viel schlauer: Es könnten genauso gut tausend wie mehrere Millionen Euro sein. Bevor er mit dem Band an die Öffentlichkeit ging, musste er mehr über die Aufnahme herausfinden: Konnten Paul McCartney und John Lennon 1960 wirklich auf Föhr gewesen sein? Immerhin hatten sie während dieser Zeit in Hamburg gelebt, das wusste er, da hätten sie gut mal eben hierherfahren können. Er selbst war damals noch zu klein gewesen, hatte aber auch nie etwas darüber gehört. Und wer als einfacher Insulaner mal weltberühmten Persönlichkeiten über den Weg gelaufen war, gab doch hinterher damit an, oder?

Das sprach gegen die Beatles.

Andererseits waren die Menschen auf der Insel dafür bekannt, dass sie nicht viel redeten. Zum Glück saß eine wichtige Zeitzeugin neben ihm am Tisch: seine Mutter.

«Als die Beatles im August 1960 in Hamburg-St. Pauli ankamen, war Ringo Starr noch nicht dabei», dozierte er, während er sich ein Brötchen mit Honig schmierte. «George Harrison war erst siebzehn Jahre alt. Die Beatles hatten zu diesem Zeitpunkt außer Liverpool noch nichts von der Welt gesehen und stießen in Hamburg aufs größte Rotlichtviertel der Welt. Stell dir vor, die haben im Abstellraum eines Kinos geschlafen, da konnten sie sich nicht einmal waschen.»

Seine Mutter sah ihn verstört an.

WAS SOLL DAS?, schrieb sie auf ihren Block, um seinen Redefluss zu unterbrechen.

Er war so aufgeregt, dass er einfach weiterredete: «Die Beatles spielten erst im Indra-Club, dann im Kaiserkeller, und zwar stundenlang, fast ohne Pausen. Sie mussten so gut wie jeden Abend auftreten.»

UND?, schrieb seine Mutter.

«Die Frage ist doch, wer könnte sie mit nach Föhr genommen haben, als sie mal ein paar Tage frei hatten?»

MIR FÄLLT NIEMAND EIN.

Er nahm den Karton mit den alten Fotos in die Hand.

«Schau dir die Fotos noch einmal genau an. Wer war damals oft in Hamburg?»

Er hatte ihr extra eine beleuchtete Leselupe besorgt, damit ihr nichts entging.

Damals fuhr man nicht viel rum.

«Ehemalige Matrosen und Seeleute gab es doch auf Föhr genug. Es geht um das Jahr 1960. Ich suche jemanden, der in Hamburg war und die Beatles dort live gesehen hat. Lass uns die Fotos erst einmal nach Jahreszahlen sortieren.»

Die Bilder vor den Fünfzigern und ab 1965 hatte er schon in der Nacht zuvor aussortiert. Imke schaute sich nun jedes Bild genau mit der Leselupe an. Er wurde immer nervöser. Das Ergebnis dieses Vormittags konnte über seine gesamte Zukunft entscheiden!

Auch nach zwei Stunden sah es nicht nach einem Durchbruch aus. Ihm war wieder nach Schnaps zumute, aber der hätte seine Konzentration beeinträchtigt.

Seine Mutter gab ihm den Karton zurück – nichts.

BIN MÜDE.

Tatsächlich sah sie erschöpft aus.

«Okay, noch diese zwanzig, dann machen wir eine Pause.»

Plötzlich lächelte Oma und deutete auf einen jungen Mann mit schiefen Zähnen und langen Haaren.

«Ja?», rief er gespannt.

Seine Mutter schrieb einen längeren Text, was dauerte.

KUNO HINRICHSEN WAR 1960 JEDEN TAG IM PARADIES, GEHÖRTE ZUM INVENTAR, WAR EINE ART HAUSMEISTER. JEDES ZWEITE WOCHENENDE IST ER NACH HAMBURG UND HAT DIE BEATLES GEHÖRT. HAT MÄCHTIG ANGEGEBEN DAMIT.

Arne strahlte: «Kuno könnte also die entscheidende Verbindung zu den Beatles sein?»

YES.

Er kannte Kuno nur flüchtig. Als Gemeindearbeiter hatte er lange Zeit die Föhrer Straßen in Ordnung gehalten. In seiner Erinnerung sah er ihn auf seinem großen LKW über die Insel brettern, aber das war schon viele Jahre her.

«Mensch, Mama, für mich geht es um eine lebenslange Luxusrente!»

Das Gesicht seiner Mutter zeigte tiefe Skepsis.

ER WOHNT IM REBBELSTIEG. VERSUCH DEIN GLÜCK.

Arne sprang in seinen Toyota und raste über die Ocke-Nerong-Straße Richtung Zentrum. Er spürte, dass sie ablaufendes Wasser hatten, was ihm gar nicht recht war. Wichtige Dinge erledigte er lieber bei Flut, das war eine Art persönlicher Aberglaube von ihm. Rechts zog das Gerätehaus der Boldixumer Feuerwehr vorbei, dann folgten die alten Reetdachhäuser, und im Elektroladen hing tatsächlich immer noch das Plakat, das die Sturmflut-Wölfe im Erdbeerparadies ankündigte.

Eine Minute später hielt er vor der Altenwohnanlage am Rebbelstieg, in der Kuno wohnte. Sie bestand aus kleinen Einzimmerhäusern, die einen schönen Garten mit Ententeich umrahmten. Neben dem Teich stand ein hoher weißer Mast, an dem sich eine blau-rot-gelb gestreifte Friesenfahne mit Grütztopf, Krone und halbem Adler im Wind kräuselte.

Die Senioren hier lebten so selbständig wie möglich. Nur wenn es gar nicht mehr ging, wurden sie ins zweistöckige Pflegeheim gegenüber verlegt. Über Kunos Klingel war ein großes Holzrelief angebracht, das einen stilisierten Schneeschieber darstellte. Darunter stand: «Als Dank für Kuno Hinrichsens besondere Verdienste während der Schneekatastrophe 1978/79. Die Stadt Wyk auf Föhr 1979.»

Er klingelte an der Tür.

Drinnen regte sich nichts. Er klingelte erneut. Jetzt hörte er ein langsames Schlurfen, mehrere Sicherheitsketten wurden gelöst, bis Kuno die Tür einen winzigen Spalt öffnete.

«Ja?», raunzte er misstrauisch.

Zwei dunkle Augen funkelten ihm entgegen. Kuno hatte volle Haare, seine Haut war kalkweiß, anscheinend war er in letzter Zeit kaum draußen gewesen.

«Arne Riewerts. Moin», sagte Arne.

«Ja …?»

«Kann ich kurz was mit dir beschnacken?»

«Ich rede mit keinem Riewerts!», brummte es ihm entgegen.

Rums, war die Tür zu. Arne starrte vollkommen bedeppert auf das Namensschild: Was war das denn?

«Wieso?», schrie er durch die geschlossene Tür.

«Frag Imke!», kam es von drinnen.

Was hatte denn seine Mutter damit zu tun?

Eine Pflegerin kam den Weg vor dem Haus entlang. Sie war höchstens ein Meter sechzig groß, hatte ihre pechschwarzen Haare zu einer Palme hochgesteckt und trug einen blauen Kittel und eine weiße Hose.

«Ärgern Sie sich nicht», sagte sie mit osteuropäischem Akzent. «Wenn Kuno keinen Schnaps hat, ist er unausstehlich.»

«Und wenn er Schnaps bekommt?»

«Wir sind ein zertifiziertes Haus, von uns kriegt er keinen Tropfen.»

«Das habe ich auch nicht behauptet.»

«Es ist streng verboten.»

Arne zog die rechte Augenbraue hoch.

«Und wenn er trotzdem trinkt? Ich meine, heimlich, sodass man es als professionelle Spitzenpflegerin unmöglich herausbekommen kann?»

Sie winkte ihn etwas näher heran.

«Dann geht es ihm viel besser», flüsterte sie.

Er nickte und verabschiedete sich.

Auf direktem Weg fuhr er nach Hause. Seine Mutter war über den Fotos eingeschlafen, ihre Mundwinkel zeigten nach oben. Es hatte ihr offensichtlich gutgetan, in den alten Zeiten zu schwelgen.

«Mama, wieso will Kuno nicht mit mir reden? Mit überhaupt keinem Riewerts?»

Imke öffnete die Augen und brauchte einen Augenblick, um seine Frage zu verstehen. Dann zuckte sie mit den Achseln und schrieb auf ihren Block: BELEIDIGTE LEBERWURST!

«Was hast du mit ihm gemacht?»

NICHTS.

«Das kann nicht sein.»

DOCH!

Schade, dass seine Mutter ihm nicht die ganze Geschichte erzählen konnte.

«Mama, von Kuno hängt vielleicht meine Zukunft ab!»

Seine Mutter überlegte.

ICH KOMME MIT.

«Gute Idee.»

Er half Imke die Treppe hinunter und setzte sie auf den Beifahrersitz seines Wagens. Gerade als er den Motor starten wollte, fiel ihm noch etwas ein. Er sprang raus, eilte in die Kneipe und fischte eine volle Flasche Whisky aus dem Regal über dem Tresen. Es war ein echter, uralter Glenfiddich, einer seiner besten Tropfen.

«Ich gehe vor, ja?», schlug er vor, als er vorm Altersheim parkte. «Besser, du wartest erst mal im Wagen.»

Seine Mutter nickte.

Er ging denselben Weg zum Innenhof, wo einige Senioren gerade auf einer Bank am Teich saßen und ein Entenpärchen mit Brot fütterten. Sie schauten ihn neugierig an. Er grüßte mit einem Kopfnicken und klingelte erneut bei Kuno.

«Ja ...?», kam es von drinnen.

«Arne.»

«Habe ich mich nicht klar ausgedrückt?»

Er klang hochgradig gereizt.

«Mein Wagen steht vor der Tür, Imke sitzt drin und will mit dir schnacken. Dafür brauche ich eine Auskunft von dir.»

Jetzt rasselten einige Sicherheitsketten, und Kuno öffnete die Tür – aber wieder nur einen Spalt.

«Deine Mutter hat mir damals gesagt, dass Tanz in Old-sum ist», blökte er. «Ich bin mit dem Fahrrad hin, unterwegs hatte ich auch noch einen Platten und musste zu Fuß weiter. Drei Stunden hat das gedauert, im strömenden Regen! Als ich ankam, war da gar kein Tanz, und Imke war weg. Mit irgendeinem Kavalier vom Festland. So war sie immer zu mir!»

Er erzählte es so, als sei das gestern passiert. Arne wusste nicht, was er dazu sagen sollte. Konnte Liebeskummer sechzig Jahre halten? Oder war Kuno dement?

«Meinst du, sie hat das extra gemacht?»

«Ja.»

«Kann ich mir nicht vorstellen.»

«So ist es aber!»

«Vielleicht tröstet dich ja das hier», sagte Arne und schob die Flasche Glenfiddich in den Spalt.

«Willst du mich bestechen?»

«Ja.»

Das war eine echte Gelegenheit für Kuno. Sonst kam er an Alkohol nur schwer ran, denn alleine schaffte er es bestimmt nicht mehr bis zum nächsten Supermarkt. Er würde sich die Flasche nicht entgehen lassen.

«Gut.»

Kuno öffnete die Tür nun ganz und ließ Arne herein. Er betrat die schlichte Einzimmerwohnung mit Bett, Schrank, zwei kleinen Sesseln und Fernseher. Es roch nach Schweiß und Zigaretten. Der alte Mann schlurfte in seiner grauen Cordhose zum Sessel. Die Tür zum Balkon stand offen, war aber durch dichte Gardinen verhangen.

«Deine Mutter hat mich etliche Nerven gekostet, die mir nun fehlen», schimpfte Kuno. «Sie hatte mit Abstand das tollste Hinterteil der Insel. Aber ich war ja der kleine

Gemeindearbeiter, mich hat sie nicht mal mit dem A...
angeschaut.»

Über jedes Hinterteil hätte Kuno so reden können, aber
nicht über das seiner Mutter! Doch Arne riss sich zusammen.

«Ich könnte ein gutes Wort für dich einlegen.»

Kuno schüttelte den Kopf.

«Das ist zu vage.»

«Was willst du?»

Kuno musterte Arne herausfordernd.

«Ich möchte mit Imke eine Spritztour machen. Jetzt sofort.
Nur wir zwei. Ich fahre.»

«Hast du denn überhaupt einen Führerschein?»

«Ich habe fünfzig Jahre auf dem LKW hinter mir.»

«Aber ich fahre einen alten Wagen, und die Bremsen von
solchen Autos sind ...

«Da muss man richtig reintreten, schon klar.»

«Okay.»

Kuno schlurfte langsam zur Tür. Wie sollte der in seinem
Zustand ein Auto unter Kontrolle haben? Andererseits war
er als Gemeindearbeiter ja wirklich sein Leben lang Lastwagen gefahren, so etwas verlernte man nicht. Jedenfalls
wollte er das in diesem Moment glauben, immerhin würde
seine Mutter mit im Wagen sitzen. Auch wenn sie von ihrem
Glück noch nichts wusste.

«Dafür bekomme ich noch was», erinnerte Arne ihn.

«Ja?»

Arne zückte das Foto aus der Schatzkiste. Ein Mann mit
langen Haaren und einer E-Gitarre in der Hand stand auf
der Bühne, sein Körper war vollkommen verrenkt.

«Kennst du den?»

Kuno blickt misstrauisch auf das Foto.

«Das bin *ich*, aber das Bild ist nicht auf Föhr aufgenommen worden», erklärte Kuno. «Das ist der Kaiserkeller in Hamburg.»

Arne bekam einen trockenen Mund: Volltreffer!

«Und wie kommt dieses Foto in die Kiste vom Erdbeerparadies?»

«Ich habe es Wally Nickelsen geschenkt, dem gehörte damals das Paradies. Der war schwer beeindruckt, den Kaiserkeller kannte damals halb Deutschland.»

Arne blieb skeptisch.

«Du bist echt mit den Beatles aufgetreten?»

Er musste vorsichtig sein, die Tonbandaufnahme erwähnte er lieber nicht. Sonst wollte Kuno am Ende einen Anteil haben.

Kuno schaute ihn erst verblüfft an, dann lachte er.

«Nee, das Foto haben wir im Kaiserkeller gemacht, als keiner da war. Aber John und Paul sind tatsächlich mal nach Föhr gekommen.»

Ihn durchflutete ein warmes Gefühl: Damit wurde sein Traum wahr, er war kurz vor dem Ziel!

«Das hing mit ihrem Freund zusammen, wie hieß der noch? Ich weiß noch seinen Vornamen, Klaus …»

«Klaus Voorman vielleicht?»

Nach seinen Recherchen wusste Arne, dass ein Hamburger Kunststudent namens Klaus Voorman damals ein enger Freund der Beatles gewesen war.

«Nee, der hieß anders, ich komm gleich drauf … Peter Lüttje aus Harburg! Der lebte eine Zeitlang in Wyk.»

«Und die Beatles waren wirklich auf Föhr?»

Kuno nickte.

«Die Jungs haben ja in Hamburg die ganze Zeit durchgespielt. Aber einmal hatten sie drei Tage frei, und John und

Paul fuhren mit Peter nach Föhr. Die Insel kannte damals kaum ein Mensch – und im Winter lag hier der Hund begraben.

«Wo haben Paul und John denn gewohnt?»

«Im Erdbeerparadies, auf einer Couch im Tanzsaal. Kohle für'n Hotel hatten die ja nicht.»

«Haben sie zufällig auch im Erdbeerparadies gespielt?»

Die alles entscheidende Frage!

«Nicht, dass ich wüsste. Aber das könnte Jockel Frahm wissen, der war noch häufiger als ich im EP.»

«Jockel Frahm?», fragte Arne entsetzt.

Die Insel Föhr war klein – *zu* klein! Jockel war Susannes Hausmeister im Island Palace, der stand zu seiner Chefin und würde ihm bestimmt keine Auskunft geben.

Plötzlich schrillten bei ihm alle Alarmglocken. Er musste so schnell wie möglich das Originalband bei Momme abholen. Sollte Susanne Lindner es in die Hände bekommen, würde sie das Island Palace zehnstöckig in Glas und Gold ausbauen, und dann konnte er das Erdbeerparadies endgültig vergessen.

Aber erst einmal musste er zu seinem Wort bei Kuno stehen. Mit langsamen Schritten führte er den alten Herrn zu seinem Toyota, damit der sich seinen Lebenstraum erfüllte: eine Spritztour mit seiner großen Liebe Imke Riewerts.

Arne beugte sich in den Wagen: «Mama, Kuno will eine Runde mit dir drehen.»

Imke sah Kuno widerwillig an, der sich mit wackligen Beinen dem Fahrersitz näherte. Ihrem Blick nach zu urteilen, freute sie sich auf die angekündigte Spritztour so sehr wie auf eine Reise in eine Bürgerkriegsregion.

«Moin, Imke», grüßte Kuno, ohne zu lächeln. Ihm war wohl klar, dass er bei ihr nichts mehr reißen konnte.

«Bitte, Mama», flüsterte Arne. «Kuno hat mir sehr geholfen.»

Imke versuchte einen irgendwie freundlichen Blick aufzulegen. Dabei schimmerte eine Ahnung von dem jungen, charmanten Mädchen durch, das sie mit Sicherheit einmal gewesen war. Arne drückte Kuno den Schlüssel in die Hand und hoffte, dass alles gut ging. Am liebsten wäre er mitgefahren, doch das lehnte Kuno strikt ab. Also setzte er sich vor das Altersheim auf den Rasen und hoffte, dass nichts passierte. Kuno startete den Wagen und würgte ihn schon beim Anfahren ab. Die Kupplung war einfach zu schwergängig für seine schwachen Beine.

Vorsichtshalber ging Arne noch einmal zum Wagen.

«Ihr könnte ja auch so im Auto sitzen und schnacken», schlug er vor. Was eigentlich Unsinn war, weil seine Mutter gar nicht reden konnte. Kuno nickte grimmig und nutzte die Gelegenheit trotzdem schamlos aus, indem er wild gestikulierend auf Imke einredete. Seinem angespannten Gesicht nach zu urteilen, machte er ihr heftige Vorwürfe, wahrscheinlich noch wegen der Oldsum-Sache, wo sie ihn sitzengelassen hatte, und wer weiß weswegen noch.

Arme Imke, das hatte sie nicht verdient!

Als Kuno nach einer halben Stunde endlich aus dem Wagen stieg, stand auf dem Block seiner Mutter nur ein Wort:

IDIOT!

20. Feindeshöhle

Jade legte sich am Südstrand in die Sonne, um einfach mal für sich zu sein und ein Buch zu lesen. Schon nach wenigen Seiten fielen ihr die Augen zu. Nicht, weil Salingers «Fänger im Roggen» langweilig war, sondern einfach vor Erschöpfung. Irgendwann mischten sich in ihre Träume laute Geräusche, und sie begann, sich unwohl zu fühlen. Sie schlug die Augen auf. Der Himmel hatte sich zugezogen, am Strand war es kühl geworden, die übrigen Badegäste befanden sich im Aufbruch. Also schwang sie sich auf ihr Rad und legte sich, zu Hause angekommen, aufs Wasserbett, um Musik zu hören. Ihre Oma war von ihrer Freundin Hilde zum Canastaspielen in Oldsum abgeholt worden, obwohl Hilde sich ständig darüber beschwerte, dass Imke immer schummelte – was diese heftig bestritt.

Sonst sah es nicht besonders gut aus.

Arne hatte alles auf das Beatles-Band gesetzt. Doch als er das Original bei Momme abholen wollte, war es bereits verschwunden. Momme hatte es seiner Tante Susanne vorgespielt, die hatte es zu Jockel mitgenommen, dem Hausmeister des Island Palace, der ein alter Kenner des Erdbeerparadieses war. Jockel hatte behauptet, die Sänger auf dem Band seien zwei Kumpels von ihm aus England gewesen, denen Susanne Lindner es daraufhin einfach geschickt hatte. Arne glaubte ihr kein Wort. Er vermutete, sie wollte sich jetzt mit den Beatles endgültig gesundstoßen. Immer wieder hörte er seine Kopie auf der CD an und verglich sie mit Originalaufnahmen der *Fabulous Four*.

Jade hatte die vermeintliche Beatles-Aufnahme immer für einen Wunschtraum ihres Onkels gehalten, mehr nicht. Sie hielt sich lieber an die Fakten, und die sahen nicht gerade rosig aus: Trotz bescheidener Erfolge mit den Discos für die älteren Schüler kam das Erdbeerparadies nicht aus der Null-gewinnzone heraus – während das Island Palace dreimal die Woche ausverkauft war. Jade hatte eine teure Lärmschutz-schleuse für den Eingang in Auftrag gegeben, aber die konnte erst eingebaut werden, wenn die Saison längst vorbei war.

Langsam war sie sich ihrer Sache nicht mehr ganz so sicher. Wenn das Paradies Pleite machte, waren ihre sämtlichen Ersparnisse weg. Auf ihre Eltern konnte sie ja im Ernstfall nicht mehr zurückgreifen, das fühlte sich immer noch unge-wohnt an. Natürlich war sie in der Lage, für sich selbst zu sorgen. Neu war, dass sie es jetzt auch *musste*.

Wie so oft, wenn sie ihren Gedanken nachhing, kamen ihr Mommes blaue Augen in den Sinn. Sie fühlte seinen Blick auf sich ruhen, als läge er direkt neben ihr, und musste daran denken, was sie mit ihm erlebt und wie nahe sie sich ihm gefühlt hatte. All ihre Begegnungen spielte sie immer wieder von vorne durch und hielt den Film an den schönsten Stellen an. Wie immer kam sie danach zu der Erkenntnis, dass es einfach keinen Sinn hatte. Erst heute Morgen war sie ihm auf dem Fahrrad begegnet. Er hatte weggeschaut und wäre dabei beinahe ins Straucheln geraten. Irgendwie konnte sie nicht glauben, dass nur seine Tante der Grund war, weshalb er sich von ihr distanziert hatte. Aber was nützte ihr das?

Ihr Handy piepste.

Momme?

Leider nicht.

Huch, was war das denn? Ungläubig starrte sie auf das Display. Es war eine SMS vom Big Boss der Investmentbank, Dr. Herold persönlich!

«Sehr geehrte Frau Riewerts, ich habe Ihre Analyse gelesen und bin beeindruckt. Wir brauchen junge begabte Mitarbeiterinnen wie Sie. Deswegen biete ich Ihnen eine feste Stelle im Asienfonds an. Herr Schmidt ist übrigens nach London versetzt worden. Herzliche Grüße, Dr. Herold.»

Darauf konnte sie sich wirklich etwas einbilden. Eine SMS vom Oberchef bekam nicht jeder. Und dann auch noch mit so einem Jobangebot! Ein Adrenalinstoß durchfuhr ihren Körper, schlagartig ging es ihr besser. Nichts war umsonst gewesen, all ihre Mühe hatte sich gelohnt.

«Ich sollte die nächste Fähre nehmen und zurück nach Frankfurt fahren», sagte sie laut zu sich.

Besser als mit dem Segen von ganz oben konnte man gar nicht wieder einsteigen! Sie würde einen Haufen Geld verdienen mit einem Job, der ihr Spaß machte und für den sie ein Händchen hatte. Statt das Problem mit dem Wackeltisch im Gastraum zu lösen, würde sie in Frankfurt das ganz große Rad drehen.

Andererseits – zurückkehren konnte sie immer noch, sie war ja noch nicht einmal zwanzig. Und ihre Mission auf Föhr war erst beendet, wenn das Erdbeerparadies wieder lief. Also beschloss sie, die Mail von Dr. Herold wie Windstärke 12 im Rücken zu nehmen: Wenn sie eine internationale Investmentbank geknackt hatte, würde sie die örtliche Dorfdisco ja wohl auch schaffen, oder?

Ihr musste etwas einfallen, und dazu war jetzt ihr voller

Einsatz gefragt. Was bisher fehlte, war eine fundierte Analyse der Konkurrenz. Sie redete jeden Tag mit Arne über das Island Palace, aber betreten hatten die Disco beide noch nicht. Sie erklärte sich bereit, das zu ändern. Allerdings musste sie sich sehr geschickt anstellen.

Am nächsten Tag schwang sie sich direkt nach dem Frühstück aufs Rad und fuhr durch die Marsch nach Toftum. Ihr Ziel war ein Hof, der schon bessere Tage gesehen hatte. Die Scheune war eine Baustelle, hier werkelte Besitzer Hauke seit Jahren an einer Ferienwohnung herum, die nie fertig wurde. Sein Wohnhaus nebenan verfiel immer mehr, einige Stellen im Reetdach waren mit Plastikfolie abgedeckt.

Als sie auf den Hofplatz fuhr, saß Hauke gerade mit einer Flasche Korn in der Hand auf einem Stapel Reifen und starrte dumpf vor sich hin. Sein großer, massiger Körper steckte in einem Blaumann, und seine Haare waren deutlich grauer geworden als beim letzten Mal vor vier Jahren.

«Moin, Hauke, käänst dü mi noch?», fragte sie auf Friesisch und setzte sich neben ihn.

«Bist du nicht die Thailänderin aus'm Katalog?»

Er blinzelte sie herausfordernd von der Seite an.

Jade grinste. Das hatte sie damals behauptet, um ihn zu ärgern. Hauke hatte sich gar nicht mehr eingekriegt, dass sie asiatisch aussah und friesisch sprach.

«Jo.»

«Hab gehört, du machst einen auf Inselwirtin im EP?»

«Jo.»

Hauke lachte.

«Und die Lindner findet das gar nich witzig?»

«Ist das schon rum?»

Hauke kicherte.

«Was denkst du? Da kommt eine Riewerts aus Thailand und mischt ganz Föhr auf. Das ist Spitzenthema.»

«Schlimm?»

Hauke griente sie an: «Frischer Wind ist gut für die Lunge.»

«So ist es. Sag mal, dein Sohn Lars war doch auch mal Grufti, wie ich damals …»

«Weißt du doch.»

«Hast du noch Sachen von ihm?»

Hauke musterte ihr heutiges Outfit: Jeans und ein T-Shirt mit der Aufschrift «Zickenalarm».

«Wieso? Passt doch alles, was du anhast.»

«Heute Abend will ich mich verkleiden.»

«So wie früher?»

«Hast du was dafür?

Hauke nickte und erhob sich von seinem Reifenstapel. Wortlos schlurfte er in sein Wohnhaus. Fast alle Räume waren vollgestellt mit Baumaterialien, nur ein Zimmer und die Küche waren einigermaßen begehbar. Hauke kämpfte sich schnaufend an abgestellten Kartons vorbei auf die Treppe zum Dachboden. Sie folgte ihm. Unter dem defekten Reetdach war es stickig und feucht. Auch hier sah es chaotisch aus, aber er fand sofort, was er suchte.

«Was sagst du dazu?», strahlte er.

Er fischte einen schwarzen Ledermantel und ein Petruskreuz aus dem Karton. So ein Doppelkreuz hatte er ihr damals auch schon geschenkt. Sie probierte den Mantel an, er passte perfekt. Zum Glück war sein Sohn in seiner Gruftiphase nicht viel größer als sie gewesen. Dazu bekam sie noch ein T-Shirt mit einem Totenkopf aus schwarzen glänzenden Perlen. Erstaunlicherweise roch es wie frisch gewaschen.

Jade strahlte: «Genau das, was ich brauche.»

Als sie wieder unten waren, fischte Hauke eine alte Kamera aus der Schublade und machte vorm Haus ein Foto von ihr.

«Das Bild schicke ich Lars nach Kanada, der wird sich freuen.»

Nachdem Jade sich bedankt hatte, fuhr sie direkt nach Wyk zu Svantjes Dessousladen. Die Sachen von Hauke hatte sie in einer Tüte dabei.

«Moin, Svantje.»

«Moin, Jade! Wo hast du Imke gelassen?»

Svantje trug wieder ihre hautengen Jeans und eine schlichte blaue Bluse, die hervorragend zu ihren blauen Augen und den roten Locken passte. Jade fiel das erste Mal auf, dass sie ein paar kleine Sommersprossen auf der Nase hatte.

«Die hatte zum Frühstück ein Date mit einem ehemaligen Lover, und jetzt ist sie mal wieder auf'm Swutsch mit einer alten Freundin.»

Svantje lachte.

«Hat sie nicht gesagt, sie will etwas kürzertreten?»

«Das meint sie doch nicht ernst!»

«Dann bin ich ja beruhigt.»

«Ich brauche deine Hilfe», sagte Jade.

«Ist wieder Schaumdisco?»

«Nee, obwohl die grandios war, oder?»

«Ich hatte meinen Spaß.» Svantje grinste.

«Ich auch. Sag mal, hast du noch die Netzstrümpfe mit den dicken Spinnen? Du weißt doch, als ich mit Imke hier war …»

Svantje nickte.

«Die habe ich nach hinten gelegt. Auf Föhr sind die leider unverkäuflich.»

«Zu wenig Gruftis auf der Insel?»

«Hier wohnen halt nur kleinkarierte Spießer.»

Meinte Svantje damit etwa die skurrilen und durch und durch freundlichen Insulaner?

«Findest du? Wie hältst du das dann hier aus?»

«Ich bin hier geboren und einfach klebengeblieben. Und von irgendwas muss man ja leben. Aber wenn ich könnte, würde ich lieber heute als morgen abhauen.»

Das hörte sich nicht so an, als ob sie glücklich war.

«Echt?»

Jade bewegte sich gerade von der genau entgegengesetzten Richtung auf Föhr zu. Sie liebte die Insel.

«Was hast du denn mit der Spinnenhose vor?», wechselte Svantje das Thema.

«Ich will unerkannt ins Island Palace kommen.»

Sie verstand.

«Ein büschen luschern, was? Tja, besser, man kennt die Konkurrenz. Da hab ich noch was für dich.»

Aus einer Ecke hinter der Kasse holte Svantje ein Paar schwarze Lackstiefel mit hohen Absätzen hervor, die bis über die Knie reichten.

«Kannst du die vielleicht gebrauchen? Größe 38.»

Jades Augen leuchteten.

«Genau meine Größe, perfekt!»

Sie zog sich in die Umkleidekabine zurück. Als sie ein paar Minuten später mit Ledermantel, Perlen-T-Shirt, schwarzer kurzer Hose über Spinnen-Netzstrümpfen und den Lackstiefeln im Laden stand, klatschte Svantje begeistert in die Hände.

«Sehr schön. Aber du siehst immer noch aus wie das einzige asiatische Mädchen auf der Insel. Nicht gerade unauffällig. Komm mal mit ...»

Im Hinterzimmer stand ein Schminktisch mit einem Spiegel, so wie man ihn vom Theater kannte. Svantje bat Jade, Platz zu nehmen, und begann behutsam, ihr Gesicht leichenweiß abzudecken. Danach waren die Augen dran.

«Smokey Eyes, versteht sich von selbst», sagte Svantje und machte sich daran, Jades gesamte Augenpartie schwarz zu schattieren.

«Ich wusste gar nicht, dass du auch im Schminken ein Profi bist», sagte Jade bewundernd.

Svantje freute sich sichtlich über das Kompliment, ging aber nicht weiter darauf ein. Am liebsten hätte Jade die Gelegenheit genutzt und gefragt, ob sie mit Arne zusammen war. Aber sie wusste, was sich gehörte, und biss sich lieber auf die Zunge.

«Gut so?»

Jade erkannte sich selbst kaum wieder.

«Das bin ich?»

In dem Moment klingelte es an der Tür, und Svantje trat nach vorne. Jade schlich sich an der Kundin vorbei, die mit einem halben Dutzend Einkaufstüten den Laden betrat.

«Ich drücke dir alle Daumen!», rief Svantje ihr hinterher.

Als Jade in den Sandwall abbog, zuckten viele Touristen sichtlich zusammen und starrten sie entsetzt an. Es fühlte sich so an, als hätte eine Zeitmaschine sie zurück in ihre Teeniezeit verfrachtet – wunderbar!

Ein paar Stunden später war es dunkel. Jade fuhr mit ihrem Käfer zum Island Palace und parkte ein Stück abseits, damit sie außer Sichtweite war. Dann stöckelte sie in ihren Lederstiefeln über den Deich zur Disco. Ihr Aufzug fühlte sich grandios an, sie war geschützt und sicher wie unter einer kugelsicheren Weste. Trotz der perfekt geschminkten Smokey Eyes konnte sie auf ihre Sonnenbrille nicht verzichten, denn ihre mandelförmigen Augen hätten sie verraten, zumindest auf den zweiten Blick.

«Viel Spaß!», sagte der breitschultrige Türsteher, als sie den Laden betrat. Ihr Aussehen schien hier niemanden weiter zu schockieren. Neugierig schritt Jade durch einen langen Gang in die feindliche Höhle. Sie verspürte ein Kribbeln im Bauch, das, wie sie wusste, nicht nur mit ihrer Verkleidung zu tun hatte. Gleich würde sie Momme wiedersehen, und die Aussicht, ihn zu beobachten, ohne dass er sie bemerkte, gefiel ihr.

Anfangs hatte sie große Schwierigkeiten, sich mit der Sonnenbrille im Raum zu orientieren. Einmal knallte sie aus Versehen voll gegen einen Pfeiler. Wie machten das bloß die Hollywood-Stars, die immer so herumrannten? Sie beschloss, sich in eine Ecke zu stellen, erst dann wagte sie einen Blick über den Brillenrand.

Der Tresen war in Form eines Bootsrumpfes gebaut, ganz aus Alu und von beiden Seiten zugänglich. In der Mitte standen die Regale mit den Getränken. Was gar nicht schlecht aussah und natürlich hervorragend zu Föhr passte. An der Decke tobten sich helle Laserstrahlen in allen Farben aus und bildeten immer wieder neue bizarre Formen. Überall waren große LED-Wände, auf denen Filme zu sehen waren. Dazu kam ein gigantischer Sound von allen Seiten, gegen den die Anlage im Erdbeerparadies wie ein Kofferradio wirkte.

Es war keinesfalls so, dass sie das Palace nicht faszinierend fand. Aber das Erdbeerparadies war es auf seine Art auch, da blieb sie unerschütterlich. Ob die Jugendlichen das auch so sahen? Sie konnte es nur hoffen.

Aber wo war Momme? Der Platz hinter dem Mischpult war leer. Sie schlenderte zum Schiffstresen und bestellte eine Cola. Während sie in ihrer Tasche nach Kleingeld

suchte, betrachtete sie die beachtliche Palette an Spirituo-
sen. Gerade wollte sie sich der Tanzfläche zuwenden, da
schritt Momme ans Mischpult. Schnell nahm sie einen großen Schluck Cola. Ihr stockte der Atem. Heute trug er ein
anthrazitfarbenes T-Shirt mit V-Ausschnitt, Blue Jeans und
graue Leder-Turnschuhe. Unter dem T-Shirt konnte sie die
Konturen seiner Schlüsselbeinknochen erkennen. Sie wollte
sich gerade freuen, als sich eine etwa Zwanzigjährige mit
blondem Pferdeschwanz zu ihm gesellte. Sie trug ein kurzes
schwarzes Kleid und coole Lederboots und war – leider –
ziemlich attraktiv. Jetzt beugte sie sich zu ihm und rief ihm
etwas ins Ohr.

Und wie reagierte dieser Idiot?

Er lehnte sich zu ihr herab und legte seine Hand auf ihre
Schulter, damit er sie besser verstehen konnte. Beide lachten, dann stießen sie mit ihren Drinks an und warfen sich
dabei vertraute Blicke zu.

Wie naiv war sie gewesen! Sie hätte gleich drauf kommen
müssen, dass sie nicht die einzige Frau auf der Insel war, die
sich für ihn interessierte. Und dass er durchaus nicht abge-
neigt war, mit schönen Blondinen zu flirten.

Plötzlich stand der Türsteher von vorhin neben ihr.

«Viel Spaß dann noch», sagte er und deutete zur Tür. Es
klang wie ein Befehl.

«Was willst du?», schimpfte Jade.

Anstatt einer Antwort nahm er sie beim Arm und zerrte
sie mit sich zum Ausgang.

«Unverschämtheit!», brüllte Jade, als sie draußen standen.

«Ich wollte schon lange mal mit dir reden», hörte sie eine
sympathisch klingende Frauenstimme hinter sich sagen.
Sie drehte sich um und blickte direkt in Susanne Lindners
Gesicht.

21. Ladys Night

Jade sah Susanne Lindner misstrauisch an. Sie trug Jeans, eine kurzärmlige dunkelbraune Bluse und crèmefarbene Ballerinas. Schon bei ihrer ersten Begegnung im Erdbeerparadies hatte Jade ihre Konkurrentin insgeheim für ihre Ausstrahlung und Tatkräftigkeit bewundert. Als sie der Teeniedisco ein Ende gesetzt hatte, war sie kein bisschen laut geworden, sondern hatte ihr Anliegen wie beiläufig durchgesetzt. Dazu kam ihre natürliche Eleganz, die sie auch jetzt wieder an den Tag legte. Die Frau hatte einfach Format. So wie die Lindner zu werden, das war Jades Ziel, so weit wollte sie auch mal kommen! Aber das durfte sie ihr natürlich nicht zeigen.

«Gehen wir ein Stück?», fragte Susanne und deutete auf den dunklen Deich, der sich direkt hinter der Disco im leichten Nebel auftürmte.

«Wieso haben mich diese Gorillas rausgeworfen?», erkundigte sich Jade genervt.

«Du kannst gleich wieder rein», sagte Susanne und ging ein paar Schritte vor. Aha, es lag also in ihrer Macht zu entscheiden, wann das der Fall war.

«Hat das Palace dir gefallen?»

Jade überlegte.

«Im Prinzip schon, aber man könnte es noch etwas aufpeppen.»

«Und wie?» Susanne sah sie neugierig an.

«Hier und da ein altes Weinfass oder eine Wäschemangel …»

Ihre Gegnerin warf den Kopf nach hinten und lachte: «Guter Tipp, ich werd drüber nachdenken.»

«Was gibt es sonst noch?», fragte Jade.

«Ich will nur mal mit dir reden.»

Jade musste unwillkürlich an den geheuchelten Pädagogen-Ton denken, den Lehrer anschlugen, wenn ein Schüler sich danebenbenommen hatte. Am Ende lief es immer auf eine Maßregelung heraus, egal, was man sagte.

«Worüber?»

Die Lindner lächelte.

«Die Sache ist doch die: Wir haben durch euer neues Konzept leichte Umsatzverluste, das muss ich zugeben.»

War das etwa ein Eingeständnis von Schwäche? Mit Sicherheit waren die «leichten Umsatzverluste» gravierender als sie zugeben wollte, sonst würde sie mit ihr nicht darüber reden.

«Sosehr ich mich auch bemühe, warum löst das keine Trauer bei mir aus?», antwortete Jade kühl.

«Zum Überleben reicht es für euch trotzdem nicht, richtig?»

Vor ihnen lag das Meer, umhüllt von Nebel. Nichts als ein plätschernder, ruhiger Wellenschlag war zu hören. Es roch feucht und salzig, ein Hauch von Seetang lag in der Luft.

«Ohne Arne darf ich dazu nichts sagen.»

«Komm schon. Du bist doch die heimliche Chefin!» Und nach einer Pause: «So sehe ich das jedenfalls.»

War das ehrlich gemeint? Oder wollte die Lindner sie mit Komplimenten weichkochen?

«Meinen Sie etwa, Arne ist ein Trottel?»

«Wir können uns ruhig duzen.»

«Von mir aus.»

Obwohl es ihr sehr schwerfiel, eine Konkurrentin zu duzen, die außerdem noch doppelt so alt war wie sie.

«Arne ist kein Trottel, im Gegenteil», sagte Susanne. «Es ist zum Beispiel äußerst klug von ihm, auf dich zu hören. Und außerdem liebt er das Erdbeerparadies, er identifiziert sich damit. Ein guter Laden braucht diese Art von Engagement, sonst kann man es gleich vergessen. Arne hat sehr viel mehr Qualitäten, als ihm bewusst ist, und genau das macht seinen Charme aus. Aber in der Geschäftswelt reicht Charme allein nicht aus. Er braucht einen starken Partner an seiner Seite.»

Jade schwieg. Worauf wollte die Frau hinaus? Ob sie doch in größeren finanziellen Nöten steckte, als Jade vermutet hätte? Diese neuen Laserkanonen im Palace mussten einen Haufen Geld gekostet haben.

«Ihre Investitionen möchte ich nicht wieder einspielen müssen.»

«Waren wir nicht schon beim Du?», erinnerte sie Susanne.

Plötzlich kam Jade wieder die Sache mit Momme hoch. Die Lindner hatte ihm den Kontakt zu ihr verboten, als könne sie über sein Leben bestimmen. Sie spielte hier nur die Freundliche, in Wirklichkeit hatte sie keine Skrupel, ihre Macht einzusetzen.

«Was soll das hier werden? Eine Ladys Night auf dem Deich?», fragte Jade.

Susanne Lindner holte hörbar Luft.

«Hör zu, ich mag Arne wirklich. Aber er reitet sich gerade in sein Unglück. Du bist die Einzige, die ihn davon abhalten kann.»

«Du bist also eine Art Streetworkerin, die verirrte Gastronomen retten will?»

Susanne sollte ruhig merken, dass sie sich nicht so leicht einlullen ließ. Doch plötzlich ging Susanne zum Gegenangriff über:

«Ich habe mit der Schülerverwaltung gesprochen. Die Abifete findet wie immer bei uns im Palace statt. Nur dass da nicht falsche Hoffnungen entstehen.»

«Heißt das, Momme darf mich ab jetzt wieder treffen?», fragte Jade spitz. Es war ihr so rausgerutscht.

Susanne blickte sie überrascht an.

«Ah, *da* liegt das Problem!»

Jade merkte, dass sie sich ohne Not auf ein Minenfeld begeben hatte. Ein schwerer taktischer Fehler.

«Nein! Wieso das denn?»

Wie hatte sie sich nur so die Blöße geben können?

Susanne reichte ihr die Hand. «Es hat mich sehr gefreut.»

Jade setzte ebenfalls ein Haifischlächeln auf.

«Mich auch.»

Damit ging Susanne Lindner zurück zu ihrer Höhle. Nach ein paar Schritten drehte sie sich noch einmal um.

«Wir sind aus dem gleichen Holz geschnitzt, oder was meinst du? Wenn du mal einen Job suchst, ruf mich gerne an. Jederzeit.»

Jade sah ihr verblüfft hinterher. Danach blieb sie noch ein bisschen auf dem Deich sitzen und dachte nach. Irgendetwas musste sie richtig gemacht haben, sonst hätte Susanne Lindner nicht das Gespräch mit ihr gesucht. Also weiter so!

22. Dessousladen

Der Menschenauflauf am Sandwall erinnerte bei diesem Sommerwetter wieder einmal an ein Volksfest, die Massen schoben sich eisschleckend vom Südstrand bis zum Hafen. Arne drückte sich vor Svantjes Dessousladen herum und linste durch die Schaufensterscheibe. Ob sie gerade eine Kundin hatte? Als Mann hatte er in ihrem Geschäft eigentlich nichts zu suchen, das war immer das Blöde, wenn er bei ihr vorbeikam und Lust hatte, ein bisschen zu quatschen. Es sei denn, er war zufällig gerade liiert und auf der Suche nach einem Geschenk. Das hatte er tatsächlich einmal probiert, und es war ein totaler Reinfall gewesen. Seine damalige Freundin hatte ihm vorgeworfen, er mache sie mit seinem Wäschepräsent zur Pornodarstellerin, und daraufhin Schluss gemacht. Was wiederum eine seiner Lieblingsthesen bestätigte: Es gab nichts, was Menschen mehr trennte als Humor!

Aber heute sah es gut aus, niemand war im Laden. Also nichts wie rein. Svantje stand im hinteren Teil und war gerade dabei, ein paar Tops zu bügeln, die bei der Lieferung im Karton geknickt worden waren. Selbst das Bügeln sah bei ihr irgendwie stilvoll aus. Sie war halt eine begnadete Tänzerin in jeder Lebenssituation, nicht nur auf der Tanzfläche im Erdbeerparadies.

«Moin, Svantje.»

Irgendwie war ihm immer etwas mulmig in ihrem Laden zumute: Überall an den Wänden hingen die Bilder dieser wunderschönen, leichtbekleideten Models, die ihn so direkt anflirteten, dass es ihn fast nervös machte.

«Moin, Arne, hü gongt et?»

«Das willst du nicht wissen.»

«So schlimm?»

«Ach, das wird schon wieder.»

«Und wie geht es Imke?» Svantje stellte das Bügeleisen zur Seite und fing an, ein paar Seidenstücke an einer Stange zu sortieren.

«Gut, danke.»

«Machst du das Erdbeerparadies eigentlich dicht, wenn du das Geld für die Beatles bekommst?»

Svantje war eine der wenigen, denen er von dem Tonband erzählt hatte.

«Nein, ich würde es umbauen.»

«Mit gläsernem Haifischbecken über der Tanzfläche?»

«Gute Idee. Aber als Erstes würde ich die Gruppen von früher einladen, als sie noch keiner kannte: Otto, Lake, Abi Wallenstein, Middle of the Road und so weiter. Außerdem dürften die Sturmflut-Wölfe so oft spielen, wie sie wollen. Und in der Kneipe würde ich kleine, feine Veranstaltungen machen, Lesungen oder so. Stell dir mal vor, Paul Auster liest im Erdbeerparadies!» Er blickte verträumt auf den himmelblauen Seiden-Morgenmantel, den Svantje in der Hand hielt. «Aber leider bleibt das nur ein Traum. Es ist gelaufen.»

«Wieso das denn?»

«Das Band ist weg. Momme hat seiner blöden Tante davon erzählt, und die hat es sich unter den Nagel gerissen.»

«Du, Arne …»

Svantje fuchtelte mit den Händen in der Luft rum und schien ihm irgendwelche Zeichen zu geben. Was sollte das?

«Weißt du, was sie behauptet?», fuhr er fort. «Ihr bescheuerter Hausmeister Jockel Frahm hätte die Musiker auf dem Band erkannt. Angeblich waren es Kumpels von ihm und nicht die Beatles. Ich glaube ihr kein Wort, die kriegt den Hals einfach nicht voll genug.»

«Arne, lass uns das ein andermal …»

«Ich werde die Lindner verklagen», unterbrach er sie, «und wenn es meine letzte Tat ist!»

Er blickte durch die Schaufensterscheibe aufs Meer, und sofort war seine schlechte Laune verflogen. Das Wasser lief auf und lud zum Baden ein, zumal die Sonne wieder hoch am Himmel stand. Dieser Sommer war wirklich ein Traum.

«Was meinen Sie?», hörte er hinter seinem Rücken eine Frauenstimme zu Svantje sagen. «Passt das, oder soll ich doch noch eins größer probieren?»

Svantje hatte also doch Kundschaft. Er drehte sich um. Und traute seinen Augen nicht. In der Umkleidekabine stand niemand Geringeres als Susanne Lindner, halb vom Vorhang verdeckt!

Es reichte, um ihre crémefarbene Unterwäsche zu erkennen.

Er war vollkommen baff.

«Red ruhig weiter, Arne», sagte Susanne und zog den Vorhang zu.

Was sollte er jetzt tun? Kein Fettnäpfchen konnte größer sein als das, in das er gerade getreten war. Andererseits sollte Susanne ruhig wissen, dass er sauer war.

«Das Band lag bei dir auf dem Dachboden, richtig?», hörte er sie sagen. Dann richtete sie das Wort an Svantje: «Darf ich?»

«Ja natürlich, den habe ich ja extra für Sie bereitgehalten», antwortete Svantje.

Stille.

Das nächste Bild war Susanne Lindner in dem himmelblauen Morgenmantel.

«Das Band gehörte gar nicht dir, Arne, richtig? Sondern dem Vorbesitzer des Edbeerparadieses, Wally Nickelsen.»

«Der ist längst tot.» Arne versuchte, sachlich zu bleiben.

«Ich habe seinen Erben angerufen und ihm die Sache erklärt. Er war einverstanden, dass ich das Band an Jockels alte englische Kumpels schicke. Du hast ja immer noch eine Kopie davon.»

«Ich werde mir einen Anwalt nehmen und das vor Gericht prüfen lassen!», kündigte er an und starrte auf die offene Kabine hinter ihr. Jeans und eine weiße Bluse hingen da am Haken, unten am Boden standen Susannes weiße Turnschuhe.

«Okay, Arne, ich gebe zu, es war etwas voreilig von mir. Aber diese beiden alten Typen in Harrogate waren so gerührt, dass ich das Band spontan zur Post gebracht habe.»

«Du willst das Geld selbst einsacken, was?»

«Mann, Arne, natürlich will ich sämtliche Gäste vom Erdbeerparadies zu uns ins Palace lotsen. Aber deswegen bin ich doch keine Betrügerin! – Ich versuche, das Band wiederzubekommen, in Ordnung?» Susanne sah ihn jetzt direkt an.

«Das glaube ich erst, wenn ich es in den Händen halte.»

Plötzlich wurde er unsicher: Was war, wenn sie die Wahrheit sagte?

Sie zeigte auf den Morgenmantel.

«Steht mir der? Was meinst du?»

«Ich?»

«Bist du kein Mann, oder was?»

Das war jetzt eins zu viel!

«Kommt drauf an, was du damit vorhast», antwortete er lächelnd. «Filmaufnahmen, Blind Dates ...»

«Touché!» Susanne erwiderte sein Lächeln.

«Er steht dir gut, aber vielleicht würde ein dunkles Grün noch besser zu deinen Augen passen.»

Es war für ihn keine Frage.

«Wenn du das sagst – ich probiere es sofort an.»

«Gerne», sagte Svantje und holte den gleichen Morgenmantel in Dunkelgrün.

Susanne verschwand wieder in der Kabine.

«Soll ich den bei unserem nächsten Tanz tragen?», rief sie.

«Ihr tanzt zusammen?», wunderte sich Svantje.

«Nicht, wie du denkst», beeilte sich Arne zu sagen.

«Wie denke ich denn?», fragte Svantje.

«Das interessiert mich auch», kam es aus der Umkleidekabine.

«Ja, äh, ich meine, nicht mit Berühren.»

«Du hast mich aber berührt», erinnerte ihn Susanne.

«Aber ohne Küssen – und ohne Klamotten», schob er schnell hinterher.

«Ohne Klamotten?», fragte Svantje.

«Nein, eben nicht mit ohne Klamotten.»

Herrje, brachte er denn gar keinen ordentlichen Satz mehr zustande?

«Es geht mich auch nichts an», murmelte Svantje.

Der Vorhang öffnete sich, und Susanne kam in dem dunkelgrünen Morgenmantel direkt auf ihn zu. Ihr brünettes Haar leuchtete, in ihren Augen schimmerte ein wundersamer Glanz. Sie legte die Hände auf die Hüften, eigentlich eine unsichere Geste, die aber fast etwas Frivoles hatte. Er hatte nie verstehen können, was manche Frauen für einen Wirbel um teure, besondere Stoffe machten, aber in diesem Moment begann er seine Meinung zu ändern …

«Perfekt», lobte er.

«Danke», sagte Susanne.

Dann verschwand sie wieder in der Kabine, um sich anzuziehen. Svantje sah durch die Scheibe auf die Nordsee, und Arne trat hinter sie.

«Mann, Svantje», flüsterte er. «Das ist ein Missverständnis.»

«Ist doch kein Problem. Du bist mir nichts schuldig.»

«Doch», sagte er.

«Nein.»

«Lass uns heute Abend tanzen gehen.»

«Mit oder ohne Klamotten?», fragte sie gereizt. So schnippisch kannte er Svantje gar nicht. Was war denn in sie gefahren?

«Bitte!»

«Heute Abend habe ich keine Zeit.»

«Lass uns aufs Festland fahren, nach Hamburg.»

«Über eines komme nicht hinweg», sagte sie nun so laut, dass Susanne es hören konnte. «Bei mir heulst du dich ständig über die böse Susanne aus, und heimlich fängst du was mit ihr an.»

«Ich fange nichts mit ihr an!», zischte er.

«Du hast mit ihr getanzt!»

«Ja.»

«Das machst du ja nicht mit jeder, oder? Wo überhaupt? Im Paradies? Oder im Palace?»

«Auf ihrem Boot», antwortete er. Er wollte ehrlich sein, aber das war wahrscheinlich ein Fehler.

«Du warst auf ihrem Boot?»

«Ich möchte das junge Glück ja nicht stören. Aber ich habe mich entschieden.»

Susanne stand angezogen vor ihnen.

«Und?»

«Dunkelgrün.»

«Sehr gute Wahl», sagte Svantje mit belegter Stimme.

«Ich trinke nur noch meinen Prosecco aus», sagte Susanne, «dann muss ich auch schon wieder.»

Sie setzte sich auf einen Stuhl und streckte die Beine aus. Die hatte Nerven!

«Und sonst, Arne? Wie läuft es so?», erkundigte sie sich.

«Es war großartig von dir, dass du uns letztens sowohl die Schaummaschine als auch Momme geliehen hast. Das hat für uns einiges in Gang gesetzt.»

Susanne lächelte.

«Auf einer Insel hilft man sich ja gerne», konterte sie.

Er hatte keine Lust mehr auf Spielchen. Wenn er nicht schnell den Laden verließ, würde das hier ganz böse enden.

«Ich muss leider los», sagte er, und zu Svantje: «Ich rufe dich an.»

Er hätte ihr gerne alles erklärt, aber das war der falsche Zeitpunkt. Die Frage war nur, ob es jemals einen richtigen Zeitpunkt geben würde.

23. Auszeit auf Amrum

Arne setzte sich mit seiner E-Gitarre an den kleinen Verstärker und spielte seine persönlichen Lieblingsstücke herunter, «Stairway to Heaven», «Dat du mien Leevsten bist» und «Frisian Dynamite» in einer Engtanzversion. Draußen nieselte es ohne Unterlass von grauen Himmel herab, die Tropfen schlugen unregelmäßig gegen die Scheiben und bildeten dort lange Schlieren. Das Schmuddelwetter passte perfekt zu seiner Stimmung.

Konnte er Susannes Version glauben, oder hatte sie das Band längst verkauft? Vielleicht hatte sie recht, und das Band gehörte gar nicht ihm, jedenfalls nicht im juristischen Sinne. Trotzdem, zehn Prozent Finderlohn von fünf Millionen hätten ihn auch saniert. Allein die Vorstellung, schuldenfrei zu sein, nicht mehr ständig ans Geld denken zu müssen … Er durfte jetzt nicht einfach aufgeben, dafür ging es um zu viel.

Er besaß ja immer noch eine Kopie des Bandes, die würde er einem Musikprofessor aus Österreich schicken, der vor Jahren mal einen Surfkurs bei ihm belegt hatte. Zum Vergleich würde er ihm das «Weiße Album» der Beatles dazulegen. Bei den Songs «Revolution» und «Mother Nature's Son» klangen John und Paul seiner Meinung nach genauso

193

wie auf dem Band aus dem Erdbeerparadies. Aber das sollte der Professor entscheiden, dann würde er weitersehen.

Bis dahin musste er auch ohne das Band wieder auf die Beine kommen. Der Kampf ums Paradies ging in die nächste Runde!

Während er gedankenverloren seine Melodien vor sich hin spielte, kam Jade mit einem Pott Kaffee herein. Sie setzte sich neben ihn und sah noch sehr verschlafen aus.

«Na?»

«Na.»

Dann starrten beide stumm hinaus in den Nieselregen. Wie ging es jetzt weiter? Ging es überhaupt weiter? Konnte er Jade wirklich zumuten, ihre sämtlichen Ersparnisse aufs Spiel zu setzen?

«Wenn du aussteigen willst, nehme ich dir das nicht übel», sagte er.

Jade blickte ihn verständnislos an.

«Wie bist du denn drauf? Ist irgendwas passiert?»

«Nee, leider nicht.»

«Aber?»

«Ich habe immer gedacht, das Erdbeerparadies ist meine Bestimmung. Und vermutlich ist es das auch. Aber ich spüre, dass mir langsam die Puste ausgeht. Dabei heißt es gerade jetzt kämpfen.»

«Stimmt.» Jade nahm einen großen Schluck Kaffee und sah ihn aufmerksam an.

«Ich glaube, ich bräuchte einfach mal eine kurze Auszeit. Um wieder zu Kräften zu kommen, weißt du? Aber dafür müssten sich erst mal ein paar Tage am Stück finden, an denen ich …»

«Wie wäre es mit sofort?»

«Wie?»

Jade lächelte.

«Hau ab!»

«Du meinst …?»

Jade nickte.

«Während du in Hamburg oder Kopenhagen herumrennst, feiern wir hier eine Schaumparty nach der anderen und sauen das Haus bis zum Dach ein. Um Oma kümmere ich mich gerne, mach dir keine Sorgen.»

«Aber du musst aufpassen, dass sie nicht zu viel trinkt. Sie ist in letzter Zeit ziemlich anfällig für Manhattan.»

«Wie viel ist denn zu viel in ihrem Alter?»

«Ab sechzehn Gläsern wird es kritisch, würde ich sagen!»

Er lächelte und stupste sie leicht mit der Schulter an. Es war ein gutes Gefühl, ihr vertrauen zu können.

Dann eilte er ohne zu zögern in die Abseite neben seinem Gitarrenzimmer, wo er zurzeit schlief. Er zerrte seinen Rucksack aus der hinterletzten Ecke, außerdem Schlafsack, Isomatte und ein kleines Zelt, das wie ein Mumiensarg gerade über den Schlafsack passte. Die Sachen rochen ein bisschen muffig, aber das würde in der Seeluft verfliegen. In der Küche packte er Brot, Wasser, Tee und Ölsardinen in den Rucksack, dann holte er aus dem Schrank im Flur einen Kocher, Regensachen und Wechselklamotten. Wichtiger war, was er *nicht* mitnahm: kein Handy, nichts zu lesen, keine Taschenlampe. Er wollte keine Zeit verlieren und hatte sein Ziel klar vor Augen. Hamburg oder Kopenhagen reizte ihn tatsächlich sehr – aber ein anderes Mal.

Eine halbe Stunde später stand er auf dem Vorderdeck der Fähre nach Amrum, die sich am Föhrer Südstrand vorbeischob. Dass es immer noch regnete, störte ihn nicht. Der Vorteil an diesem Wetter war, dass die meisten Touristen in ihren Ferienwohnungen blieben und er kaum einer Menschenseele begegnete. Am liebsten hätte er zur Nachbarinsel den Fußweg durchs Watt genommen, aber sie hatten seit zwei Stunden auflaufendes Wasser, das hätte er nicht geschafft.

Früher waren Barni, Malte und er öfter mal hinüber nach Amrum gewandert, hatten in der legendären «Blauen Maus» in Wittdün – die übrigens ähnlich eingerichtet war wie das Erdbeerparadies – ausgiebig gefeiert. Mit der nächsten Ebbe waren sie dann wieder zurückgegangen. Nach einer durchzechten Nacht war es nicht gerade das, was Wattführer empfahlen. Aber es war immer gutgegangen. Der Fitteste übernahm das Kommando und schleifte die anderen notfalls mit. Wenn sie drüben angekommen waren, waren sie wieder nüchtern.

Lange Zeit hatten Amrumer und Föhrer eine gewisse Animosität untereinander gepflegt, was er nie so richtig verstanden hatte. Zumal das Amrumer «Ömrang»-Friesisch dem «Fering» sehr ähnlich war. Nur die Sylter konnte keiner verstehen. Für Arne waren Amrum und Föhr zwei hochattraktive Schwestern, die eifersüchtig miteinander konkurrierten – was an ihrer beider Schönheit nichts änderte. Föhr war seine Heimat, dort war er geboren und aufgewachsen, aber Amrum war seine heimliche Geliebte. Die Nachbarinsel war der wilde Part der nordfriesischen Inselfamilie, mit dem Kniepsand, der bis zu zwei Kilometern breit war. Föhr hatte vieles, aber das nicht. Wenn er Schöpfer dieses Planeten gewesen wäre, hätte er beide Inseln zusammengelegt und sie zum Paradies auf Erden erklärt. Immerhin hatte die Landesregierung schon vor Jahren einen Schritt in diese Richtung unternommen und das gemeinsame Amt Föhr-Amrum gegründet …

Als Wittdün vor ihm lag, huschte ihm ein Lächeln übers Gesicht. Föhr war nur noch als Silhouette zu erkennen, und er fühlte sich kurz wie auf einem anderen Kontinent. Obwohl Nebel und Norddorf mit ihren alten Friesenhäusern pittoresker aussahen als die Inselhauptstadt, war er ein großer Wittdün-Fan. Irgendwie wirkte es auf ihn frecher und ehrlicher. Die Südspitze von Amrum war erst Mitte des vorletzten Jahrhunderts besiedelt worden, um dem Tourismus einen Platz zu geben, der den Rest der Insel moralisch nicht verderben sollte. Diesen Versuch musste man wohl heute als gescheitert ansehen …

Er schulterte seinen Rucksack und ging von Bord. Eigentlich wollte er sofort los, aber ohne ein Stück Kartoffelwaffel mit Lachs und Sour Cream in der «Kaffeeflut» ging es dann doch nicht. Seit es das Café gab, gehörte es für ihn zum Ankunftsritual auf Amrum. Bei dem anhaltenden Regen war der Innenraum natürlich proppenvoll, also beschloss er, seine Waffel draußen zu essen – zusammen mit einem älteren Amrumer in einem Tweedjackett, der den Regen ebenso wenig fürchtete wie er. Der Mann war bestimmt siebzig und hätte mit seinem weißen Bart den Vorzeigefriesen auf jeder Postkarte geben können. Irgendwie kam er ihm bekannt vor. Wo hatte Arne ihn bloß schon mal gesehen? Natürlich, er hatte früher auch in der Blauen Maus gefeiert!

«Du kommst doch von drüben, oder?», grummelte der Mann jetzt, ohne zu lächeln.

«Jo.»

Er strich sich nachdenklich durch den Bart.

«Ganz von Föhr?»

«Wir haben seit kurzem ja Reisefreiheit.»

Der Mann stierte auf seine Tasse Kaffee.

«Bei uns dauert das noch, kannst nichts machen. Hin und wieder büxt mal einer aus, aber selten.»

«Und selber? Schon mal rübergemacht?»

Der Mann sah Arne an und nickte.

«Ich bin mit einer aus Wyk verheiratet», raunte er. «Aber das darf hier keiner wissen.»

Dann schwiegen sie zusammen im Regen und fühlten sich richtig wohl. So sah eben Wiedervereinigung auf Friesisch aus.

Als Arne seine Waffel bezahlt hatte, erhob er sich und stiefelte über der oberen Wandelbahn am Rand der Dünen an den Strand. Vom Föhrer Standpunkt aus war das ein Hochwanderweg, man blickte von hier über den riesigen Kniepsand zum Meer, das weit in der Ferne lag. Der Regen hatte aufgehört, nun kam Wind in fünf bis sechs Stärken aus Südost.

Er beschloss, den Strand hinunter und an der Wasserkante entlang Richtung Norden zu marschieren. Feine, scharfe Sandkörner wehten ihm von den Dünen seitlich ins Gesicht und piksten ihm in die Wangen. Bei dem Wind würde er ohne Pausen bestimmt fünf, sechs Stunden brauchen, bis er am Ziel war.

Plötzlich musste er an den Februar 1979 denken. Sein Kumpel Ekki betrieb damals noch sein Ein-Mann-Fuhrunternehmen in Berlin-Kreuzberg. Er hatte Arne gefragt, ob der ein paar technische Geräte aus West-Berlin abholen und nach Nordfriesland bringen konnte, wo eine bekannte Politrockband ihren Zweitwohnsitz hatte. Arne zögerte nicht und sprang in seinen knallroten Ford Transit, den er auf dem Festland bei der Freiwilligen Feuerwehr in Emmelsbüll gekauft hatte. Er war damals Mitte zwanzig und trug seine Haare bis zu den Schultern, wie es sich gehörte. Selbstverständlich nahm er seine Stieftochter Maria mit, die gerade mal vier war und lange, dicke Zöpfe bis zum Po trug. Ihre Mutter war nach Indien abgehauen, und das Kind klammerte sich eng an Arne, der ihm alle Aufmerksamkeit und Liebe der Welt schenkte.

An die Rückfahrt aus West-Berlin erinnerte er sich noch so genau, als wäre es gestern gewesen. Es war der 28. Februar 1979, und er hatte ein Mischpult und mehrere Profi-Tonbandgeräte im Laderaum. Die Fahrt durch die DDR dauerte Stunden, die Transitstrecke war damals noch keine Autobahn, sondern eine Landstraße. Hinter Hamburg fing es an zu schneien, die Scheibenwischer schafften es kaum noch, die Scheibe freizuhalten. Die kleine Maria jubelte, es war das zweite Mal, dass sie in diesem Jahr so viel Schnee sah. Um den Jahreswechsel 1978/79 hatte es in Norddeutschland eine Schneekatastrophe mit meterhohen Verwehungen gegeben.

Und nun ging es wieder los.

Totales Chaos, er musste mit seinen Sommerreifen im Zickzack einspurig um die Schneeberge kurven und hoffen, dass er den Gegenverkehr rechtzeitig entdeckte, um ihm ausweichen zu können. Kurz vor Stadum in Nordfriesland verreckte ihm die Karre mit einem Motorschaden. Weil Maria vor Kälte laut schnatterte, bekam er Angst. Also rief er von einem Bauernhof aus die Band an, und der Bassgitarrist rückte mit einem riesigen Trecker an. Damit brachte er sie sicher über alle Schneeberge nach Dagebüll, wo sie die allerletzte Fähre erwischten (der Ford Transit wurde später in der WG auseinandergesägt und jahrelang als Gartenlaube benutzt).

Auf Föhr ging gar nichts mehr. Ein Schneesturm raste derartig heftig über die Insel, dass es im Gesicht schmerzte.

Arne stemmte sich mit seinem Koffer gegen den peitschenden Schnee und zog die kleine Maria, eng an sich gedrückt, mit sich. Kein Auto fuhr mehr, kein Mensch war auf der Straße zu sehen. Arne wollte zu seiner Wohnung in Oevenum, aber schon in Boldixum mussten sie vor einem haushohen Riesenschneeberg kapitulieren, der die gesamte Straße blockierte.

Maria wollte und konnte nicht mehr.

Im Erdbeerparadies brannte noch Licht. In der Kneipe harrte ein Dutzend Gäste aus, die nicht mehr nach Hause kamen und die Nacht hier verbringen mussten. Weil die Ölheizung ausgefallen war, hatte Jürgen, der Wirt, den Kachelofen angeworfen, der ständig mit Holz und ein paar alte Kohlen aus dem Keller gefüttert wurde. Überall im Raum standen Kerzen, in einer Ecke klimperte jemand auf der Gitarre. Jürgen brachte Decken, man teilte alles miteinander. Draußen heulte der Sturm, Maria schlief neben dem bullig warmen Kachelofen sofort ein, sie spielten zusammen Gitarre und sangen leise Lieder. Der Gastraum wurde in dieser Nacht seine sichere Höhle.

Jürgen musste damals so alt gewesen sein wie er jetzt. Er fand ihn nett, aber irgendwie waren ihm Ältere damals immer fremd vorgekommen. Vielleicht, weil sie so anders aussahen und er ihre Erinnerungen nicht teilen konnte.

Nun war er selbst älter geworden – aber war er wirklich schon *alt*? Seine Mutter war alt, aber er doch nicht! Andererseits war Imke auf ihre Art immer so jugendlich geblieben, neugierig, spontan, humorvoll bis zur Schmerzgrenze – wie bekam sie das hin?

Für einen Moment zog sich alles in ihm zusammen, es wurde richtig eng in seiner Brust. Ein paar wunderbare Jahrzehnte seines Lebens hatte er als Surfer unter freiem

Himmel und auf dem Wasser verbracht. Kaum jemand auf diesem Planeten hatte so frei gelebt wie er. Aber jetzt schien ihn das Glück zu verlassen.

Der Wind hatte sich gedreht und blies ihm jetzt über den Kniepsand direkt von vorne entgegen. Jeder Schritt musste mühsam erkämpft werden. Aber Arne stapfte weiter und weiter und vergaß irgendwann die Zeit und all seine Sorgen. Er war mit nichts anderem beschäftigt, als beharrlich einen Fuß vor den nächsten zu setzen.

Sechs Stunden später war er endlich an der Nordspitze Amrums angekommen und verdrückte sich in die Dünen, wo er sich einen Platz für sein Minizelt suchte. Er fand seine alte Lieblingskuhle wieder, die durch die ständigen Verwehungen allerdings einige Meter verrückt war. Als Jugendliche waren sie oft hier gewesen, er selbst war das letzte Mal mit Malte und Barni hierhergekommen, als sie um die vierzig waren, wenn er sich recht erinnerte. Er breitete seine Isomatte im Sand aus, legte sich darauf und schaute in den Himmel, der schon wieder freundlicher aussah.

Es gab nur ihn, den Sand, den Strandhafer, die Wellen und den Horizont. Er sah die Flut kommen und wieder gehen, die Sonne auf- und niedersteigen und ließ alle Gedanken zu, die ihm hochkamen. Seine alte Clique tauchte vor seinem inneren Auge auf, als sie alle jünger waren und Barni noch ernsthaft Rockmusiker von Beruf werden wollte. In der Nacht besuchten ihn sämtliche Frauen aus seiner Vergangenheit am Strand, sogar einige Mädchen aus seiner Schulzeit.

Ein Leben ohne Frauen hätte er sich nicht vorstellen können, sie hatten ihn immer fasziniert und viel beschäftigt. Dabei gab es kein bestimmtes Muster in seinem Kopf, kein «Beuteschema», dem er folgte. Wenn es die Richtige war, hatte er sich in Sportliche genauso verliebt wie in Unsportliche, in Schöne ebenso wie in solche, die nicht dem allgemeinen Schönheitsideal entsprachen. Genauso gerne, wie er mit Susanne an Bord ihres Bootes getanzt hatte, hatte er mit Svantje zur Musik der Sturmflut-Wölfe im Erdbeerparadies gerockt …

Und wohin führte das alles?

Wie kam er jetzt eigentlich darauf, Susanne mit Svantje zu vergleichen? War Svantje im Dessousladen etwa eifersüchtig auf Susanne gewesen? Nun ja, was er von sich gegeben hatte, war ja auch höchst missverständlich gewesen. Er wusste, dass Svantje Föhr am liebsten verlassen würde. Bevor das geschah, musste er sich über seine Gefühle klar werden, sonst war es irgendwann zu spät.

In den beiden folgenden Tagen tat er nichts, als den Wellen zuzuhören, die mit ungeheurer Energie an den Strand schlugen. Doch selbst die mächtigsten Wogen waren nicht in der Lage, den regelmäßigen Rhythmus von Ebbe und Flut zu unterbrechen. Je länger er in den Dünen lag, desto mehr fühlte er sich als Teil des gigantischen Gezeitenstroms. Das Meer übernahm nach und nach die Regie in seinem Kopf. Seine Gedanken quälten sich nicht mehr durch die gewohnten engen Kanäle, sondern fanden von selbst ihren Weg zum Horizont. Er musste nicht zwanghaft an die Zukunft denken, sondern er kam dort an, wo er gerade stand: am Wattenmeer. Am dritten Morgen wachte er bei Sonnenaufgang in den Dünen auf, blickte aufs Wasser und dachte an rein gar nichts. Die frische Luft durchflutete seine Lungen und breitete sich bis in die letzten Verästelungen seiner Blutbahnen aus. Er feierte diesen Glückszustand mit einem Schokoriegel, den er sich extra aufgehoben hatte. Dann kam die Sonne heraus, und er ließ sich von ihr einen halben Tag lang wärmen.

Am Nachmittag wanderte er durchs Watt zurück nach Föhr. Es war der Weg, den seine Mutter so oft zu ihrem Geliebten genommen hatte, wie er erst spät erfahren hatte. Seine Tochter Maria nahm ihn auch häufiger, und seine Enkeltochter Anna würde es ebenso tun. Wer immer diese Strecke zurücklegte, würde im Watt etwas Wichtiges für sich entdecken. Das war das ewige Versprechen, das diese Landschaft bereithielt. Er wusste nicht, was geschehen würde. Aber er spürte eine neue Kraft in sich, mit der er alles ausräumen konnte, was sich ihm in den Weg stellte.

24. Wir sind das Volk

Der sommerliche Garten hinter dem Erdbeerparadies war am frühen Abend der schönste Platz auf der Insel. Hier hatte einmal das große Erdbeerfeld begonnen, das der Kneipe ihren Namen gegeben hatte. Nun standen auf ungefähr tausend Quadratmetern Obstbäume, Sträucher und eine Wiese, die weitgehend sich selbst überlassen wurde. Die Abendsonne schien direkt auf den Tisch, den Jade sorgsam gedeckt hatte.

Jade blickte gedankenverloren auf die hauchzarten Netze, die unzählige Spinnen in den Apfelbaum gesponnen hatten und die nun gegen das Licht leuchteten.

Was Momme wohl gerade machte? Ob er irgendwann in den letzten Wochen mal an sie gedacht hatte?

Sie musste ständig an ihn denken – und ärgerte sich darüber. Im Kopf stellte sie Listen auf, warum er doof war: Wollte sie mit jemandem zusammen sein, der von seiner Tante fern-gesteuert wurde? War ihm das Geschäft wichtiger als seine Gefühle? Andererseits, wie würde sie reagieren, wenn beide Eltern starben und sie ganz alleine dastehen würde? Viel-leicht meinte er sich schützen zu müssen, vielleicht trauerte er noch zu sehr, um sich gegen seine Tante zu stellen.

Es war trotzdem nicht zu ändern, er hatte sie berührt!

Und wenn er nur ein klitzekleines Gefühl für sie hegte, hatten sie dann nicht eine Chance verdient? Momme passte in diesem Augenblick genau hierher, neben sie auf die Bank hinter dem Paradies.

Oma Imke kam lächelnd mit ihrem neuen knallroten Elektrorollstuhl um die Ecke gefahren. Sie hatte ihn heimlich bestellt, was Arne bestimmt gar nicht gefallen würde. Jade hatte ein deftiges Chili con Carne gekocht und vorsorglich einen dritten Teller gedeckt – falls Arne wiederkam.

«Moin, Moin, da komm ich ja gerade rechtzeitig!»

Jade drehte sich um und sah ihren Onkel vor sich stehen. Gut sah er aus, total erholt und noch viel brauner als vorher!

«Moin, Arne!», rief sie. «Wir haben uns schon Sorgen gemacht. Du hattest ja gar kein Handy dabei.»

Die beiden umarmten sich, dann küsste er seine Mutter in ihrem neuen E-Rollstuhl.

«Moin Mama, was hast *du* denn da?»

Imke gab mit einem Handhebel Vollgas und fuhr ihn fast um. Mit Höchstgeschwindigkeit drehte sie eine halsbrecherische Runde auf dem Rasen, um dann wieder passgenau an ihrem Essplatz zu landen.

«Meinst du, damit kommt sie im Verkehr klar?», fragte Arne besorgt.

«Das wird sich finden», raunte Jade.

«Wenn sie losfährt, sollten wir auf jeden Fall eine Warnung im Verkehrsfunk durchgeben.»

Imke verzog ihr Gesicht zu einer beleidigten Fratze.

«Wo warst du?», fragte Jade. «Paris? Mailand?»

«Sowohl als auch. Erzähle ich später.»

«Das Paradies ist in den letzten Tagen gut gelaufen», konnte sie stolz vermelden.

«Trotz der Aufrüstung im Palace?»

«Ich habe die Schülerdisco mit meinen Mädels am Strand heftig beworben. Natürlich in Konkurrenz zu Susannes Zettelverteilern. Aber einige Touri-Kinder finden trotzdem den Weg zu uns.»

Ihr Onkel zog eine Augenbraue hoch und grinste.

«Mehr als ein Dutzend?»

«Zugegeben, das Island Palace hat bestimmt zwei Drittel weggefischt. Trotzdem reichte es für ein kleines Plus auf unserem Konto, mit Tendenz nach oben! Einigen ist das Palace schlicht und einfach zu teuer.»

«Sehr gut!» Er tauchte ein Stück Brot in das Chili. «Und was steht heute Abend an?»

«Schülerdisco, für die Älteren. Für die sollten wir übrigens über Bubble-Tee nachdenken.»

«Was ist das denn schon wieder?»

«Ein schwachsinniges Modegetränk. Aber alle Jüngeren mögen es.»

«Was brauchen wir dafür?»

«Ein paar Geräte, die kaufe ich von meinem Anteil.»

«Und du meinst, das rechnet sich?»

«Mitte des Sommers müssten wir damit in die Gewinnzone kommen.»

Jade deutete auf ihre Armbanduhr.

«Wir müssen vorne aufschließen, einige Schüler kommen immer pünktlich um acht.»

«Danke noch mal für die Auszeit», sagte Arne leise.

«Hey, wir sind Partner! Irgendwann revanchiere ich mich mal.»

«Jederzeit.»

Sie gingen einmal ums Haus herum, um aufzuschließen. Als sie um die Ecke bogen, trauten sie ihren Augen nicht: Arnes sämtliche Freunde und Stammgäste standen unter der Kastanie auf dem kleinen Platz vorm Erdbeerparadies, darunter Barni, Jan und Ralle, die Jungs von den Sturmflut-Wölfen. Es waren ungefähr dreißig Leute, alle älter als vierzig. Sie hatten sich vor dem Eingang der Disco aufgebaut und hielten Plakate hoch: «Wir sind das Volk», «Wir wollen rein!» und «Ü40 heißt nicht tot!» Ein Fotograf des «Inselboten» sprang begeistert um sie herum und schoss ein Foto nach dem anderen.

«Was ist denn hier los?», stammelte Arne.

«Das ist eine Ü-40-Demo», erklärte Barni. «Weil du ja nur noch an die Jungen denkst.»

«Das ist Quatsch, das wisst ihr genau.»

«Es gibt nicht nur Teenies!», rief jemand.

«Das ist das Ende», murmelte Arne ihr zu. Die Situation überforderte ihn sichtlich. Der Reporter vom «Inselboten» wollte einen O-Ton von ihm haben, aber er fühlte sich vollkommen überrumpelt und wusste nicht, was er sagen sollte.

«Was soll ich bloß tun?», rief er ihr zu.

Jade hörte gar nicht zu, sie telefonierte.

«Jade! Sag doch mal was!»

Sie legte kurz die Hand auf ihr Handy.

«Ich habe vorhin im Kunstmuseum ein Fernsehteam vom NDR gesehen, die versuche ich hierherzulotsen.»

«Bist du wahnsinnig? Das wirbelt noch mehr Staub auf!»

Er war vollkommen außer sich, aber sie war sich ihrer Sache sicher: Das hier war eine Chance, die sie sich nicht entgehen lassen würde!

«Was glaubst du?», fragte sie ihn. «Macht es das Paradies bekannter oder unbekannter?»

Sie stellte sich zu den Protestierenden. «Bitte nicht weggehen, ich mache euch berühmt – versprochen!»

Das schien die Meute neugierig zu machen. Plötzlich

ging alles durcheinander: Die ersten Schüler trudelten ein, sie musste an den Tresen und Arne an die Kasse. Seine Freunde blieben mit ihren Plakaten draußen und tranken mitgebrachtes Bier.

Was wie eine Katastrophe begann, wurde das erfolgreichste Event seit der ersten spontanen Abenddisco: Es kamen über zweihundert zahlende Gäste. Draußen vor der Tür machte das Fernsehteam Aufnahmen vom Erdbeerparadies, und ein TV-Reporter interviewte sowohl die Discogänger als auch die Protestierenden vor der Tür. Sie hatte zu viel zu tun, um zu lauschen, was die von sich gaben. Letztlich war es auch egal. Hauptsache, das Erdbeerparadies kam endlich ins Gespräch!

Als sie einen Tag später mit Arne und Imke vor dem Fernseher saß, traute sie ihren Augen nicht: In einer Polit-Talkshow im ZDF wurde über einen Gesetzesentwurf gegen Altersdiskriminierung diskutiert. Aufhänger der Sendung war ein kurzer Film – vom Erdbeerparadies!

«Auf der Nordseeinsel Föhr gehen die Älteren auf die Barrikaden. Sie lassen sich die Altersdiskriminierung nicht mehr gefallen», erklärte der Sprecher. «Ist das nur der Auftakt zu einem gesellschaftlichen Umbruch in diesem Land?»

Auf die Bilder von der Demo vorm Erdbeerparadies folgten Kurzinterviews mit Insulanern und Touristen, die sich darüber beschwerten, dass auf Föhr zu wenig für die Älteren getan wurde. Der Gipfel war Arnes alter Schulfreund Fokko, von dem er ihr ausführlich erzählt hatte. Er sagte wörtlich: «Für mich praktiziert das Erdbeerparadies eine Alters-Apartheid!»

Imke schrieb energisch etwas auf ihren Block und hielt ihn hoch: QUALLE!

Recht hatte sie!

Arne äußerte sich besorgt darüber, wie der Bericht auf der Insel aufgenommen werden würde. Aber seine Sorgen erwiesen sich als unbegründet. Ab sofort war nichts mehr wie zuvor.

Der Wyker Bürgermeister schaute höchstpersönlich im Erdbeerparadies vorbei, um nach dem Rechten zu sehen. An die siebzig Tageszeitungen von Flensburg bis Bayern hatten über die Demo berichtet. Weitere TV-Beiträge folgten, mit Slogans wie: «Überalterung der Gesellschaft – ausgerechnet auf einer Nordseeinsel proben Ältere den Aufstand!». Demonstranten im Watt, Statements in Strandkörben und auf hoher See, mit Seehunden im Hintergrund, boten den Fernsehleuten traumschöne Bilder!

Sie hatte recht gehabt, für das Erdbeerparadies hätte es nicht besser kommen können. Viele Touristen wollten die legendäre Musikkneipe aus dem Fernsehen kennenlernen. Also öffneten sie nun schon am Nachmittag und servierten Erdbeertorte und Rhabarberkuchen mit einer Extraportion Sahne, wie es sich gehörte. Zum Schlafen kamen sie kaum noch.

Als im Erdbeerparadies zwei Wochen später wieder einmal eine Schülerdisco tobte, fanden Arne und Jade erst spät Zeit für eine kurze Pause in der Küche. Schnell brutzelte Arne ein paar Spiegeleier mit Speck. Er streute einige von Wangs Gewürzen darüber, mit denen man selbst eine Mahlzeit wie diese veredeln konnte.

«Neunhundert Euro sind zwar nicht die Welt, aber besser als nichts», kommentierte sie den bisherigen Umsatz des Abends.

«Mir gefällt das alles nicht mehr», erwiderte ihr Onkel.

Sie sah ihn erschrocken an.

«Was ist los, Arne? Endlich bewegt sich was, und wir schreiben bald eine schwarze Null!»

«Was nützt das?», brach es aus ihm hervor. «Mann, Jade, ich bin dabei, alle meine Freunde zu verlieren! Das geht so nicht weiter, Umsatz hin oder her.»

«Meinst du nicht, die beruhigen sich wieder?»

Er trommelte nervös auf die Tischplatte.

«Wir haben all die Jahre zusammengehalten, ob es uns gut oder dreckig ging. Und jetzt protestieren sie zur besten Sendezeit gegen mich im Fernsehen. Als wenn ich ein Diktator wäre!»

Sie legte ihm tröstend die Hand auf die Schulter.

«So einen Freund wie dich wünscht man sich.»

«Das sehen meine Freunde aber anders», erwiderte er düster.

«Ich mache das wieder gut, versprochen», sagte sie.

Arne verzog ungläubig das Gesicht.

«Wie denn wohl?»

«Ich frage mich sowieso schon die ganze Zeit, wie wir wieder in die Medien kommen. Ich habe da eine Idee, die zwar noch nicht ganz spruchreif ist, aber wenn es klappt, geht es für das Paradies steil nach oben!»

Sie stand auf und ging Richtung Tanzsaal, um die letzte Runde anzusagen. «Hast du überhaupt verstanden, was ich dir sagen wollte? Es ging nicht ums Geschäft!», rief er ihr hinterher.

Sie drehte sich noch einmal um und lächelte ihn an. Das mit der Idee hatte sie nur behauptet, um ihn zu beruhigen. Jetzt musste sie sich wirklich etwas einfallen lassen. Schließlich ging es um Arnes Freunde.

25. Altjung

In den nächsten beiden Wochen fegte ein Sturm über Föhr, der jeden erfasste. Damit war nicht das Wetter gemeint, denn das träge Hoch über Nordfriesland bewegte sich nicht von der Stelle und sorgte verlässlich für Sonnenschein und warme Temperaturen. Nein, der Sturm auf Föhr wurde von einer einzigen Person ausgelöst, und zwar von Arnes Nichte Jade.

Sie hatte es geschafft, eine Clique von Schülerinnen um sich zu scharen, die sie bedingungslos bewunderten. Die Mädchen plakatierten nahezu jeden Laternenpfahl und jede freie Häuserwand auf der Insel mit einem Poster, das Jade selbst entworfen hatte. Es trug die Überschrift: «Ü40 gegen U20: der ultimative Wettbewerb der Generationen im Erdbeerparadies!» Darunter war auf der linken Seite ein Foto der Demonstranten vor der Kneipe zu sehen, auf der rechten Seite präsentierte sich grinsend ein Haufen junger Schüler. Rocker sollten gegen junge Rapper antreten, Publikum und Jury würden Noten vergeben. Die Devise lautete: Der Kampf Alt gegen Jung sollte offen und mit viel Spaß ausgetragen werden.

Arne hatte zunächst skeptisch auf Jades Plan reagiert und sich auf der Insel ein bisschen umgehört: War das wirklich eine gute Idee?

DAS BESTE, WAS ES AUF FÖHR SEIT LANGEM GEGEBEN HAT!, urteilte seine Mutter.

Wen er auch fragte, alle waren begeistert. Die Älteren wollten es den Jüngeren noch einmal richtig zeigen, umgekehrt freuten sich die Jungen darauf, die Älteren an die Wand zu spielen. Trotzdem blieben letzte Zweifel: Auch die Sturmflut-Wölfe würden mit von der Partie sein, deren jüngstem Auftritt im EP die Leute ebenso begeistert entgegengesehen hatten. Und wer war letztlich gekommen? So gut wie keiner! Erst als Arne von seinem Lieblings-Bankangestellten erfuhr, dass man ihn jetzt wieder als kreditwürdig betrachte und die Bank sich als Sponsor an der Veranstaltung beteiligen wolle, beschloss er, seine Bedenken über den Haufen zu werfen. Er stürmte ins Erbeerparadies, wo Jade gerade am Laptop saß und dabei telefonierte.

«Wir bekommen Geld ohne Ende!», rief er, als sie kurz ihr Handy beiseite legte.

«Hast du das Beatles-Band jetzt doch verkauft, oder was?»

«Nee, aber meine Bank schleimt mich an. Das ist ein gutes Zeichen.»

Jade blies sich eine Strähne aus der Stirn. «Ehrlich gesagt, bräuchte *ich* jetzt mal eine kurze Auszeit: Ich müsste zumindest mal wieder zum Friseur.»

«Dann geh doch.»

«Meinst du wirklich? Es ist so viel zu tun.»

«Klar, ich übernehme! Wie ist der Stand der Dinge?»

«Die Veranstaltung ist nach einem halben Tag ausverkauft. Es haben sich außerdem jede Menge Journalisten und zwei TV-Teams angekündigt.»

«Wenn das so weitergeht, sollten wir den Wettkampf per Videoleinwand in den Biergarten vom EP übertragen. In den Tanzsaal passen bestenfalls dreihundert Gäste.»

«Gute Idee», sagte Jade. «Außerdem will ich T-Shirts mit dem Logo vom Erdbeerparadies drucken lassen, und alle Kellnerinnen bekommen Ohr-Clips mit Erdbeeren verpasst.»

«Und die Kellner?»

«Auch.»

Er grinste. Das waren gern genommene Bilder für die Kameras. Der Wettbewerb nahm mittlerweile ungeahnte Ausmaße an. Wenn sie die Idee mit der Video-Übertragung in die Tat umsetzten, müsste sowohl im Biergarten als auch im gesamten Innenbereich ausgeschenkt werden. Aber auf Jades Clique war absolut Verlass. Die Mädchen hatten inzwischen bei den Schülerdiscos ausreichend Erfahrungen gesammelt, waren hochmotiviert und bestens aufeinander eingespielt.

Doch dann geschah auf dem Schrottplatz in Midlum ein Unglück. Barni fiel eine Beißzange so unglücklich auf den Daumen, dass er in Flensburg ins Krankenhaus gebracht werden musste. Damit fiel der Bassmann der Sturmflut-Wölfe aus, sie sagten per SMS ab.

Für Arne ging das gar nicht. Er trommelte den Rest der Band in der Kneipe zusammen. Ralle, Malte und Jan waren immer noch beleidigt, was sich irgendwann zwischen dem dritten und vierten Manhattan deutlich milderte. Das war Arnes Gelegenheit: Er verkündete, dass er als Ersatzmann einspringen würde. Eigentlich hatte er mehr als genug mit den Vorbereitungen im Erdbeerparadies zu tun, aber seine Kumpels konnte er nicht hängen lassen. Zumal er ihnen ohnehin noch etwas schuldig war. Er entschuldigte sich für sein Verhalten und umarmte jeden Einzelnen von ihnen. Endlich waren sie wieder vereint!

Am Nachmittag vor dem großen Event fand eine Generalprobe statt, bei der alle nervös waren, die Jungen genauso wie die Alten. Arne war als Hausherr für die gesamte Technik verantwortlich, und so fummelte er hinter dem Vorhang an der Anlage herum, als die Schülerband gerade probte. Er hörte, wie die Jugendlichen vor der Bühne über die Alten lästerten.

«Die Sturmflut-Wölfe kommen sich bestimmt megacool vor mit ihren E-Gitarren.»

«Jeder mittelmäßige Rapper spielt die doch voll an die Wand!»

«Wenn man so alt ist wie mein Opa, ist das schon wieder okay. Aber die? Die sind nicht mehr jung und noch keine Rentner.»

«Tun aber so, als ob sie zwanzig sind.»

Das war hart gegeben.

«Damals haben die bestimmt keine Lesebrille gebraucht, um ihre Noten zu finden.»

Noch härter.

«Hoffentlich leuchten die Scheinwerfer nicht zu doll auf ihre Goldkronen, sonst wird das Publikum voll geblendet.»

Die sollten erst mal in sein Alter kommen!

Missmutig tauschte Arne ein paar Kabel aus. Jetzt stimmte die Akustik. Aber war dieser Wettbewerb wirklich eine gute Idee?

Endlich war es so weit. Die Luft flirrte, es war ein warmer Sommerabend, perfektes Grillwetter. Arnes Freund Wang hatte sich extra frei genommen, um im Erdbeerparadies chinesisches Essen zu kochen. Die meisten Leute standen schon zwei Stunden vor Beginn der Veranstaltung Schlange. Jung und Alt grinsten sich gegenseitig an: Euch werden wir es zeigen! Es erinnerte ein bisschen an die Stimmung im Fußballstadion vor einem wichtigen Länderspiel.

Jade hatte eine Jury aus vier Schülern und vier Älteren zusammengestellt. Oma Imke bekam einen Ehrenplatz neben der Bühne. Falls sich die Jury nicht einigen konnte, musste *sie* als Älteste entscheiden. Alle wussten: Selbst wenn Imke Arnes Mutter war, konnte man bei ihr nicht sicher sein, wohin die Reise ging.

Die Einzige, die fehlte, war Svantje. Er hätte sie gerne dabeigehabt, aber seit seiner Auszeit auf Amrum hatte er sie nicht mehr gesehen. Sie hatte ihm gesimst, dass sie wegen einer dringenden Familienangelegenheit nach Hildesheim müsse, sich aber darauf freue, ihn bald wiederzusehen. Schade, aber was sollte man machen?

Kurz vor dem Auftritt tigerte Arne nervös mit umgehängtem Bass in der Küche auf und ab. Immer wieder stellte er sich vor den Ganzkörperspiegel in seinem Zimmer, um ein paar Posen von früher zu üben. Natürlich erst, nachdem er sicher sein konnte, dass Jade und seine Mutter schon unten waren. Bis auf einige Bewegungen, die er sich nach seinem Bandscheibenvorfall sparen sollte, klappte es noch ganz gut. Er würde den Jungen zeigen, wozu Kerle in seinem Alter fähig waren! Der einzige Unterschied zu früher bestand darin, dass er jetzt eine Lesebrille benötigte. Und wenn er mal zu viel trank, brauchte er statt einem zwei Tage, um wieder auf Normalnull zu kommen. Ansonsten unterschied ihn nichts von einem Sechzehnjährigen.

Oder?

Gut, seine Zähne hatte er weißen lassen, die sahen wieder aus wie Milchzähne bei einem Erstklässler. Und seine

Haare waren getönt. Gedankenverloren blickte er aus dem Küchenfenster. Auf dem Vorplatz des Erdbeerparadieses hatte sich bereits eine riesige Menschenmenge angesammelt. Er spürte, wie sein Herz schneller schlug. Was war, wenn sein Auftritt schiefging? Wenn er sich lächerlich machte? Das würde man ihm auf Föhr bis ans Ende seiner Zeiten nachtragen! Hätte er in diesem Moment auf die Bühne gemusst, er hätte alle Stücke vergessen; alle Griffe und Abläufe waren wie aus seinem Gehirn gelöscht! Er bekam einen Schweißausbruch, sein Mund wurde trocken.

Sein Handy piepste. Eine SMS von Svantje: «Viel Glück. Ich denke an dich.» Auf sie war also doch Verlass.

Dann klopfte es an der Tür.

«Ja?»

«Arne? Bist du klar?»

Ralle, der Schlagzeuger.

«Ich komme.»

Jetzt gab es kein Zurück mehr. Wie unter Narkose taumelte Arne mit seinem umgeschnallten E-Bass nach unten, um die Jungs im Vorraum zu treffen. Malte, der Sänger, hatte sich zur Feier des Tages seinen Pferdeschwanz abschneiden lassen. Jan, der Gitarrist, sah mit seiner olivfarbenen Baseballkappe aus wie immer. Drummer Ralle hatte sich die Augen mit Kajal geschminkt.

«Alle für einen!», rief Arne.

«Einer für alle!», kam es als Echo zurück.

Er spürte, dass auch den anderen der Hintern auf Grundeis ging wie seit Jahren nicht mehr, Jan sogar im wörtlichen Sinn, er musste noch zweimal auf die Toilette.

Die Sturmflut-Wölfe waren als Erste dran. Vor so vielen Leuten hatten sie noch nie gespielt, vor laufenden Kameras erst recht nicht. Jetzt wurde es ernst. Sie sahen einander noch mal in die Augen, dann gaben sie sich einen Ruck und gingen hinaus.

Der Saal war übervoll, die Luft zum Schneiden. Alle Tische waren weggeräumt, die Leute standen. Von ganz hinten mussten sie sich durch die Menge auf die Hauptbühne vorkämpfen.

Riesengejohle und Pfiffe.

Jade setzte die bunte Discokugel in Bewegung und ließ die Scheinwerfer aufflackern. Arne und seine Jungs kletterten auf die Bühne. Ralle setzte sich ans Schlagzeug, Jan und Arne stöpselten ihre Gitarren in die Anlage und stimmten die Instrumente nach. Keiner lächelte, sie waren angespannt wie Piloten beim Landeanflug.

Jade moderierte die Veranstaltung mit einem tragbaren Mikro auf der Vorbühne. Sie hatte das schwarze T-Shirt von Landwirt Hauke mit dem Perlen-Totenkopf an und dampfte vor Energie.

«Moin, Moin!», rief sie laut in den Saal.

Riesenbeifall und Gejohle.

«So muss das bei den Beatles gewesen sein», sagte Arne.

«Yeah, yeah, yeah!», rief Malte.

Jetzt brachten sie doch noch ein Grinsen hervor.

Arne entdeckte seine Mutter, die ein Schild hochhob: FANCLUB ARNE – GO FOR IT! Dass sie sich als Mitglied der Jury eher neutral verhalten sollte, war ihr nun vollkommen egal. Das machte ihm Mut.

Jade erhöhte weiter den Druck.

«Alt gegen Jung – wir wollen es wissen! Die Alten fangen an, sie müssen ja auch früher ins Bett.»

Für den frechen Spruch gab es erwartungsgemäß frenetischen Beifall wie wütende Pfiffe.

«Wie auch immer, wir starten jeeeeeeeeetzt! Die Sturm-flut-Wölfeeeeee!»

Die Jungs hauten rein wie die Irren. Es war ihr ultraschnelles, lautes Heavy-Metal-Stück, das Barni selbst geschrieben hatte und mit dem sie vor vielen Jahren mal die Charts stürmen wollten: «We are Frisiaaaaan Dynaaaaamiiiiiite».

Das Erdbeerparadies mutierte zum Hexenkessel, die Leute tobten und klatschten ununterbrochen. Arne spürte, wie er abhob. Er war so jung, wie er sich fühlte, und das war in diesem Moment sehr jung!

26. Wattenmeer in Farbe

Jade kam aus dem Grinsen nicht mehr heraus. Die Alt/Jung-Party war auch nach Wochen noch in aller Munde! Nach Arne und seinen Jungs waren zwei Schülerbands aufgetreten und eine Ärzteband von der Inselklinik, die Country & Western spielte. Plötzlich hatten die Sturmflut-Wölfe mit umgeschnallten Gitarren wie Piraten die Bühne geentert und bei den Jungen mitgemacht, und zum Schluss hatten alle zusammen ein wildes Chaos aus Rap, Rock und Western gespielt. Die Jury sah sich außerstande, eine Wertung abzugeben.

Seit diesem Event war das Erdbeerparadies jeden Abend voll. Irgendwie spürten alle, dass hier wieder etwas passierte. Die Umsätze waren so gut, dass Arne Jade ein kleines Gehalt auszahlen konnte. Und noch wichtiger: Er hatte sich mit seinen Freunden wieder versöhnt.

Es war drei Uhr nachts, nach der üblichen Freitagsdisco. Jade stellte die Gläser und Tische zusammen. Arne hatte Rückenschmerzen gehabt, und sie hatte darauf bestanden, dass er sich hinlegte.

Als sie fertig mit Aufräumen war, ging sie hoch in die Wohnung. Das Alpenpanorama mit dem St.-Pauli-Aufkleber hing immer noch im Treppenhaus, inzwischen gehörte es auch für sie hierher. Sie schlich in Omas und ihr gemeinsames Zimmer. Imke schlief tief und fest und sah dabei aus wie ein Kind. Das Jimi-Hendrix-Poster hatte Jade entfernt und stattdessen sämtliche Wände mit alten Fotos vom Erdbeerparadies zugepflastert. Wohin sie auch schaute, blickte sie auf Oma als Rock-'n'-Roll-Tänzerin und andere Verwandte von sich. Heute Nacht bekam sie allerdings das ungute Gefühl, dass ihre Ahnen noch am Leben waren und sie misstrauisch beäugten. Sie legte sich auf das wabbelige Wasserbett, war aber vollkommen überdreht. Weder mit Lesen noch mit Entspannungsübungen schaffte sie es einzuschlafen.

Irgendwann stand sie auf und ging hinaus in den Biergarten. Die feuchte Nachtluft tat gut, obwohl ein schwüler Nebel in der Luft lag. Sie schnappte sich das Hollandrad, das ihr Arne überlassen hatte, und radelte an der Wrixumer Windmühle vorbei in die dunkle Marsch. Hier endete die Straßenbeleuchtung. Hoch am Himmel blinkten ihr rote Warnlichter von den Windrädern auf dem Festland entgegen. Kein Geräusch war zu hören, außer ihrem eigenen Atem. Das Batterielicht, das sie auf den Lenker gesteckt hatte, zeigte den immergleichen Ausschnitt des Asphalts. Manchmal lagen ein paar Gräser auf der Straße, hier und da ein paar Steinchen, einmal eine tote Maus, was sie so eklig fand, dass ihr schlecht wurde. Anfangs gab es noch einen weißen Seitenstreifen und alle fünfzig Meter einen hellen Begrenzungspfahl, aber irgendwann fehlte jeglicher Anhaltspunkt, und sie fuhr ins Nichts. Obwohl sie sich inzwischen gut auskannte, verlor sie mehr und mehr die Orientierung.

Plötzlich keckerte eine Krähe laut in die Nacht.

Sie erschrak.

Wenn Menschen in der Nacht so schrien, war etwas Schlimmes passiert.

Die Krähe wiederholte den Laut. Es klang bösartig, als ob es gegen sie gerichtet wäre. Was hatte das zu bedeuten? Während sie nachdachte, machte die Straße, ohne dass sie es merkte, einen Schlenker nach rechts. Sie aber fuhr geradeaus auf den Graben zu und stürzte zu Boden. Das war so plötzlich gekommen, dass sie erst einmal regungslos liegen blieb. Klumpen von fetter Marscherde klebten ihr im Gesicht. Der Boden atmete im Nebel fremde, unangenehme Gerüche aus. Das Wasser im Graben gluckste. Irgendwo brach ein Ast ab, ohne dass sie einen Baum sah. Es herrschte absolute Windstille.

Mühsam richtete sie sich auf, wischte sich die Erde aus dem Gesicht und radelte weiter. Jetzt hatte sie vollständig die Orientierung verloren, die Marsch war in der Nacht eine komplett andere Landschaft. Eine unergründliche Angst legte sich wie eine Manschette um ihren Nacken und blieb da, egal, wie schnell sie auch strampelte. Ihr Herz klopfte ihr bis zum Hals. Sie spürte deutlich, wie sich ein dichter Schwarm schwarzer Vögel im Nebel um sie herum scharte. Sie hatte die unsichtbaren Kräfte in der Marsch unterschätzt.

Plötzlich sah sie ein einziges Haus vor sich aufleuchten. Es war Mommes Haus. Sie stutzte. Welcher Instinkt hatte sie hierhergeführt?

Sonderbar, dass um diese Uhrzeit noch Licht bei ihm brannte. Wahrscheinlich war er gerade aus dem Island Palace gekommen und konnte auch nicht schlafen. Sollte sie einfach hingehen und klopfen? Bloß nicht, nachher würde er sie für eine Stalkerin halten. Nein, nichts wie raus aus der nächtlichen Marschhölle!

In dem Moment öffnete sich die Tür, sodass sie voll in den Lichtkegel radelte. Und vor Momme stehen blieb.

«Das ist ja wohl Gedankenübertragung», sagte er leise. «Ich habe gerade an dich gedacht.»

Wenn das stimmte, war es ein kleines Wunder.

«Lust auf 'ne Radtour?», fragte sie.

«Ich hole eben eine Jacke.»

Kurze Zeit später radelten sie im Halbdunkel nebeneinanderher. Sie konnte ihn nur undeutlich erkennen. Beide wussten sie nicht, was sie sagen sollten. Als sie Dunsum erreichten, ließen sie die Räder stehen und gingen auf den Deich. Das Wattenmeer und die Inseln gegenüber sahen im Morgengrauen fast ein bisschen feindselig aus.

«Schön grau», bemerkte Jade.

«Wie ein Schwarzweißfoto.»

Plötzlich schoss von Osten der erste Sonnenstrahl wie ein Blitz über den Horizont. Das Watt explodierte in Gelb und Orange, das auflaufende Wasser leuchtete tiefblau auf, ebenso der Himmel. Unter anderen Umständen wäre es angesichts dieser gigantischen Kulisse bestimmt zu einem Kuss gekommen. Aber zum Glück war das zwischen ihnen geklärt. Oder nicht?

Wenn sie ehrlich war, gab es in ihrem Kopf sehr wohl einen Ort, in dem nicht alles so klar sortiert war. Zum Glück war dieser Raum fest verriegelt, denn sie ahnte, dass es schwierig werden würde, wenn sie ihn betrat.

Es war noch unangenehm kühl, also standen sie auf, zogen sich die Schuhe aus und gingen ins Watt. Das knöcheltiefe Wasser war wärmer als die Luft, der Boden unter den Füßen angenehm weich.

«Wollen wir rüber nach Amrum?», fragte sie.

«Bei Flut?», fragte Momme.

«Warum nicht?»

Sie gingen ein paar Schritte ins flache Wasser, dann wussten sie nicht mehr, wohin. Weiter ins Watt zu gehen war bei Flut tatsächlich sinnlos, es sei denn, sie wären geschwommen.

«Lass uns doch kurz in Omas Wohnung vorbeischauen», schlug Momme vor.

Jade nickte. Oma bewohnte mit ihren beiden Freunden Christa und Ocke ein Haus direkt hinterm Dunsumer Deich. Nur jetzt, wo Ocke und Christa auf Hochzeitsreise waren, kam sie vorübergehend bei Arne unter.

Sie radelten zum schlichten Kapitänshaus mit seinen alten roten Klinkern und dem Ziegeldach, das in der Morgensonne wie eine prächtige Villa wirkte. Um das Haus herum standen dichte Büsche und eine Hecke, aus der hellrote Hagebutten leuchteten.

Jade schloss die schwere Holztür auf, ein leichter Geruch von Bratkartoffeln und Fisch kam ihnen in entgegen. In der WG kochte man keine Thai-Klopse, sondern traditionell norddeutsch.

Als Erstes besorgte sich Jade eine Gießkanne und goss die Yucca-Palmen im Gemeinschaftszimmer. Momme starrte auf Christas Winterbilder vom Watt, auf denen sich riesige Eisschollen vor der Küste auftürmten. Omas beste Freundin war eine leidenschaftliche Fotografin.

«Ich bin richtig neidisch auf Ockes und Christas Hochzeitsreise», sagte er.

«Meinst du nicht, Grönland ist ein bisschen kalt für Romantik?»

«Ich stelle mir das wunderschön vor. Die beiden wohnen ja nicht in Iglus, zum Kuscheln gibt es da auch Häuser.»

Sie gingen zurück ins Gemeinschaftszimmer und standen plötzlich unbeholfen mitten im Raum herum. Von draußen kam die Morgensonne immer heller herein, und eine heftige Brise versetzte die Büsche ums Haus in Bewegung.

«Soll ich nachschauen, ob in der Küche Kaffee ist?», fragte sie leise.

«Unwichtig», antwortete Momme ebenso leise.

Dann küsste er sie.

Erst ganz zart, dann hemmungslos.

Seine Augen waren so nahe wie nie zuvor, er strich vorsichtig über ihre Stirn. Dann legten sie sich auf die Couch, unter die Bilder von den Eisschollen.

«Darfst du das überhaupt?», flüsterte sie zärtlich.

«Nein.»

Sie küssten sich erneut und fielen erst Stunden später in einen tiefen Schlaf.

27. Oma tanzt im Erdbeerparadies

Als Jade am Nachmittag bei Arne ankam, saß der allein am Küchentisch und schnippelte Pilze. Der Raum hatte sich verändert, er war enger geworden. Jade wusste auch, aus welchem Grund: Arne hatte die Wäschemangel aus dem Tanzsaal hierher geschafft und sie neben das Küchenbuffet gestellt. Wie hatte er das bloß allein geschafft? Das Teil wog bestimmt hundert Kilo. Abgesehen davon, war die Wohnung nicht schon voll genug?

Aber irgendwie war ihr heute alles recht. Mommes Duft hing ihr noch in der Nase, sie fühlte sich einfach nur großartig. Immer wenn die Bilder der letzten Nacht vor ihrem inneren Auge auftauchten, konnte sie es kaum glauben.

«Was gibt's heute zu essen?», erkundigte sie sich fröhlich.

«Ich hatte an Steak gedacht. Das hat was Reelles, oder was meinst du?»

«Super Idee. Kann ich helfen?» Erst jetzt merkte sie, dass sie einen Bärenhunger hatte.

Arne lächelte.

«Nee, danke, bin fast fertig.»

«Wo ist Oma?»

«Die ist unten im Tanzsaal.» Arne musterte sie neugierig. «Was ist denn mit deinen Augen?»

«Was soll damit sein?»

«Hast du Drogen genommen, oder bist du verliebt?»

Sie kicherte leise in sich hinein. Dass sie die Nacht woanders verbracht hatte, hatte Arne natürlich mitbekommen.

«Drogen», erklärte sie.

«Dann bin ich beruhigt.»

«Und selber?»

Vielleicht hatte sie ja ihre rosarote Brille auf, aber auch Arne tanzte in den letzten Tagen ziemlich ausgelassen durch die Wohnung.

«Ich? Was soll denn mit mir sein?»

«Du bist anders als sonst.»

«Quatsch, ich bin so wie immer, das bildest du dir nur ein.»

«Du bist verliebt!»

Arne lachte.

«Und in wen, bitte sehr?»

Sie schaute ihm prüfend in die Augen: «Svantje?»

Arne verzog keine Miene.

«Und wie kommst du darauf?»

«Gib wenigstens zu, dass sie eine klasse Frau ist.»

«Svantje ist bestimmt eine klasse Frau.»

Hörte sie da einen Zweifel heraus?

«Es ist jemand anderes», stellte sie fest.

Ihr Onkel ließ das Messer fallen.

«Wie kommst du darauf?»

«Du musst einfach nur ja sagen!»

Er lachte.

«Die Liebe ist ein weites Feld, nicht wahr?»

Sie nahm eine Gabel in die Hand und deutete auf ihn.

«Ich bekomme es heraus, verlass dich drauf! Ab jetzt weiche ich dir nicht mehr von der Seite.»

«Das verstößt aber gegen den Datenschutz.»

«Auf Föhr? Mach dich nicht lächerlich. Datenschutz ist was fürs Festland.»

Ihr fiel auf, dass sie schon wie eine Insulanerin sprach.

Plötzlich ertönte von unten aus dem Tanzsaal irrsinnig laute Musik: «Immer wieder Sonntags» von Cindy und Bert. Wenn sie ihre Lieblingstitel hörte, kannte Oma keine Gnade mit der Lautstärke.

«Mann, ist das heftig», stöhnte Arne.

«So sind alte Leute nun mal, sie leben ihre Gefühle voll aus. Das ist aber nur eine Phase, die geht vorbei.»

«Und wir sind die Spießer?», fragte Arne lächelnd.

«Na ja, eher die Nachbarn. Ich schaue mal nach, ob Oma die Fenster zuhat, sonst dreht die Tusse von gegenüber noch durch.»

«Sag ihr, in einer Viertelstunde gibt es Essen.»

Jade ging die Treppe herunter und riss die Tür zum Tanzsaal auf. Sie blickte auf eine Wand aus rosa Schaum, die sich bis zur Decke türmte. Oma musste die Schaummaschine voll aufgedreht haben. Es roch nach Erdbeeren, die Discokugel drehte sich, und die Scheinwerfer blinkten in allen Farben. Arne würde durchdrehen, wenn er das sah. Um den Tanzsaal wieder trocken zu bekommen, mussten sie bestimmt einen Tag lang putzen.

«Oma?», rief sie gegen die Musik, was bei der Lautstärke vollkommen sinnlos war.

Also tastete sie sich durch die dichte Masse. Oma liebte die Schaummaschine über alles, dagegen konnte man einfach nichts machen. In der Mitte des Raumes konnte Jade einen dunklen Schatten erkennen. Vorsichtig kämpfte sie sich dorthin, wobei ihr immer wieder Schaum in den Mund kam. Oma saß in ihrem Rollstuhl, ihr Kopf war zur Seite geneigt, die Augen waren geschlossen. Sie war über und über mit rosa Schaum bedeckt. Ihr Gesicht sah so entspannt aus wie noch nie. Jade fuchtelte wild mit den Armen herum, um sie von dem Schaum zu befreien. Die Musik dröhnte immer noch laut durch die Boxen. Noch bevor sie verstand, was los war, fing sie laut an zu weinen.

«Oma!», rief sie und kämpfte sich zur Anlage vor, um Cindy und Bert abzustellen.

Stille.

«Essen ist fertig», rief Arne von oben.

Ein paar Minuten später standen sie weinend vor der toten Imke. Sie sah ganz friedlich aus. Arne streichelte seiner Mutter über den Kopf, Jade hielt ihre Hand. Sie hatte noch nie eine Tote angefasst, aber bei Oma erschien es ihr vollkommen natürlich. Arne besorgte eine Decke und legte sie mit Jade vorsichtig auf Omas Schoß, dann faltete er Imkes Hände über dem Bauch. Um sie herum stand immer noch meterhoch der Schaum, was etwas Absurdes hatte. Aber irgendwie passte es zu Oma.

28. Abschied

Zwei Tage lang wurde Imke im Tanzsaal des Erdbeerparadieses im offenen Sarg aufgebahrt. Unzählige Insulaner und Freunde vom Festland kamen, um Abschied von ihr zu nehmen. Der Geruch von frischem Erdbeerschaum hing immer noch in der Luft.

Jade hatte sich vorher immer vorgestellt, dass Tote aussahen wie Schlafende, aber das stimmte nicht. Schlafende bewegten sich immer noch ganz leicht, durch ihren Atem. Trotzdem wirkte ihre Oma so entspannt, wie es eine Lebende niemals vermocht hätte, und das tröstete sie ein wenig, zumindest für den Moment.

Vor keinem Tag in ihrem Leben hatte sich Jade so gefürchtet wie vor der Beerdigung ihrer Oma. Nun saß sie vorne im Taxi, das dem silberfarbenen Leichenwagen folgte. Hinten saßen ihre Eltern. Ihr Vater war wie erstarrt, ihre Mutter weinte still vor sich hin. Imke hatte einmal den Wunsch geäußert, bei ablaufendem Wasser im engsten Familienkreis, zu dem selbstverständlich auch ihre WG-Mitbewohner Ocke und Christa gehörten, beigesetzt zu werden. Man möge helle Kleidung tragen; dem hatte die Familie entsprochen.

Das Wetter hätte Oma gefallen. Ein lauer Wind strich um

die Insel Föhr, zwischendurch wurden die Wolken immer wieder aufgerissen, und die Sonne brach hervor.

Vor der Beerdigung hielt der Leichenwagen ein paar Minuten am Haus der Verstorbenen an, das war eine Föhrer Tradition. Sie waren im Konvoi zum WG-Haus nach Dunsum gefahren. Während der Schweigeminuten kam kurz die Sonne heraus, als wollte sie einen letzten stillen Gruß schicken. Jade hätte sich nicht gewundert, wenn plötzlich die Haustür aufgegangen, Oma herausgekommen wäre und gerufen hätte: «Das mit meinem Tod war nur ein Missverständnis, ich lebe noch! Kommt rein, Kinder!»

«Oma wird nie wieder hierherkommen», sagte sie leise.

Ihr Vater legte von hinten seine Hand auf ihre Schulter.

Oma, bist du da? Kannst du mich sehen? Bitte melde dich, wenn es irgendwie geht.

Keine Reaktion.

Ein paar Minuten später ließ Bestatter Hansen den Motor seines Wagens an. Der Friedhof in Süderende lag auch bei langsamer Fahrt nur ein paar Minuten entfernt. Jade war mit Oma Imke oft hier gewesen, ihre Familiengeschichte ließ sich bis zu den Walfängern zurückverfolgen, darauf war sie stolz.

Der Trauergottesdienst fand in der uralten kleinen Kirche St. Laurentii statt, die im 13. Jahrhundert erbaut worden war. Der Sarg wurde zwischen Blumen und Kränzen unter dem Kreuz abgestellt. Als Jade sich vorstellte, dass ihre Oma in dieser Kiste lag, stockte ihr der Atem.

Pastor Hinrich Prüß war ein älterer, großer Mann mit breiten Schultern, der ebenfalls einen hellen Sommeranzug trug. Jade war kaum in der Lage, ihm zuzuhören. Aber der Klang seiner Worte versprühte eine Zuversicht, die sie etwas ruhiger werden ließ.

230

«Manchmal sagte Imke zu mir: ‹Hinrich, meine Kirche ist nicht der Friesendom, sondern das Wattenmeer. Da bin ich Gott am nächsten.› Das durfte mir als Pastor natürlich nicht gefallen. Aber ich konnte sie gut verstehen.»

Jade kam das Rock-’n’-Roll-Bild aus den Fünfzigern in den Sinn, auf dem Imke ein richtig heißer Feger gewesen war.

Irgendwann werde ich auch mal in so einer Kiste liegen, dachte Jade. Ich kann es mir einfach nicht vorstellen.

Wie würden dann die Leute über *sie* reden?

Nach einem Choral und dem Vaterunser läuteten die Kirchenglocken, und die Familie erhob sich von ihren Plätzen. Jade konnte unter ihrem Tränenschleier kaum noch etwas erkennen. Omas Sarg wurde langsam an ihnen vorbeigefahren.

Draußen war der Himmel grau geworden und die Luft kühl. Jade schaute zum Horizont. Schon als Kind hatte sie sich die Frage gestellt, wozu man geboren wurde, wenn man doch sterben musste. Bis heute hatte ihr niemand eine überzeugende Antwort geben können. Man musste einfach darauf vertrauen, dass alles so richtig war, wie es das Leben vorsah, aber das fiel ihr schwer.

Wie betäubt trottete sie neben ihren Eltern Omas Sarg hinterher. Am Ende einer Gräberreihe sah sie bereits die böse, dunkle Grube, in die Oma nun heruntergelassen werden sollte. Sie hätte schreien mögen. Dass die Ränder mit Tannenzweigen und Blumen abgedeckt waren, milderte ihr Entsetzen nicht. Hier endete alles endgültig.

Die Familie stellte sich ums Grab. Dann wurde der Sarg langsam in die Erde gelassen. Die Sargträger verneigten sich und gingen fort.

Pastor Prüß hob seine Stimme: «Aus der Erde sind wir

genommen, zur Erde sollen wir wieder werden, Erde zu Erde, Asche zu Asche, Staub zu Staub.»

Es folgten drei Erdwürfe mit einem kleinen Spaten.

«Ruhe in Frieden, Imke.»

Plötzlich spürte Jade Panik in sich aufsteigen. Sie fürchtete, ohnmächtig zu werden und in die Grube zu fallen. Doch als sie an der Reihe war und vor dem offenen Grab stand, geschah etwas Unerwartetes: Sie wurde ganz ruhig. Ihr Blick auf den Sarg war klar. Es war fast so, als schlösse Imke sie in diesem Moment fest in ihre Arme.

Als sie aufschaute, sah sie, dass sich jenseits der Friedhofsmauer mehrere hundert Menschen schweigend versammelt hatten, alle in heller Kleidung. Als Erstes erkannte sie Momme. Ihre Blicke begegneten sich kurz, und sie spürte, dass er bei ihr war. Das tat gut. Neben ihm stand seine Tante Susanne, ein bisschen abseits konnte sie Svantje, Hauke aus Toftum und Polizeichef Gerald Brockstedt ausmachen. Alle respektierten den letzten Wunsch Imkes, im Kreise der Familie begraben zu werden, hatten aber das Bedürfnis, in respektvollem Abstand persönlich Abschied zu nehmen. Viele hielten Blumen in der Hand, die sie später auf das geschlossene Grab legen würden. Nun trat Arne zu ihnen an die Mauer und lud sie mit belegter Stimme zur Trauerfeier ins Erdbeerparadies ein.

Im Tanzsaal hatte Svantje mit den Schülerinnen, die normalerweise im Paradies bedienten, eine lange Kaffeetafel in U-Form aufgebaut. Nach der bedrückenden Stille auf dem Friedhof tat das Gemurmel im Saal gut. Es gab Kaffee und Butterkuchen, genau wie Oma es sich gewünscht hatte, dazu wurde Manhattan, das Nationalgetränk der Insel, in großen Gläsern gereicht. Jade ging erst einmal zur Toilette, um sich das Gesicht mit kaltem Wasser abzuspülen. Danach fühlte sie sich schon besser. Als sie das Bad verließ, nahm sie flüchtig wahr, wie Susanne Lindner Arne in den Arm nahm und ihm tröstende Worte ins Ohr flüsterte. Alles wurde gut!

Sie setzte sich zwischen Arne und ihren Vater Cord, die Gäste hatten bereits begonnen zu trinken und zu essen und sich zu unterhalten. Plötzlich erhob sich Svantje und schlug mit dem Löffel gegen ihr Glas. Die Gäste verstummten.

«Ich möchte euch gerne etwas vorlesen», sagte sie. «Vielleicht wissen es einige von euch gar nicht, aber Imke war Stammkundin in meinem Laden. Wir haben viel zusammen gelacht, und eine besonders schöne Episode habe ich in mein Tagebuch notiert. Hört zu: *Heute kam Imke mit einer Flasche Sekt in meinen Laden. Ich fragte sie, ob es etwas zu feiern gibt. Sie sagte, ja, Gesine hat ihr Kind bekommen. Ich schaute Imke verblüfft an und meinte, das ist schön, aber so gut kenne ich sie jetzt auch wieder nicht. Imke sagte: Aber du hast ihr die heißen Strapse verkauft, auf die ihr Mann so steht. Ich widersprach: Die hast du ihr doch angeschnackt, als du sie hier getroffen hast. Das Kind hat sie dir zu verdanken.* Von da an haben wir jedes von Gesines Kindern mit Sekt gefeiert. Glücklicherweise hat sie fünf bekommen. Das waren meine schönsten Momente mit Imke, und für die bin ich ihr sehr dankbar.»

Spontan standen andere auf und erzählten.

Polizeimeister Brockstedt hatte Oma mal verhaftet, als sie unter Verdacht stand, ins Alkersumer Kunstmuseum eingebrochen zu sein. Er erinnerte auch an ein rauschendes Fest zu ihrem 78. Geburtstag mit einer Rumtopf-Bowle, die alle umgehauen hatte. Und Ocke beichtete, dass Imke ihn mal zu einem Psychiater geschleppt hatte, damit er den Mut fand, seine Christa anzubaggern. Christa bestätigte, dass sie und Ocke tatsächlich nur durch Imke zusammengekommen waren.

Jade wurde ganz warm von dem starken Kaffee, dem zweiten Manhattan und den Geschichten aus Omas Leben. Zwischendurch konnte sie ein Lachen kaum unterdrücken, und das auf einer Trauerfeier! Aber bestimmt hätte es Imke gefallen.

Da sich niemand sonst aus der Familie Riewerts in der Lage sah, das Wort zu erheben, stand schließlich ihr Cousin Sönke auf, um sich bei den Gästen für Unterstützung und Trost zu bedanken. Er hatte einen kleinen Zettel vorbereitet, auf dem alle Namen standen, damit er bloß niemanden vergaß. Aber als er beginnen wollte, versagte ihm die Stimme, und das Einzige, was er hervorbrachte, war ein leises «Danke».

Dann folgte der heidnische Teil der Trauerfeier. Oma hatte sich irgendwann mal auf ihrem Block ihren Lieblingstitel der Sturmflut-Wölfe notiert – «Frisian Dynamite» –, mit dem Kommentar: DEN SOLLEN SIE AUF MEINER BEERDIGUNG SPIELEN.

Die Wölfe schlichen verlegen auf die Bühne des Erdbeerparadieses und blickten auf die Trauernden. Immerhin trugen alle im Raum helle Kleidung, sodass man sich vorstellen konnte, es sei ein Sommerfest. Das erleichterte die Sache. Ralle zählte mit den Schlagzeugklöppeln an. Dann spielten sie so laut und hart sie konnten, damit alle bösen Geister vertrieben wurden, die Imke auf dem Weg in den Himmel behelligen könnten.

Epilog

Als Arne ein halbes Jahr später mit dem Mietwagen aus Manhattan herausfuhr und auf die Interstate 495 einbog, sah er im Rückspiegel die Wolkenkratzer von New York City. Vor ihm schlich ein Wagen mit der Aufschrift «Connerys Dogsitter Nassau» mit höchstens 35 Meilen die Stunde über den großzügig ausgebauten Highway. Es nieselte ein bisschen, aber die Strecke war um diese Zeit frei. Er hatte große Mühe, mit dem Verkehr klarzukommen, die Amerikaner fuhren ihm alle zu langsam.

«Haben wir es denn eilig?», erkundigte sich die Frau auf dem Beifahrersitz und nahm seine Hand. Er führte ihre Finger an seine Lippen und küsste sie. Sie hatten wunderbare Tage in New York verlebt, waren über die 5th Avenue und durchs Greenwich Village in den Central Park geschlendert, hatten abends auf der Feuertreppe ihres Hotels Bier getrunken.

Er konnte immer noch nicht fassen, dass sie jetzt ein Paar waren. Wie lange hatte er sich gegen seine Gefühle gewehrt, weil es ihm unnatürlich vorgekommen war. Immerhin war Susanne seine größte Konkurrentin gewesen. Aber dann war ihm klar geworden, dass er seit ihrer unfreiwilligen Bootsfahrt immer ihre Nähe gesucht hatte, erst unbewusst, dann immer deutlicher. Einen Tag nach dem Bandwettbewerb «Alt gegen Jung», dessen größter Fan sie gewesen war, hatten sie sich das erste Mal heimlich auf dem Deich getroffen, unter dem Vorwand, übers Geschäft reden zu wollen. Stattdessen hatten sie sich geküsst. Das zweite Mal trafen sie sich auf der Nachbarinsel Sylt, dann folgte eine Woche an der dänischen Ostsee. Öffentlich wollten sie ihre Liebe auf Föhr noch nicht zeigen, obwohl das irgendwann kommen sollte und musste.

Am schwierigsten hatte er sich vorgestellt, das Svantje bei-zupulen, doch die war – Überraschung! – mit einer neuen Liebschaft aus Hildesheim zurückgekehrt. Für einen winzi-gen Moment, wirklich nur ganz kurz, war er deswegen ein bisschen beleidigt gewesen. Andererseits war er so über-glücklich mit Susanne, dass es nicht der Rede wert war.

Auf jeden Fall aber mussten sie Momme und Jade erlösen, deswegen waren sie hier. Die beiden waren nach Long Island abgehauen, um den Konflikt zwischen Island Palace und Erdbeerparadies einfach hinter sich zu lassen. Sie wollten zusammen sein, anstatt gegeneinander zu arbeiten. Dass die beiden Diskotheken in Zukunft zueinander gehören würden, weil ihre Besitzer es auch taten, konnten sie nicht wissen. Arne und Susanne wollten das den beiden nun persönlich sagen. Und so hatten sie über einen gemeinsamen Freund ein Treffen arrangiert, bei dem allerdings geheim blieb, *wen* Momme und Jade treffen würden. Aber das Geheimnis wür-den sie gleich lüften.

Eine gute Stunde später bog Arne auf den Ocean Parkway, der direkt am Atlantik entlangführte. Er parkte das Auto, reichte Susanne die Hand, und so gingen sie gemeinsam am Strand entlang. Mächtige, schwere Wogen rollten an Land und erzeugten eine Gischt, die im heftigen Wind hoch über sie hinwegflog. Das aufgewühlte Wasser des Atlantiks sah fast so aus wie die Nordsee bei Sturm. Aber irgendwie waren es doch *amerikanische* Wellen und *amerikanischer* Strand. Arne nahm Susanne in den Arm und küsste sie.

Plötzlich wurde Susanne sehr ernst.

«Bevor die beiden kommen, muss ich dir noch was gestehen», sagte sie.

«Was denn?»

«Es geht um Momme.»

Er lachte.

«Ich dachte, das ist geklärt.»

«Das meine ich nicht.»

«Was dann?»

Susanne druckste weiter herum.

«Also Momme hat ja diesen Hund, der heißt Thor …»

«Ja?»

Susanne machte sich von ihm los.

«Arne, ich habe Angst, dass du mich verlässt, wenn ich es dir sage!»

Ihre Augen waren weit aufgerissen.

«Raus damit.»

«Ich mache es wieder gut, versprochen …»

Sie räusperte sich.

«Also … Thor hat dein Band genommen und es zerfetzt.»

Er brauchte einen Moment, um das zu verstehen.

«Das heißt, die englischen Soldaten, die darauf gesungen haben sollen, hast du dir nur ausgedacht?»

«Das war wohl so.»

Er musste heftig schlucken.

«Mensch, Susanne, das Band war vielleicht Millionen wert.»

Obwohl sich der von ihm beauftragte Musikprofessor nicht zu einer eindeutigen Aussage bezüglich der Echtheit der Stimmen hatte durchringen können.

«Vielleicht.»

«Und jetzt?»

«Wir haben ja noch die CD. Fragen wir Paul McCartney.»

«Witzig.»

Doch sie meinte es ernst.

«Ich weiß, dass er hier in Southampton ein Haus hat. Wir geben die CD einfach dort ab. Und dann soll er uns sagen, ob da was dran ist.»

«Einverstanden.»

Sosehr er sich auch bemühte, er konnte einfach nicht sauer auf sie sein. Dumm gelaufen, aber das war Schicksal. Hauptsache, sie waren zusammen. Wenn das Band echt war, könnte er vielleicht ein Haus neben dem von Paul McCartney kaufen, beste Lage Atlantik, New York in Reichweite. Wahrscheinlicher war allerdings, dass er das gute alte Erdbeerparadies aufpeppen würde, zusammen mit Susanne.

Jetzt tauchten ein paar Meter vor ihnen Momme und Jade am Strand auf, Hand in Hand. Die beiden Paare gingen direkt aufeinander zu. Ein Brecher rollte von der See heran, der größer war als alle anderen. Mit unglaublichem Gebrüll zerbrach er am Strand, die Gischt sprühte hoch über sie hinweg.

Er stupste Susanne feixend in die Seite und brüllte im Vorbeigehen den Friesischen Wappenspruch: «Lewwer duad üs Slaav!»

Lieber tot als Sklave sein.

Jade und Momme gingen noch ein paar Schritte, dann blieben sie gleichzeitig stehen. Man hätte sich kaum größere Augen vorstellen können, als sie erkannten, wer da Arm in Arm vor ihnen stand ...

In diesem Moment hatten sie alle das Gefühl, etwas richtig gemacht zu haben.

Föl thoonk

Mein großer Dank gilt Helga Jannsen-Stehr und Michael Stehr, den Pächtern des Erdbeerparadieses, die mir mit Manhattan und allen Infos zur Seite standen, die man sich nur denken kann.

Außerdem «Bubu» Jürgen Huß, der die gesamte Insel Föhr auf zwei Meter anhob, um mich unter die Oberfläche schauen zu lassen.

Föl thoonk auch meinem Agenten Dirk Meynecke für seinen stets klugen Rat.

Und nicht zuletzt föl thoonk an das Dream-Team im Verlag, Marcus Gärtner, Katharina Schlott und Anne-Claire Kaufmann, sowie allen Mitarbeiterinnen und Mitarbeitern bei Rowohlt, die ich nicht persönlich kenne, die aber trotzdem unendlich viel für mich tun.

Janne Mommsen

Friesensommer

Roman

erscheint im Mai 2014
bei Rowohlt Polaris

1.

Maike Olufs lehnt sich an die Reling des Vorderdecks und streckt ihre langen Beine aus. Die erste Morgensonne leuchtet hell durch den dünnen Seenebel, der sich wie ein eleganter Schleier über das Wasser legt. Es riecht nach frischem Tang mit einer Prise Meersalz, zwei Möwen begrüßen kreischend den Sommertag. Plötzlich löst sich der Nebel um Maike herum auf, und eine kleine Sonneninsel entsteht. Sie schließt genussvoll die Augen, die Lider werden sofort warm, ihr Lächeln folgt automatisch. In der Seeluft liegt noch ein letzter kalter Hauch von Nacht, der für einen Moment ihre Stirn streift und sich dann wie eine kühle Kompresse in ihren Nacken legt. Obwohl sie nur wenige Stunden geschlafen hat, fühlt sie sich so wach und erholt wie nach vier Wochen Urlaub.

Die schneeweiße Fähre verlässt den Hafen von Dagebüll, es ist die erste des Tages. Nach einer Weile öffnet sie die Augen und staunt: Der Nebel ist nun vollständig verflogen, um sie herum ist ein riesiges Gemälde aus blauen und grünen Pastelltönen entstanden. Das Meer liegt als stiller, grünsilberner Teller da, in dem sich einige Schönwetterwolken spiegeln. Der Übergang zwischen Wasser und Himmel ist fließend, es gibt keinen Anfang und kein Ende. Die Autofähre durchschneidet die silberne Fläche in zwei Teile. Die dunkelroten und weißen Tupfer vor ihr, die beständig größer werden, sind die Häuser der Föhrer Inselhauptstadt Wyk. Die aufsteigende Sonne verstärkt die Blautöne des Himmels, im Meer leuchten einige Sandbänke auf. Ihr Hosenanzug aus beigem Wildleder und die weiße Bluse passen ideal in dieses Bild, es sind die besten Stücke aus ihrem Kleiderschrank. Neben ihr steht ihr eleganter Trolley, ebenfalls aus hellem Leder – sie hatte schon immer ein unerklärliches Faible für schöne Gepäckstücke. Plötzlich piepst ihr Handy in die Morgenstille, eine SMS von ihrer besten Freundin Carla:

«Na, schon wach?»

Es ist sechs Uhr morgens! Carla platzt natürlich vor Neugier. Immerhin ist sie der Grund gewesen, dass sie jetzt hier ist. Sie schickt ihr die einzig passende Antwort: «Nein, schlafe noch!»

Carla hatte ihr zum Geburtstag ein seltsames Geschenk gemacht: einen Schnupper-Vertrag für eine Partnervermittlung. Drei Monate durfte sie auf *schmetterlinge.de* paarungswillige Männer angucken und kennenlernen. Erst war sie schwer beleidigt gewesen: Hatte sie das nötig? Nach dem Abitur auf Föhr war sie zum Medizinstudium nach Hamburg gegangen. Anschließend hatte sie viele Jahre als Internistin in der Uniklinik Eppendorf gearbeitet und dann ihren Chef geheiratet. Die Ehe ging zwölf Jahre gut. Nach der Scheidung – wie lange ist das jetzt her? – hatte sie nichts vermisst, vor allem keine Männer. Nicht dass sie verbittert war, es hatte sich einfach nichts ergeben. Aber nachdem Carla vor einem Jahr ihren Thorben übers Internet kennengelernt hatte, wollte sie ihrer Freundin eben was Gutes tun.

Für *schmetterlinge.de* musste sie ein Foto von sich ins Netz stellen und einen Fragebogen ausfüllen, was ihr beides gehörig gegen den Strich ging: «Maike, Hausärztin, geboren in Oldsum auf Föhr, geschieden in Hamburg, Lieblingsmusik: unberechenbar von Mozart bis Pop. Hobby: Siebenkampf, am liebsten mag ich Weitsprung, was ich wegen meiner langen Beine am besten kann. Anmerkung: Ich habe das Abo für diese Seite von meiner besten Freundin geschenkt bekommen, sonst wäre ich nie auf die Idee gekommen.»

«Klingt nicht gerade einladend», fand Carla. Trotzdem hatten sich ziemlich viele Männer darauf gemeldet, darunter großkotzige Geldsäcke, Muttersöhnchen und Landwirte, ein Marineoffizier aus Paraguay und ein Lehrer aus der Schweiz. Einer schrieb, dass auch er das Abo zum Geburtstag geschenkt bekommen habe und nicht so recht wisse, was er davon halten solle. Den fand sie sympathisch. Das Foto zeigte einen freundlichen Mann mit hoher Stirn, neugierigen grünen Augen und einem leicht skeptischen Lächeln. Er hieß Rainer Martens und betrieb ein kleines Familienhotel im Osten von Sylt, weit weg von jedem Rummel. Rainer hatte den Bauernhof seiner Eltern zum Hotel umgebaut, kam also wie sie aus der Landwirtschaft. Aber es waren nicht diese Gemeinsamkeiten, die sie neugierig machten, sondern seine warme Bassstimme beim ersten Telefonat.

«Trotzdem muss das erste Treffen auf jeden Fall an einem neutralen Ort stattfinden», schärfte ihr Carla ein.

«Weiß ich selbst», raunzte sie zurück. Sie wollte jederzeit abhauen können, falls Rainer doch eine Pleite war.

Etwas anderes bereitete ihr aber mehr Sorgen: «Er ist genauso alt wie ich.»

«Und?»

«Männer sehnen sich doch eher nach Jüngeren. Seine Zielgruppe müsste Mitte bis Ende vierzig sein.»

«Dafür hast du das Sportabzeichen in Gold!»

«Super, das stecke ich mir dann ans Revers.»

«Er will dich treffen, also was soll's? Außerdem hast du kaum Falten …»

«Genau: kaum!»

«… schwarze Haare …»

«… weil ich sie getönt habe …»

«… und deine knallblauen Augen leuchten wie eh und je aus deinem hübschen Gesicht. Ganz im Ernst, Maike, so was wie dich muss einer erst mal finden.»

Wieso ihr Herz dann so klopfte, als sie gestern in Westerland aus dem Zug stieg, konnte sie sich auch nicht erklären. Es war total albern, immerhin war sie keine achtzehn mehr, sondern fröhliche zweiundsechzig! Rainer erwartete sie am Ende des Bahnsteigs. Er war braun gebrannt wie sie, seine Stirn etwas höher als auf dem Foto, er war gerade noch als schlank zu bezeichnen. Einer, der etwas für sich tat, sich aber nicht kasteite. Seine Augen verrieten leichte Nervosität, was sie sehr erleichterte: Treffen dieser Art waren offensichtlich auch nicht sein täglich Brot! Rainer führte sie zu seinem alten Kombi, der voll beladen mit frischer Bettwäsche war.

«Eigentlich wollte ich mir ein Cabrio leihen, um dich zu beeindrucken», sagte er augenzwinkernd. «Aber zwei meiner Angestellten sind krank geworden, und ich musste die Wäsche vom Zug abholen.»

Sie lächelte.

«Für mich geht es zur Not auch ohne Cabrio.»

Sein lockerer Ton nahm beiden die Anspannung. Er fuhr sie erst zu ihrem Hotel, dann an einen wunderbaren Strand, wo sie ein paar Stunden am Meer spazieren gingen. Auf der windigen Westseite von Sylt war die See viel wilder als auf Föhr. Hohe Wellen rasten vom Horizont heran, bäumten sich vor dem Strand ein letztes Mal auf und brachen dann mit Getöse in sich zusammen. Dazu lieferte die Sonne vor wolkenlosem, blauem Himmel alles an Wärme, was sie zu bieten hatte. Allein der stetige Wind kühlte die Temperatur wieder etwas ab.

Sie ließen sich ordentlich durchpusten und quatschten über alles, was ihnen gerade einfiel. Das ging kreuz und quer von herrlich missglückten Essenseinladungen bis zu Hotelgast- und Patientenanekdoten. Rainer besuchte wie sie gerne Kunstausstellungen und vertraute dabei seinem Geschmack mehr als irgendwelchen Fachleuten.

Nach dem Strand führte er sie in ein Restaurant, das geschmackvoll, aber nicht überkandidelt war. Bis zwei Uhr nachts hatten sie dort zusammengesessen und sich eine Menge zu sagen gehabt. Dann hatte er sie nach Westerland in ihr Hotel gebracht. Es war ein schöner Abend gewesen, und Maike wäre gerne noch etwas länger auf Sylt geblieben. Aber ihr stand ein langer Tag in der Praxis bevor, und ihre Patienten konnte sie nicht hängenlassen.

Föhr rückt immer näher, es wird richtig warm in der Sonne. Die weiße «MS Schleswig-Holstein» sucht sich in niedrigem Gang ihren Weg durchs Wattenmeer. Es ist Ebbe, die gesamte Meeresfläche flieht geschlossen zum Horizont. An einigen Prielen entstehen kleine Wirbel, immer mehr Sandbänke tauchen im Wasser auf. Die schmale Fahrrinne ist mit übergroßen Reisigbesen abgesteckt. Um diese Uhrzeit sind nicht mehr als zwei Dutzend Passagiere an Bord, die sich über das gesamte große Schiff verstreuen. Auf dem Autodeck unter ihr steht in Gummistiefeln und weißem Kittel Dieter Trulsen von der Meierei neben seinem Lkw und stopft sich ein großes Stück Käsekuchen in den Mund. Er

ist ihr Patient und sollte wegen seines starken Bluthoch-
drucks eigentlich dringend abnehmen. Seine Sache, er ist
volljährig, außerdem ist sie nicht im Dienst!

Ihr Handy klingelt. Diesmal ist es keine SMS, Carla hängt
direkt am Hörer:

«Ich muss es wissen: Wie war Rainer?»

Maike lacht.

«Geht dich das was an?»

«Ich bin deine beste Freundin!»

Dabei weiß Carla genau, dass sie immer sehr schweigsam
wird, wenn es ans Eingemachte geht.

«Ich sehe es positiv», erklärt sie. Es klingt so spröde wie
eine Regierungserklärung.

«Und er?»

«Keine Ahnung.»

Sie fand es wunderbar mit Rainer, aber das muss er nicht
genauso empfunden haben.

«Lüge.»

Sie überlegt. Wäre er im schlechten Fall nicht früher
gegangen? Wenn sie ihm wichtig ist, wird er sich melden.
Und zwar heute noch, alles andere wäre zu spät.

«Stimmt.»

«Hummeln im Bauch?»

Ein bisschen vielleicht, aber in ihrem Alter wirft man
nicht alles Hals über Kopf von Bord, sie darf sich ruhig
ein bisschen Zeit lassen. Plötzlich zuckt sie zusammen.
Neben Dieter ist ein Mann aufgetaucht. Sie sieht ihn nur
schräg von der Seite, grau melierte Haare, schmale Adler-
nase. Ein Name blitzt in ihrem Hirn auf. Vor über vierzig
Jahren hat er einen Sommer lang in Oldsum gewohnt. Also,
nicht der Mann, der dort steht, sondern der, an den er sie
erinnert.

«Du glaubst es nicht, hier steht ein Typ, der sieht genauso aus wie Harry.»

«Nicht ablenken, meine Liebe», sagt Carla.

Harry. Komisch, ewige Zeiten hat sie nicht an ihn gedacht, und ausgerechnet an diesem wundervollen Morgen taucht dieser Doppelgänger von ihm auf und macht alles kaputt.

«Er sieht *wirklich* aus wie Harry.»

«*Hallo?*»

«Ich hätte nie damit gerechnet, dass es mit Rainer so schön werden würde.»

Das ist ihr jetzt einfach so rausgerutscht. Für sie ist es immer noch gewöhnungsbedürftig, dass Rainer und sie sich über den Computer kennengelernt haben, statt in einer Disco oder auf einer Party. Andererseits, in welche Disco sollte sie mit zweiundsechzig wohl gehen, um jemanden kennenzulernen?

Der Doppelgänger dreht sich nun um und sieht kurz zu ihr hoch. Er hat wohl gespürt, dass sie ihn beobachtet. Maike huscht schnell einen Schritt zurück.

«Du, das ist tatsächlich Harald Peterson!»

Ruckartig zieht sie den Griff von ihrem Trolley hoch und eilt in den Salon. Dort sitzt als einziger Gast ihr Patient Dieter und schiebt sich gerade ein zweites Stück Käsekuchen hinein.

Carla lacht. «Das muss ja phantastisch gewesen sein mit Rainer.»

«Wieso?»

«Wenn du so verwirrt bist, dass du in irgendwelchen Typen Harry siehst …»

Harald betritt nun ebenfalls den Salon. Er ist es. Ohne jeden Zweifel. Natürlich sieht er älter aus, aber er hat sich gut gehalten. Allein die schwarzen Ringe unter den Augen

lassen ihn etwas müde wirken. Er trägt ein lässiges Holz-
fällerhemd, Jeans und graue Basketballschuhe, die einigermaßen ausgelatscht sind: Der kann immer noch kräftig
zupacken! Nur seine glatten Hände verraten, dass er kein
Holzfäller oder Handwerker ist. Seine kurzen grau melier-
ten Haare erinnern allerdings in keiner Weise an den kalifornischen Hippie von damals, der seine üppige blonde Mähne
mit einem roten Stirnband bändigte und in bunten T-Shirts
und indischen Pumphosen über die Marschwiesen der Insel
lief.

«Du bist verwirrt», freut sich Carla. «Mehr muss ich gar
nicht wissen.»

«Bis bald.» Gedankenverloren steckt sie ihr Handy ein. Auf
keinen Fall darf er sie sehen.

Sie nimmt ihren Trolley und verzieht sich aufs Autodeck,
was sich als fataler Fehler erweist. Es ist nämlich nicht zu
überhören, dass ihr jemand folgt.

Neben ihr steht der riesige Meiereilaster von Dieter Trulsen. Kurzentschlossen stellt sie sich auf die erste Stufe und
nimmt den Türgriff in die Hand. Sie hat Glück, der Lkw ist
nicht abgeschlossen. Mit einem Ruck reißt sie die Tür auf
und wirft ihren Trolley hinein. Dann klettert sie hinterher,
zieht die Tür zu und versteckt sich im Fußraum unter dem
Lenkrad.

Rums!, wird die Tür aufgerissen.

«Harald?», ruft sie erschrocken.

Doch statt Harald steht Dieter vor ihr und macht große
Augen: «Was machst du denn hier, Frau Dokter?»

In seinem Mundwinkel hängen einige Kuchenkrümel. Sie
pult sich aus dem Fußraum und hangelt sich auf den Beifahrersitz.

«Entspannen.»

Er schaut sie nachdenklich an. Harald ist nirgendwo auf dem Autodeck zu sehen, stattdessen sieht sie durch die riesige Frontscheibe den Hafen von Wyk auf sich zukommen. Gleich sind sie da. Sie schiebt ihren Trolley auf den Beifahrersitz und klettert hinüber.

«Kann ich mit dir von Bord fahren?»

Er verbirgt sein Staunen perfekt.

«Geit klor.»

Sie warten stumm, bis die Fähre anlegt, dann rollt sie mit Dieter an Land. Der wird nun auf Föhr herumerzählen, dass sie merkwürdig geworden ist. Aber das ist immer noch besser, als auf Harry zu treffen.

Nachdem Dieter sie neben ihrem kleinen Toyota abgesetzt hat, fährt sie über die leere Landstraße durch die Marsch in das kleine Bauerndorf Oldsum, wo sie seit einigen Jahren wieder wohnt. Ihr Auto passt genau zwischen die beiden Ulmen vor dem Eingang ihres Reetdachhauses. Sie schaut einen Moment hoch zu den Blättern, die mit ihrem sanften Rascheln ein heiteres Geräusch zu diesem Sommertag beisteuern. Sie tritt ein und wird von ihrer Sprechstundenhilfe lächelnd im Flur empfangen. Es ist sieben Uhr, die ersten Patienten sitzen bereits im Wartezimmer.

«Na, warst du auf großer Fahrt?», fragt Sandra neugierig. Sie haben sich von Anfang an geduzt. Sandra Michaelis ist gerade zweiundzwanzig geworden, hat ihre langen blonden Haare neuerdings pechschwarz gefärbt und kaut wie immer Kaugummi.

«Bei dir sitzt schon der erste Notfall.»

Maike hastet in ihr Zimmer.

«Überraaaaschung!»

Hinter ihrem Schreibtisch sitzt niemand Geringeres als Carla. Sie hat ihr ein üppiges Frühstück mit Croissants, frisch gepresstem Orangensaft, Obst und Tee aufgebaut. Maike staunt nicht schlecht.

«Moin, Moin», murmelt sie. So gerne sie sonst mit ihrer Freundin tratscht und klatscht, im Moment passt es ihr gar nicht.

«Du bist heute viel zu früh aufgestanden und hast bestimmt noch nicht gefrühstückt», vermutet Carla.

«Stimmt.»

Aber ich habe keine Lust, dir brühwarm jede Einzelheit von Rainer zu berichten, denkt Maike. Auf der Nachbarinsel bereitet Rainer den Hotelgästen jetzt sicher das Frühstück auf der Terrasse mit Blick aufs Wattenmeer, von der er ihr vorgeschwärmt hat. Plötzlich sieht sie ihn wieder vor sich, wie er sie beim Abschied gestern Nacht fest umarmt und vorsichtig auf die Wangen geküsst hat. Ob er an sie denkt? Aber dann taucht Haralds Bild auf, sein kurzer Blick vorhin auf der Fähre.

Erst jetzt fällt ihr auf, dass auf dem Tisch nur *ein* Gedeck steht. Carla will also gar nicht quatschen, sondern ihr einfach etwas Gutes tun. Maike schämt sich für ihre schlechten Gedanken und umarmt ihre beste Freundin.

«War Harry hier?», flüstert sie besorgt.

Carla kneift ihr lachend in die Wange.

«Glaubst du an Geister? *Ich* nicht.»

Maike beruhigt das kein bisschen. Harry ist kein Geist, und er wird zu ihr kommen, da ist sie plötzlich ganz sicher.

2.

Durch die gemütlichen Räume des Hotels «Duus am Wyker Hafen» zieht ein hauchfeiner Geruch von gebratenem Fisch. An den Wänden hängen alte Stiche von Wyk. Harald schafft es kaum bis zur Rezeption, so müde ist er. Am Vortag ist er von Calgary über Frankfurt nach Hamburg geflogen und hat sich von dort gleich ein Taxi zur ersten Fähre in Dagebüll genommen. Macht fünfunddreißig Stunden ohne Schlaf, dazu kommt die Zeitverschiebung. Wie ein lebensmüder Greis schleppt er sich zum Tresen und schämt sich ein bisschen für seinen Zustand. Als Chef einer Foto- und Filmagentur begleitet er seine Leute immer noch einmal im Jahr in die kanadische Wildnis, wenn sie Eisbären filmen oder Polarlichter fotografieren, das lässt er sich nicht nehmen. Den Kampf gegen die arktische Kälte mit zwanzig Kilo Gepäck auf dem Rücken hat er bisher immer noch überstanden. Aber jetzt, nach dieser endlos langen Reise, ist er am Ende, nichts geht mehr. Die freundliche rothaarige Chefin kommt mit einer riesigen Schüssel Rührei unter dem Arm aus der Küche.

«Moin!»

Moin. Dieses wunderbare Wort versetzt ihm einen Adrenalinstoß. Vierzig Jahre hat er es nicht gehört, und es erinnert ihn sofort an den glücklichsten Sommer seines Lebens. Ein Glück, das dann ein jähes Ende nahm.

«Moin, Moin. Ich bin Harald Peterson.»

«Oh, Sie sprechen Deutsch? Und ganz ohne Akzent!»

Er spricht sogar Friesisch, aber das muss ja niemand wissen. Sein Vater wurde auf Föhr geboren und zog Ende der Vierziger nach Petaluma in der Nähe von San Francisco, was ein klassisches Auswanderungsziel der Föhrer war. Mit seinem Sohn sprach er oft Fering, wie viele Nachbarn es mit ihren Kindern taten, obwohl die meisten noch nie auf Föhr waren.

«Meine Mutter stammte aus Regensburg.»

Das war damals, bei seinem ersten Besuch auf Föhr, seine Legende, weil ja keiner wissen durfte, wer er wirklich war. Komisch, dass er diese Lüge automatisch wiederholt.

Sie reicht ihm ein Formular.

«Tragen Sie hier bitte Ihre Adresse ein, Herr Peterson.»

Plötzlich wird ihm hundeelend zumute. Soll er schreiben, dass er keinen Wohnsitz mehr hat? Zwar gehört ihm noch ein Grundstück in Calgary, aber dort ist seit drei Wochen nur noch ein Haufen Asche zu sehen: Gegen Mitternacht war er von einem grandiosen Konzert der Band Coldplay zurückgekommen, als er sein Haus in Flammen aufgehen sah. Ursache war, wie sich später herausstellte, ein Kurzschluss in der Klimaanlage. Die Versicherung wird ihm den Schaden ersetzen, er kann sich ein neues Haus kaufen, aber sämtliche persönlichen Gegenstände sind im Feuer vernichtet worden. Inklusive Schallplatten, CDs, seinem Computer, die Bilder seiner Eltern und Erinnerungsstücke aus seiner Kindheit, die er im Keller aufbewahrt hat. Er hat sich nie als besonders sentimental eingeschätzt, aber das hat ihn hart getroffen. Alles, was ihn ausmachte, ist weg, jetzt hat er nur noch sich selbst. Nun hofft er, auf Föhr Jugendfotos von seinen Eltern zu finden, deswegen ist er hier.

Im Hotelzimmer lässt er sich in Klamotten aufs Bett fallen und stürzt sofort in einen unruhigen traumlosen Schlaf. Erst gegen vier Uhr nachmittags wacht er auf, duscht ausgiebig und beschließt, erst mal einen langen Spaziergang zu machen.

Wie anders Wyk aussieht! Ende der Sechziger gab es hier kaum ein Gebäude, das mehr als drei Stockwerke hatte, jetzt sind überall neue Häuser entstanden, Apartments, eine Kurklinik. Er atmet tief ein und lächelt: Aber die Luft riecht genauso würzig wie damals! Ihr salziges Aroma lässt ein Karussell von Föhrer Gesichtern vor seinem inneren Auge erscheinen, an die er ewig nicht gedacht hat. Die Jüngeren haben mit Sicherheit die Insel verlassen, von den Älteren werden die meisten gestorben sein. Das werden stille Tage auf Föhr, was von ihm auch so gewollt ist. Er wird die Fotoarchive der Stadt Wyk und der Friesenstiftung durchforsten und mit Glück ein paar Bilder seiner Eltern finden. Für den Rest der Zeit hat er sich lange Spaziergänge auf dem Deich und im Watt verordnet. Den Brand hat er als Zeichen genommen, einmal Pause zu machen und in sich zu gehen. Vielleicht ist jetzt die richtige Zeit gekommen, die Agentur zu verkaufen und noch mal etwas Neues zu beginnen? Mal sehen, was für Ideen ihm am anderen Ende der Welt so kommen.

Er biegt ab auf den Sandwall, die Promenade direkt hinter dem Strand, damals wie heute die erste Adresse in der Inselhauptstadt. Das Café Steigleder gibt es immer noch, es ist jetzt, zur deutschen Kaffeezeit, proppenvoll. Mit viel Glück erwischt er einen Tisch unter freiem Himmel. Von hier aus hat man den perfekten Blick auf die Hallig Langeneß, die sich lang und grün im Meer erstreckt. Der Himmel über dem Wattenmeer ist zweigeteilt, das Café liegt im sonnigen, warmen Hochsommer, während von Westen her eine pechschwarze Wolkenfront heranrückt.

Der Kellner kommt an seinen Tisch, ein langer schlaksiger Kerl, bestimmt zwei Meter groß, mit schwarzer Hose und weißem Hemd. Er ist ungefähr in seinem Alter. Harald fragt ihn, ob er Englisch spricht. Er fühlt sich einfach noch zu müde, um sich aufs Deutsche zu konzentrieren.

«Yes, what can I do for you?», antwortet der Kellner.

«Is it possible to get a typical island breakfast with crumbled eggs and crabs?» Er hat einen Bärenhunger und überhaupt keine Lust auf Kuchen.

Der Kellner lächelt freundlich: «Good choice.»

Sein dicklicher Kollege kommt dazu und fragt auf Friesisch:

«Na, kuupe e Amerikoner nü alles wech?»

Na, kaufen die Amis alles weg?

«Wat wäl dü diarjin maaghe?»

Was willst du dagegen machen?

«Nem man di doppelt Pris.»

Nimm einfach den doppelten Preis.

«Of glik triises», mischt sich Harald ein.

– *Wenn schon, dann gleich dreifach!*

Die beiden Kellner starren ihn verdattert an.

«Du sprichst Friesisch?», fragt der Dickliche.

«Een betje.»

«Wo kommst du her?»

«Kanada.»

«Und da spricht man Friesisch?»

Harald nickt.

«Aber nur auf dem platten Land.»

Sie verstehen seinen Humor sofort.

«Ist hier nicht anders.»

«Sag mal, kennen wir uns?», fragt ihn der Schlaksige plötzlich und starrt ihn an.

Harald reicht ihm die Hand: «Ich bin Harry Peterson.»

Der Kellner lässt sein leeres Tablett auf den Boden fallen. «Harry?», schreit er so laut, dass sich einige Passanten erschrocken umdrehen.

In dem Moment erkennt ihn auch Harald: «Holgi?»

Sie fallen sich in die Arme und trommeln sich vor Freude gegenseitig auf den Rücken.

«Make Love …!», schreit Holgi.

«… not War!», antwortet Harald lachend.

Es ist tatsächlich Holger Heinßen, sein alter Kumpel von damals, mit dem er nachts um die Häuser gezogen ist! Keine dreißig Sekunden später steht ein großer Manhattan auf dem Tisch, den Cocktail haben die ausgewanderten Föhrer in den sechziger Jahren aus den USA mitgebracht. Er ist seitdem das Nationalgetränk der Insel. Normalerweise besteht er aus zwei Teilen Bourbon, mit einem Schuss Wermut, aber Holgi hat ihn einseitig zugunsten des Whiskys gemischt. Harald trinkt eigentlich kaum Alkohol, aber das muss jetzt sein.

«Dreifacher Preis?», fragt er und deutet auf das Glas.

«Geht aufs Haus», lacht Holgi und setzt sich zu ihm. «Mit kurzen Haaren siehst du echt albern aus.»

«Und du erst!»

Sie labern genauso dumm rum wie früher, als wäre eine Woche vergangen und nicht fünfundvierzig Jahre.

«Ich habe noch Fotos von dir.»

«Oje.»

«Harry Peterson mit langen Haaren, der gut drauf ist.»

«Ey, gut drauf bin ich immer noch.»

«Sagst *du*!»

Sie stoßen an. In diesem Moment kommt ein breitschultriger Mann in einer zerknitterten weißen Kapitänsuniform auf ihren Tisch zugeschaukelt und ruft: «Und wieso trinkt ihr ohne mich?»

Harald muss überlegen: «Kai?»

Kai trägt sein volles blondes Haar immer noch schulterlang. Die beiden fallen fast über den Tisch, als sie sich umarmen.

«Harry, altes Haus!»

Und so sitzt er vollkommen überraschend mit seinen Kumpels zusammen, und sie quasseln wild durcheinander über die alten Zeiten: über die Disco namens «Erdbeerparadies», bei der DJ Rolf Robertson ein lebendes Krokodil verloste, unvorstellbar!. Über die Musik von Jefferson Airplane, und ... und ... und ...

Als Harald damals als Student in San Francisco lebte, war er sich sicher, dass es mehr Freiheit als dort nirgends geben könnte. Erstaunlicherweise ist er aber erst auf einer kleinen Insel in der Nordsee ein echter Hippie geworden. Er schickt das Diät-Programm seines Internisten auf Urlaub und stößt kräftig mit den Kumpels an. Einen Drink später fühlt er sich auf Föhr wieder wie zu Hause.

«Warum hast du dich eigentlich nie mehr gemeldet?», fragt Kai irgendwann.

«Erzähl ich euch alles, Jungs, lasst mich erst einmal ankommen.»

Die beiden müssen noch arbeiten, was ihm ganz gut passt, denn außer seinem Hotelzimmer und dem Sandwall hat er noch nichts von Föhr gesehen. Holgi leiht ihm seinen

Motorroller, den er hinterm Café Steigleder abgestellt hat, eine wunderschöne rote Vespa aus Italien. Harald stülpt sich Holgis Helm über. Hoffentlich hält ihn kein Polizist an – in den Sechzigern existierte, wenn er sich richtig erinnert, in Deutschland keine Promillegrenze, aber heute ist das bestimmt anders. Er besitzt nicht einmal mehr seinen Führerschein, auch der ist in seinem Haus verbrannt.

Noch scheint die Nachmittagssonne auf die Insel Föhr, aber auf dem Meer ist die kilometerbreite pechschwarze Wolkenfront deutlich näher gerückt. Das sieht nicht nach einem Regenschauer aus, sondern nach dem Ende der Welt! Harald beunruhigt das nicht die Spur. Er weiß von früher, dass hinter solchen Wetterfronten immer schon der nächste Sonnenschein lauert.

Lächelnd knattert er mit dem Motorroller durch die weite, flache Marsch, die Weiden riechen nach feuchtem Gras und fruchtbarem, schwerem Kleiboden. Kein Busch steht mehr dort, wo er früher stand, nichts ist wie damals. Trotzdem schlägt eine unsichtbare Macht hier Töne an, die alles in ihm zum Klingen bringen. Vor dem riesigen Föhrer Himmel fühlt er sich im Zentrum aller Lebensenergien. Er staunt: So intensiv erlebt er das nirgends sonst, nicht einmal in der kanadischen Wildnis. Woran liegt das? Ist es die Erinnerung?

Nein, viel zu lang her. Oder spürt er seine Wurzeln, weil sein Vater hier geboren wurde? Es bleibt ein Rätsel, und irgendwie gefällt ihm das.

Als er das Ortsschild von Oldsum passiert, fängt er vor Freude an zu singen: Hier hat er Ende der Sechziger gewohnt! Das Dorf sieht noch fast so aus wie früher. Allerdings befinden sich die alten Bauernhäuser in einem viel besseren Zustand. Das Reet auf den Dächern ist frisch, Mauerwerk und Fenster sind tipptopp renoviert. Wo ist nur die gelbe Telefonzelle an der Hauptstraße geblieben, an der er abbiegen muss? Ohne sie braust er fast vorbei. Dann liegt nach wenigen Metern der ehemalige Hof der Olufs in der Ulmenallee vor ihm. Das Haupthaus ist mit roten Steinen neu verklinkert, an der Tür baumelt ein Schild: «Keramikverkauf nur am Wochenende». Der große Misthaufen ist weg, Bauern wohnen hier wohl schon lange nicht mehr.

Er stellt den Motor aus und hievt den Roller auf den Ständer. Neben dem früheren Hof der Olufs steht immer noch das ehemalige Haus seines Vaters, in dem er in jenem Sommer gewohnt hat. Damals war das Gebäude eine Ruine mit großen Löchern im Dach. Jetzt sieht das schöne alte Reetdachhaus mit dem prachtvollen Giebel aus wie neu, der üppige Garten ist voller Rosen und Gladiolen, dazwischen wachsen Sonnenblumen. Die weißen Sprossenfenster werden von dunkelgrünen Holzläden umrahmt. Hier hat jemand mit ausgesuchtem Geschmack gewirkt.

Vor dem Eingang stehen die beiden große Ulmen, die er damals Ginger Rogers und Fred Astaire getauft hat, weil sie im Wind immer so harmonisch miteinander tanzten. An der Tür hängt ein weißes Keramikschild, das etwas Offizielles ausstrahlt. Blöderweise fängt es an zu tröpfeln, und er trägt nur T-Shirt und Jeans! Aber das Schild will er sich noch genauer ansehen, bevor er zurück nach Wyk fährt. Wer wohnt hier jetzt? Mit schnellen Schritten eilt er auf das Haus zu und liest: «Dr. med. Maike Olufs, Ärztin für Allgemeinmedizin».

Es fährt ihm wie ein Faustschlag in den Magen: Maike? Sie ist immer noch auf der Insel? In *seinem* Haus?

3.

Eine Regenfront nach der nächsten fegte über das Deck der
«MS Nordfriesland», die unberechenbar von Backbord nach
Steuerbord schlingerte. Nur mühsam fand die Autofähre
ihren Weg durch die aufgewühlte, stürmische See nach Föhr.
Harald stand auf dem Vorderdeck und schlotterte vor Kälte.
Es war kälter als an kalifornischen Wintertagen, so um die
12 Grad – und das mitten im Juli!

Er schloss die Augen und war in Gedanken wieder in San
Francisco, an seinem Lieblingsplatz unter dem Amberbaum
im sonnigen Golden Gate Park. Man hatte gerade das Zeitalter des Wassermanns eingeläutet und die Erde zu einem
Planeten der Liebe erklärt. Harald war da etwas skeptisch,
aber wenn es so etwas wirklich gab, dann in San Francisco.

Vier Monate hatte er dort gelebt und sich seine blonden
Haare bis über die Ohren wachsen lassen. Meistens war er
in weißer Malerhose und buntem Indianerhemd herumgelaufen. Er war gerade auf dem Weg gewesen, ein echter
Hippie zu werden. Doch eines Abends hatte sein Vater vor
ihm gestanden, ohne Vorwarnung: Polizisten seien auf seine
Farm gekommen, nach Harald werde gefahndet. Sein Vater
hatte ihn in seinen Wagen bugsiert und ihn über die grüne
Grenze nach Kanada gefahren. Dort hatte er ihm einen

Schlüssel in die Hand gedrückt, zu einem Haus auf einer kleinen Insel am anderen Ende der Welt: Föhr.

«Das ist so abgelegen, da findet dich nicht mal Gott», hatte sein Vater gesagt. Er musste es wissen, denn er war dort aufgewachsen.

Der Boden unter Harald schaukelte unangenehm hin und her, ihm wurde immer flauer zumute. Ein riesiger Brecher raste auf den Bug zu und schlug über das gesamte Vorderdeck. Haralds bunt bemalter VW-Bus wurde für einen Moment vollständig unter der weißen Gischt begraben. Als er in Wyk mit dem Wagen von Bord rollte, starrten ihn die wenigen Menschen, die bei diesem Wetter am Hafen standen, misstrauisch an. Das kanadische Kennzeichen mit dem Ahornblatt wirkte ohnehin schon exotisch, aber auf der Überfahrt von Halifax nach Hamburg hatte er den hellblauen Bus zusammen mit einem philippinischen Matrosen mit bunten Fischen und Blumen bemalt; so etwas hatten die Einheimischen wohl noch nie gesehen.

Die Straßen zwischen den schmucklosen Ziegelhäusern in Wyk waren so eng, dass kaum zwei Wagen aneinander vorbei – kamen. Und das, obwohl die deutschen Autos winzig waren im Vergleich zu den amerikanischen. Allein den Volkswagen-Käfer gab es auch in den USA, genauso wie seinen VW-Bus mit der geteilten Frontscheibe.

Als er aus der kleinen Stadt herausfuhr, war kein Hügel zu sehen. Die kilometerweite grüne Fläche vor ihm endete irgendwo im Nichts. Inmitten dieser Einöde lag das Bauerndorf Oldsum, die Heimat seines Vaters. Es schüttete immer noch wie aus Eimern. Die Reetdächer der düsteren Häuser zogen sich wie Sturmhauben tief über das Mauerwerk. Die schweren Regenwolken waren so dunkel geworden, dass es aussah, als würde gleich die Nacht beginnen, dabei war es erst fünf Uhr nachmittags. Am Ende der Hauptstraße leuchtete ihm ein Fremdkörper gleißend hell entgegen: Die quietschgelbe Telefonzelle erschien ihm wie ein Ufo, das notgelandet war. Hier sollte er rechts in die kleine Allee mit den Ulmen abbiegen. Aber neben einem ärmlichen Bauernhaus stand nur ein Gebäude mit großen Löchern im Reetdach. Es sah völlig verkommen aus, einige Fensterscheiben waren zersplittert, das Mauerwerk grün vor Moos. Eine Ruine. Harald schaute noch einmal auf die handgeschriebene Skizze, die ihm sein Vater mitgegeben hatte: Hatte er sich in der Straße geirrt? Der Zeichnung nach zu urteilen nicht.

Er stieg aus und war schon nach ein paar Schritten pitschnass. Die Tür war nicht abgeschlossen. Im Flur tropfte es überall von der Decke auf den Holzfußboden, der sich an vielen Stellen unförmig wellte. Es roch nach feuchtem, modrigem Holz. Überall hatten sich die Tapeten von der Wand gelöst und hingen schlapp nach unten.

Eines war klar: Schlafen konnte er in der Bruchbude nicht. Seufzend legte er sich in seinem VW-Bus unter eine dicke Wolldecke. Bald beschlugen die Scheiben – eine Gnade, so brauchte er wenigstens das Elend draußen nicht mehr sehen. Sein einziges Glück war sein kleiner batteriebetriebener Kassettenrecorder. Harald spulte zurück und drückte auf die Starttaste: *I'd be saved and warm,* erklang es aus dem Recoder, *if I was in L.A. California, California Dreaming on such a winter's day.* Wie passend, dachte er. Dabei war doch noch nicht einmal Winter.

Er rieb mit der Faust ein kleines Guckloch in die Seitenscheibe. Draußen war es so dunkel, dass der Bauer nebenan in der Küche Licht angemacht hatte. Wahrscheinlich müsste er sich demnächst mal dort vorstellen, immerhin waren sie ab jetzt Nachbarn. Wer würde ihn dort wohl erwarten? Bestimmt keine Hippies in indischen Klamotten und mit Blumen im Haar, wie in San Francisco.

Sein Vater hatte ihm wenig von seiner traurigen Heimat Föhr erzählt. Er war selbst so ein fröhlicher Mensch, der immer einen Scherz auf den Lippen hatte. Kaum zu glauben, dass er an einem so trostlosen Ort groß geworden war. Die Kostümpartys seiner Eltern auf ihrer Farm in Petaluma, Haralds Heimatstadt, waren legendär gewesen. Woher sollte sein Vater das haben, wenn nicht aus seiner Kindheit? Vielleicht täuschte Harald sich, und die Föhrer tanzten schon vorm Frühstück bunt verkleidet in ihren Reetdachhäusern, um dem Dauerregen und der Kälte etwas entgegenzusetzen. Schwer vorstellbar, bei der Totenstille, die hier herrschte. Harald jedenfalls hatte im Ort noch keine Menschenseele zu Gesicht bekommen.

Entschlossen riss er die Seitentüren seines Busses auf. Die Regentropfen prasselten erbarmungslos auf ihn ein. Im Höchsttempo rannte er zur massiven Holztür des Bauernhauses, das vermutlich älter war als das Land, das er gerade hinter sich gelassen hatte. Aber nichts regte sich auf sein Klopfen hin. Gerade wollte er gehen, als die Tür von einem Mädchen geöffnet wurde. Der Geruch von feuchtem Heu und rahmiger Milch waberte ihm entgegen. Das Mädchen starrte ihn mit großen hellblauen Augen an. Sie mochte ein, zwei Jahre jünger sein als er. Ihre schwarzen Haare hatte sie zur Seite gescheitelt und mit einer silberfarbenen Haarspange befestigt, zu ihrer weißen Bluse trug sie eine feine schwarze Stoffhose, die so gar nicht auf einen Bauernhof passen wollte. Sie wirkte filigran wie ein Kind, das Ballett- und Geigenstunden nahm. Beides konnte er sich in dieser düsteren Umgebung beim besten Willen nicht vorstellen.

«Hi, ich bin Harry Brown», sagte er leise. «Ihr neuer Nachbar.» Der falsche Name kam ihm noch nicht leicht über die Lippen. Aber so stand es nun mal in dem Pass, den sein Vater ihm besorgt hatte.

Das Mädchen ließ ihn einfach vor geöffneter Tür stehen und lief zurück ins Haus. War das eine Aufforderung, ihr zu folgen? Er war noch nie in Europa gewesen und wollte nichts falsch machen. Nach kurzer Zeit trat eine ältere Frau in den Flur. Sie war ungefähr fünfzig und hatte blond gefärbte Locken. Aus ihrem hageren Gesicht blickten ihn zwei graue Augen misstrauisch an.

«Ja?», fragte sie unfreundlich.

«Hi, äh, ich bin Harry Brown, Ihr neuer Nachbar …», wiederholte er.

«Tee?»

Er verstand nicht auf Anhieb: War «Tee» ihr Name? Oder wollte sie ihn zu einem Tee einladen? Fehlten da nicht die Fragewörter, die ihm sein deutschstämmiger Vater und die Lehrer an den deutschen Schulen in Kalifornien beigebracht hatten, wie «Möchten Sie vielleicht …», «Dürfte ich …»?

Zögerlich folgte er ihr durch die Seitentür in eine düstere Küche mit kleinen Sprossenfenstern. Die Wände waren von einer dünnen schwarzen Rußschicht überzogen, neben dem Kohleherd stand ein uralter Tisch, dahinter befand sich eine moderne Essecke aus hellem Holz. Dort saßen das Mädchen von eben und eine Frau, die wohl ihre ältere Schwester war. Sie trug mittellange Haare und hätte ohne ihren abweisenden Gesichtsausdruck vielleicht sogar hübsch ausgesehen.

Aus dem Kofferradio über dem Herd dudelte ein Tanzorchester mit schmachtenden Violinen «Spanish Harlem». Die ältere Frau stellte es mit einem energischen Knopfdruck aus.

«Olufs …», nuschelte sie und setzte sich.

Er nahm auf dem einzigen Stuhl gegenüber der Essecke Platz.

«Das sind Edda und Maike.»

Maike war die Jüngere, die ihm die Tür geöffnet hatte. Er deutete ein Lächeln an. Aber niemand reagierte.

«Bist du der Sohn von Peter Peterson?», fragte ihn die ältere Frau ins Gesicht.

Als er den Namen seines Vaters hörte, fing der Boden unter ihm zu schwanken an, wie vorhin auf der Autofähre. Mit der Frage hatte er nicht gerechnet, vor allem nicht bei fremden Leuten, die er noch nie im Leben gesehen hatte. Viele behaupteten, dass er und sein Vater dieselbe Kopfform und die gleichen Augen besaßen. War die Ähnlichkeit so deutlich? Fest stand, dass die Olufs seinen Vater von früher kannte. Wahrscheinlich waren sie zusammen aufgewachsen.

«Nein, wieso?», hüstelte er.

«Sie sind ihm wie aus dem Gesicht geschnitten.»

«Mein Vater ist Kanadier in der vierten Generation, seine Familie stammt aus Irland», log er. «Eine Agentur in Toronto hat mir das Nachbarhaus vermittelt.»

Hoffentlich überzeugte sie das.

«Und woher sprechen Sie so gut Deutsch?», erkundigte sich die ältere Frau misstrauisch.

«Meine Mutter stammt aus Regensburg.» Das war die nächste Lüge.

«Was arbeiten Sie?»

Endlich konnte er mal die Wahrheit sagen, oder jedenfalls etwas, was dem sehr nahe kam: «Ich will mich hier zum Malen zurückziehen. Ich bin Künstler. Meine Spezialität ist es, Fotos mit Ölfarbe zu übermalen.»

«Und davon kann man leben?», fragte sie ungläubig.

«Drüben reißen sie sich um meine Bilder.»

Was ein Traum wäre.

«Soso.»

Wieder Schweigen. Frau Olufs zog eine filterlose Zigarette aus einer dunkelroten Packung und zündete sie an.

«Auch eine?»

«Ja, danke.»

Normalerweise rauchte er nicht, aber das würde jetzt vielleicht eine Brücke bauen. Die ältere Schwester nahm ebenfalls eine. Während sie schweigend vor sich hin qualmten, betrachtete Harald das einzige Bild an der Wand: das verblichene Farbporträt einer unbekannten Frau mit einem seltsamen Hut, an dem große rote Bommeln hingen. Darunter stand in weißer Schreibschrift: «Sonja Ziemann, Schwarzwaldmädel».

Auch nachdem sie aufgeraucht hatten, wurde weiter geschwiegen. Keiner sah den anderen an. Ob das wohl ein Wettbewerb war? Wer die Stille am längsten aushielt?

Er verlor.

«Haben Sie schon mal vom Zeitalter des Wassermanns gehört?», erkundigte er sich, in der verzweifelten Hoffnung, damit die Stimmung etwas aufzulockern.

Die Olufs schauten ihn stumm an.

«Kommt das jetzt auch nach Föhr?», fragte die Jüngste mit irritiertem Blick.

«Hier bleibt alles, wie es ist», schnarrte ihre Mutter und fügte hinzu: «Und das finden wir auch gut so, damit das gleich mal klar ist!»

Klarer ging es ja nicht. Harald fiel nun auch nichts mehr ein.

«Ich muss dann mal wieder», behauptete er und stand auf.

Dabei musste er gar nichts, außer unter seiner Wolldecke im Wagen liegen und sich ärgern.

«Tschüs», sagte Frau Olufs tonlos, ihre Töchter nickten stumm zum Abschied. Er ging hinaus, ohne dass ihn jemand zur Tür begleitete.

Draußen erlitt er einen mittelschweren Schock.

Er hatte in der düsteren Küche gar nicht mitbekommen, dass es aufgehört hatte zu regnen. Die Wolken waren verschwunden. Stattdessen schien die pralle Abendsonne von einem endlosen dunkelblauen Himmel herunter! Mit einem Mal war es ganz warm. Die Landschaft war nicht wiederzuerkennen: Hügel gab es zwar immer noch nicht, aber am Himmel und auf den Feldern explodierten sämtliche Blau- und Grüntöne, die er je gesehen hatte. Schwarz-weiß gefleckte Kühe dösten auf der Weide hinter seinem Haus satt und zufrieden vor sich hin, ein angenehmer leichter Seewind fuhr verträumt in die Gräser und spielte mit ihnen. Dazu zwitscherten fröhliche Vögel, deren Stimmen er noch nie gehört hatte. Wo war er hier gelandet?